MANUEL SCHMITT

DIE INVASIVE ART

Ein Science-Fiction-Thriller

Besuchen Sie uns im Internet:
www.droemer-knaur.de
Instagram: @KnaurFantasy
TikTok: @droemerknaur

Originalausgabe Juli 2024
© 2024 Knaur Verlag
Ein Imprint der Verlagsgruppe
Droemer Knaur GmbH & Co. KG, München
Alle Rechte vorbehalten. Das Werk darf – auch teilweise –
nur mit Genehmigung des Verlags wiedergegeben werden.
Die Nutzung unserer Werke für Text- und Data-Mining
im Sinne von § 44b UrhG behalten wir uns explizit vor.
Redaktion: Kerstin Fricke
Covergestaltung: Guter Punkt, München,
nach einem Entwurf von Manuel Schmitt
Coverabbildung: ISAMU/stock.adobe.com, jaras72/depositphotos.com
Satz und Layout: Adobe InDesign im Verlag
Druck und Bindung: GGP Media GmbH, Pößneck
ISBN 978-3-426-53048-1

2 4 5 3 1

PROLOG

Unwiderruflichkeit ist etwas, das Menschen nur schwer akzeptieren. Wenn etwas unwiderruflich, irreversibel, endgültig fort ist, dann bleibt trotzdem die irrationale Hoffnung, es wiederzuerlangen. Es sei vielleicht doch nicht so schlimm. Man habe noch nicht alle Optionen getestet, bisher einfach keine Lösung gefunden. Der Mensch sträubt sich mit aller Kraft gegen die Endgültigkeit. Émile selbst war das beste Beispiel dafür. Sogar der Tod darf für viele nicht das Ende sein, stattdessen hält die Hoffnung auf ein Wiedersehen im Jenseits hartnäckig das Unumstößliche auf Distanz.

Wie viele andere hatte auch Émile die Irreversibilität nicht ernst genommen. Tatsächlich hatte die gesamte Weltgemeinschaft nur träge auf ein drohendes Ende reagiert. Es liegt wohl in der Natur des Menschen, eine Gefahr erst dann als solche zu erkennen, wenn sie unmittelbar in das eigene Leben eingreift. Solange es nur die anderen betrifft, muss sich selbst eine globale Bedrohung dem Alltag unterordnen, denn nichts kann so in Anspruch nehmen wie die Routine des täglichen Lebens. Kundengespräch. Kinder abholen. Mittagessen. Einkaufen: Kaffee, Flasche Wein, Klopapier. Rechnung schreiben. Monatsabschluss. Rasen mähen. Eine Trivialität löst die andere ab.

Émile hatte oft darüber nachgedacht, ob er sich anders hätte verhalten können. Anzeichen des Unheils waren schon lange zu erkennen gewesen, doch die wenigen, die wach genug in die Zukunft blickten, kamen mit ihren Kassandrarufen nicht gegen die Behäbigkeit ihrer Mitmenschen an. Sehenden Auges steuerte man auf die Katastrophe zu, wissend, dennoch seltsam gleichgültig, fast trotzig.

Für dieses Verhalten gab es sicherlich eine Erklärung. Émile glaubte, dass der Mensch das Unwiderrufliche nicht akzeptiert, weil es ihn entmachtet. Es nimmt ihm die Freiheit der Entscheidung, zwingt ihn, in einer bestimmten Weise zu handeln, um den *point of no return* – etwas, das der menschliche Verstand anscheinend nicht in seiner vollen Bedeutung erfassen kann – nicht zu überschreiten.

Und nun war es zu spät: Die Katastrophe stand kurz bevor. Es gab keinen Menschen mehr, der den Verlust nicht in der einen oder anderen Weise zu spüren bekam. Das Unwiederbringliche war fort. Und die Welt in Aufruhr. Sie bäumte sich gegen das drohende Ende auf, klammerte sich eben an jene irrationale Hoffnung, dass es doch noch einen Ausweg geben könnte. Musste.

Doch Émile hoffte nicht mehr. Er war der Einzige, der wusste, was zu tun war. Denn ihm war das Unmögliche gelungen: Er hatte das Irreversible reversibel gemacht. Er hatte die Regeln geändert.

Er hatte die Unwiderruflichkeit besiegt.

MOMENTAUFNAHME

MONTAG, 12. MAI 2064, NGERULMUD, REPUBLIK PALAU

Dichte graue Wolken zogen über dem roten Wellblechdach nach Süden. Regen prasselte auf das kleine Vordach der Veranda, und Aukai starrte gedankenverloren auf den Platz vor seinem Haus. Zahlreiche Pfützen hatten sich über Nacht gebildet und den sonst staubtrockenen Sand in zähen Schlamm verwandelt. Schon den ganzen Morgen zog das Unwetter über Palau hinweg, und auch wenn der Regen hin und wieder einmal in ein leichtes Nieseln überging, wusste Aukai, dass sich das Wetter den ganzen Tag über kaum ändern würde.

Seufzend griff er in die Hosentasche seiner Bermudas und kramte eine ramponierte Schachtel Zigaretten hervor. *Hierba Fuerte*, eine philippinische Marke. Routiniert klopfte er gegen die Unterseite der Packung und ließ damit eine der Zigaretten hervorschnellen. Die Regierung Palaus hatte der Tabakindustrie in unzähligen Kampagnen und Entwöhnungsprogrammen den Kampf angesagt, aber Aukai hatte sich das Rauchen nie abgewöhnen können. Oder wollen.

Ein leiser, entfernter Donner durchbrach das eintönige Rauschen der Regentropfen. Es war genau das richtige Wetter für den heutigen Tag. Düster. Unangenehm. Traurig. In den vergangenen zwei Monaten hatte Aukai das Näherkommen des 12. Mai ignoriert, hatte bewusst davon abgesehen, die Tage zu zählen. Er hatte vermeiden wollen, in Abhängigkeit von einem inneren Countdown zu leben, der sich ständig in seine Gedanken eingenistet und diese vergiftet hätte. Es war ihm gelungen. Er hatte die letzten Wochen genossen, hatte sie verbracht, als wäre die Hypothek nicht real, als würde sein Kontostand sich wie von Zauberhand wieder erholen, ganz ohne Opfer. Kein Wunder also, dass dieser Montag, der 12. Mai 2064, dann doch überraschend für ihn kam und er sich dem Ganzen nicht gewachsen fühlte. Heute ging eine Ära zu Ende. Mit Aukai endete eine Tradition. Das Erbe seines Vaters und seines Großvaters wurde zum Opfer finanzieller Überlegungen. Ihm war schlecht.

Die Übelkeit hielt ihn jedoch nicht davon ab, sich die Zigarette anzustecken, die er nun schon ein paar Minuten zwischen den Lippen hielt. Verfluchte Welt! Er zog an der Zigarette, hielt die Luft für einige Sekunden an und blies dann den Rauch in den Regen hinaus. Wie ein Vorhang aus transparenten Schnüren schoss das Wasser von dem schrägen Wellblechdach hinunter.

Der Regen machte ihm nichts aus. Aukai war sein Leben lang zur See gefahren und hatte keine Angst vor Unwettern. Respekt schon, Angst nicht. Der Wind spielte immer eine wichtige Rolle – je stärker der Wind, desto gefährlicher das Gewitter. Doch heute war die Windstärke zu vernachlässigen, die Wolken wurden nur langsam gen Süden getragen. Wäre heute nicht das Ende aller Tage, er wäre vielleicht trotz allem hinausgefahren. Vielleicht hätte er Glück gehabt und ihm wäre etwas ins Netz gegangen. Schnapper. Makrelen. Meeräschen.

Dann hätte er sich mit Hiro, Tommy, dem alten Keoki und Pono unter dem Pavillon getroffen, den Fang gegrillt und chinesisches Importbier getrunken, auf einem Stück Räucherfisch herumgekaut und geredet. Über den Fischfang. Über das Wetter. Über Frauen. Selten über Politik. Aukai schüttelte lächelnd den Kopf. Er tat gerade so, als würde er sich nie wieder mit seinen Freunden treffen können. Das war natürlich Unsinn. Trotzdem würde es nicht mehr dasselbe sein. Das Schiff gehörte zu ihm wie seine Zigaretten, er war Aukai, der Fischer, einer der Letzten seiner Art in Palau. Er drückte seine Kippe an dem hölzernen Geländer der Veranda aus. Ausgetrocknete Farbe und Asche fielen zu Boden. Das Haus benötigte dringend einen Anstrich, doch das Geld reichte einfach nie. Der Ertrag aus dem Fischfang war in den letzten Jahren so spärlich geworden, dass Aukai eine Hypothek auf das Haus aufnehmen musste. Er hatte niemandem davon erzählt, denn er hatte sich dafür geschämt. Das alte, einstöckige Holzständerhaus war seit Jahrzehnten in Familienbesitz, und er stand kurz davor, das Gebäude zusammen mit einem Hektar Grund an die Bank zu verlieren. Das Schiff zu verkaufen war sein einziger Ausweg gewesen.

Außerdem war er müde. Im August würde er sechzig Jahre alt werden. Er hatte sein Lebtag als Fischer gearbeitet. Schon als Kind hatte er seinen Vater aufs Meer hinaus begleitet, so wie dieser auch mit seinem Vater – Aukais Großvater – schon in frühen Jahren hinausgefahren war. Der Fischfang war das Familiengeschäft gewesen, das Handwerk wurde von Generation zu Generation weitergereicht, ebenso wie das Wissen um ertragreiche Fischgründe in Palau, deren Abhängigkeit von Mondzyklen, Jahreszeiten, von Ebbe und Flut und den Strömungen. Er hatte gelernt, Netze aus Palmenwedeln zu knüpfen, eigene Speere zu schnitzen und mit Angeln, Krabbenfallen und Harpunen umzugehen. Er war seinem Vater auf dem Wasser näher gewesen als an Land; in Palau entwickelte sich die Beziehung zwischen Vätern und Söhnen zu großen Teilen auf gemeinsamen Ausflügen zu den Buchten der Inseln oder auf das offene Meer hinaus. Mit Aukai endete das alles – er hatte nie die richtige Frau gefunden, um eine Familie zu gründen. Außerdem war das Wissen um die Fischgründe inzwischen wertlos. Früher war alles anders gewesen. Er konnte sich an Bastkörbe voller Fische erinnern, an den Sonnenaufgang auf hoher See, an den Geruch von frischem Fisch und den Salzgeschmack auf der Zunge. An das Lachen seines Vaters, der barfuß auf seinem kleinen Kutter herumgesprungen war und mit ihm zusammen die Netze eingeholt hatte. Aukai seufzte erneut und schnippte den Zigarettenstummel zu einem Aschenbecher, der neben der Eingangstür stand. Er traf. Wenigstens etwas.

Ein kurzer Blick auf sein Smartphone bestätigte ihm, dass es an der Zeit war, aufzubrechen. Trotz allem Unbehagen über den Verkauf seiner *Semael* wollte er nicht zu spät im Hafen erscheinen. Besser noch, er wollte ein wenig früher ankommen, um ein letztes Mal ein wenig Zeit auf seinem Schiff zu verbringen. Alleine in der Kajüte sitzend und vom Klopfen der Regentropfen begleitet, wollte er in Selbstmitleid baden, bevor die *Semael* den Besitzer wechseln würde. Er hatte sich zu diesem Anlass eine kleine Flasche *Tanduay* besorgt – eigentlich ein für seine Verhältnisse zu teurer Rum, aber der traurige Anlass und der damit einhergehende Erlös hatten eine solche Investition in Aukais Augen gerechtfertigt.

Er betrat das Haus und suchte seine Sachen zusammen: die Flasche Rum, Bootsschlüssel und Papiere. Eine Jacke brauchte er nicht, denn trotz des Regens war es angenehm warm, sodass eine kurze Hose und ein Hemd vollkommen ausreichten. Einen Regenschirm besaß er zwar, fand ihn aber auf die Schnelle nicht. Und so ging er kurz darauf mit hastigen Schritten zu seinem Truck, die Papiere zum Schutz vor den Tropfen an seinen Bauch gepresst.

Ein kurzer Blick in den Rückspiegel aktivierte den integrierten Retinascanner, der Aukais Identität feststellte und den Elektromotor lautlos einschaltete. Die Konsole leuchtete auf, Scheibenwischer surrten los, und die Seitenspiegel richteten sich automatisch aus. Aukai griff nach dem Lenkrad und drückte sanft das Gaspedal hinunter. Mit einem leisen Surren setzte sich der Wagen in Bewegung. Der Hafen war nicht weit entfernt. Tatsächlich war nichts auf Palau weit entfernt. Ausgenommen *Ngeaur* vielleicht, die einzige der großen Inseln, die noch nicht über eine Brücke an das Straßennetz Palaus angeschlossen war. Die *Semael* lag im Hafen *Malakal*, etwa zehn Kilometer von seinem Haus entfernt. Ein Katzensprung.

Der für Palau typische grobe Straßenbelag aus Beton war von unzähligen winzigen Pfützen übersät. Links und rechts der Fahrbahn wucherten Palmen und Brotfruchtbäume, die sich leicht im Wind wiegten. Aukai liebte Palau immer noch. Auch wenn die Inseln in den letzten Jahrzehnten tragische Veränderungen durchgemacht hatten, so war dies nun mal seine Heimat. Nicht wegen der einzigartigen Insellandschaft, der Riffe und des Vulkangesteins fühlte er sich hier zu Hause, sondern vor allem wegen der Menschen. Sie waren freundlich, unaufgeregt, bodenständig. Naturverbunden. Palau hatte als eine der letzten Regionen der Welt seine maritime Artenvielfalt zumindest in Teilen erhalten können. Noch heute besuchten Wissenschaftler aus aller Welt die Riffe.

Aukai fuhr am *East Plaza Suites* vorbei, einem alten Luxushotel. Der quadratische Bau ragte zwischen Mangobäumen in den Himmel und erinnerte an vergangene Zeiten, als Tourismus noch eine der wichtigsten Einnahmequellen der Region gewesen war. Chinesische Besucher hatten zu

Aukais besten Kunden gehört, wenn er mittags in den Hafen einfuhr und seinen Fang direkt vom Schiff aus verkaufte. Nun stand das Hotel leer, der Putz bröckelte von der Fassade, einige der Fenster waren zersprungen. Den fünfundzwanzig anderen Hotels in Palau erging es ähnlich, kaum eines beherbergte noch Gäste. Ein Zustand, den die Bewohner der Inseln selbst herbeigeführt hatten. Sogar Aukai hatte damals für das Tourismusverbot gestimmt, auch wenn er dadurch gut die Hälfte seines Umsatzes verloren hatte.

Genau das war der Grund, warum er so stolz auf die Menschen in Palau war. Sie waren bereit, Opfer zu bringen. Der Tourismus hatte viel Geld in die Republik gespült, doch als Wissenschaftler den Rückgang der Artenvielfalt in den Riffen feststellten und Alarm schlugen, hatten die Palauer gehandelt. Die 19 000 Bewohner der Inseln hatten in einem historischen Volksentscheid fast einstimmig beschlossen, dass der bis dahin existente Naturschutz drastisch ausgeweitet werden sollte. Die Menschen hatten die wirtschaftliche Stagnation akzeptiert und den Tourismus sowie neue Bauprojekte rigoros gestoppt. Investoren waren abgesprungen, Unternehmen hatten den Archipel verlassen, und Fluglinien sowie Transportschiffe hatten die Routen nach Palau gestrichen. Auch Aukai hatte die strengen Auflagen eingehalten und hatte nur dort gefischt, wo es erlaubt gewesen war.

Er lenkte seinen Truck auf die Brücke, die seine Insel *Babeldaob* mit der südlich gelegenen Insel *Koror* verband. Unzählige kleine Wellen tanzten auf dem Meer. In der Ferne sah er die sanften grünen Hügel der Nachbarinsel *Ngerekebesang*, eingehüllt in Nebelwolken. Er konnte die Dächer der kleinen Stadt *Meyuns* erkennen, in der Tommy seine Tauchschule geführt hatte. Auch Tommy hatte schließen müssen, ebenso wie ein Großteil der Geschäfte in Palau.

Nun reparierte er Waschmaschinen und andere Elektrogeräte. Aber Tommy hatte das akzeptiert, so wie viele andere auch. Und, verflucht noch eins, auch er, Aukai, würde sein Schicksal akzeptieren und seinem Schiff nicht trübselig hinterhertrauern. Unwillkürlich strich er mit der rechten Hand über die Flasche *Tanduay*, die auf dem Nebensitz lag.

Aukai fuhr durch die Hauptstadt Palaus, die ebenso wie die Insel, auf der sie sich befand, *Koror* hieß. Vorbei an zwei Supermärkten, einer Kirche, der Post und dem klassizistischen Bau des Finanzministeriums. Und immer wieder Hotels. Das *Palasia Paradise*, das *Palau Resort*, das *Canoe Hostel*. Manchmal fanden solche Gebäude eine neue Verwendung als Büroräume oder Lagerstätten. Nur Hotels, die eine besondere Aussicht bieten konnten und nicht im Laufe der Zeit verfallen waren, nahmen die wenigen Gäste auf – Wissenschaftler, Journalisten, Familienbesuch vom Festland. Die Anreise war teuer geworden, Flugzeuge landeten vielleicht einmal in zwei Wochen auf der Hauptinsel.

Einer dieser seltenen Gäste war Otto Kerstein, ein Deutscher. Er würde Aukais *Semael* kaufen. Immerhin blieb das Schiff in Palau, es wurde für eine wissenschaftliche Expedition gebraucht. Fast war Aukai ein klein wenig stolz deswegen. Sein altes Schiff, der 33 Meter lange Trawler der norwegischen Marke *Caterpillar*, Baujahr 2015, mit eigenem Kühlsystem und 300 Kubikmetern Fassungsvermögen war in hervorragendem Zustand. Aukai hatte alle Inspektionen eingehalten, Reparaturen teilweise selber vorgenommen und auch das Navigationssystem mit modernen Geräten erneuert. Das Schiff war sein Lebensunterhalt gewesen, sein Werkzeug, das er tagtäglich im Einsatz gehabt hatte. Und nun würde es eine neue Arbeit als Forschungsschiff annehmen. Aukai musste lächeln. Er hatte auf See immer mit dem

Schiff geredet, als könne es antworten, es direkt angesprochen und manchmal auch verflucht. Es war nur konsequent, dass er nun darüber sinnierte, das Schiff würde wie ein Lebewesen mit einem eigenen Willen »eine neue Arbeit annehmen«.

Er bog von der Hauptstraße ab auf ein kleines Dock, an dem vielleicht zehn Schiffe lagen. Das größte davon war die *Semael*. Vielleicht würde er sich nach dem Tilgen der Hypothek von dem Restgeld ein kleines Motorboot besorgen, mit dem er hin und wieder hinausfahren konnte. Nicht um zu fischen, sondern einfach um das Schaukeln auf den Wellen nicht zu vergessen. Seufzend schlug er die Autotür zu und begab sich ein letztes Mal auf sein Schiff, die Flasche *Tanduay* in der Hand. Es regnete immer noch.

Als er den nassen Metallsteg, der auf das Schiff führte, betrat, fiel sein Blick auf das Wasser zwischen Schiffswand und Pier. Milchige Wolken waberten im dunklen Grün des Hafenbeckens. Unzählige Quallen irrten scheinbar ziellos im Wasser umher, je tiefer sie sich befanden, desto unschärfer wurden ihre Konturen. Es waren erstaunlich viele Medusen, nicht nur in der Nähe seines Schiffes. Das gesamte Hafenbecken war angefüllt mit einer Wolke aus weißen Punkten, die sich langsam veränderte. Kopfschüttelnd betrachtete Aukai den Schwarm eine Zeit lang. Es kam häufiger vor, dass Quallen in die Buchten geschwemmt wurden. Hunderte. Tausende. Sie erschienen plötzlich über Nacht und verschwanden einige Tage später ebenso unerwartet. Manchmal waren die Strände anschließend tagelang überzogen von glibberigen Quallenkörpern, die langsam in der Sonne austrockneten.

Er erinnerte sich an den *Ongeim'l Tketau* – einen Quallensee im Inneren der Insel *Koror*, der früher eine der Sehenswürdigkeiten Palaus gewesen war. 30 Millionen Exemplare der ungiftigen *goldenen Qualle* hatten den See bevölkert und Tauchern ein atemberaubendes Schauspiel geliefert. Aukai war einige Male selbst in den See abgetaucht und hatte sich mit Brille und Schnorchel in eine seltsam fremde Welt begeben. Tausende kleiner Gallertkörper schwebten im Wasser und leuchteten in hellem Orange auf, wenn sie von Sonnenstrahlen getroffen wurden – daher stammte der Name *goldene Qualle*. Das war vor dreißig Jahren gewesen, inzwischen war der Bestand auf ein paar hundert Tiere zusammengeschrumpft – trotz der strengen Maßnahmen. Ebenso wie in der Unterwasserwelt um die Inseln herum hatten die neuen Regeln und Verbote auch das Meeressterben im See nur verlangsamen, nicht aber aufhalten können.

Aukai starrte gedankenverloren auf die Quallen im Hafenbecken. Schließlich riss er sich von dem hypnotischen Anblick los, strich die nassen Haare aus der Stirn und begab sich in die Kajüte der *Semael*. Er setzte sich auf eine fest eingebaute Eckbank mit braunem Lederbezug und schenkte sich den Rum in ein trübes Glas ein. »Auf dich, alte Dame!«, prostete er in den Raum hinein. Ein paar Minuten blieb er sitzen, nahm die Atmosphäre der kleinen Brücke in sich auf und versuchte, sich alles so genau wie möglich einzuprägen. Die Hebel, die Knöpfe, das rote Steuerrad. Die Rückstände von Klebestreifen, mit dem er Poster und Postkarten an die Wände geklebt hatte. Die kleinen Macken im Holz, die Risse im Silikon, die Kaffeeflecken auf hellem Kunststoff. All das war Teil der Geschichte, seiner Geschichte.

Ein energisches Klopfen riss ihn aus seinen Gedanken. Er blickte auf die kleine Wanduhr neben der Kajütentür. Es war fünf vor zehn. Herr Kerstein war fünf Minuten zu früh, aber das war typisch für den Deutschen. Aukai kannte das schon von den vorigen Treffen, bei denen sie das Schiff besichtigt und den Preis ausgehandelt hatten. Nun fehlten nur noch die Übergabe der Papiere und die Überweisung des Geldes. Beides würde hier auf dem Schiff stattfinden. Jetzt.

Aukai atmete tief ein, stand auf und strich ein letztes Mal liebevoll über das Ruder. Dann ging er mit zwei schnellen Schritten zur Tür und öffnete sie.

TEIL 1
MAYARI

KAPITEL 1

DIENSTAG, 5. AUGUST 2064,
MALAKAL ISLAND, REPUBLIK PALAU

Mayari öffnete die Tür ihres Hotelzimmers und trat in den Flur. Der Teppichboden dämpfte ihre Schritte sowie das Geräusch der ins Schloss fallenden Tür. Während sie den Gang entlang zum Fahrstuhl lief, hielt sie unwillkürlich den Atem an. Es roch muffig und nach Kakerlakenspray. Mayari verabscheute Teppichböden. Und dieser hatte eindeutig schon bessere Tage gesehen. Flecken in allen Schattierungen ließen den beigen Farbton nur noch erahnen. An einigen Stellen war der Stoff eingerissen, und die Ränder wölbten sich widerspenstig nach oben. Darunter kam heller Estrich zum Vorschein, wie Knochen in einer klaffenden Wunde. Der Teppichboden war, wie so vieles in diesem Hotel, ein Überbleibsel aus besseren Tagen.

Mit einem leisen Glockenton öffneten sich die Türen des Aufzugs, und Mayari betrat die Kabine, erleichtert, statt des pelzigen Teppichs nun Noppen aus schwarzem Gummi unter den Füßen zu haben. Eigentlich machte ihr der etwas heruntergekommene Zustand des Hotels nichts aus – sie war keine Diva, auch wenn sie Besseres von zu Hause gewohnt war. Sie fand sogar, dass der überwucherte Garten des Hotels, die an einigen Stellen rissige Fassade oder die veralteten Möbel einen gewissen Charme besaßen. Sie erinnerten stoisch an alten Glanz und vergangenen Luxus. Nur der Teppichboden war ein echter Makel, denn er war nicht nur alt, sondern auch dreckig. Sie wollte sich gar nicht ausmalen, was alles zwischen den Härchen klebte.

Mit einem erneuten *Ping* gingen die Fahrstuhltüren auf und entließen Mayari in die Lobby des *Laguna Aparthotel*. Die geräumige Eingangshalle war leer. Personal war in diesem Hotel Mangelware. Sie hatte die Besitzerin des Hotels kennengelernt – Hinatea Williams – eine freundliche Dame in ihren Sechzigern, die es sich nicht leisten konnte, viele Angestellte zu beschäftigen. Die Instandhaltung des Gebäudes beschränkte sich auf unbedingt notwendige Reparaturen und die gelegentliche Gärtnerarbeit. Das Putzen und Waschen der Bettbezüge erledigte die rüstige Miss Williams selbst.

Im *Laguna Aparthotel* wurde auch kein Frühstück serviert. Es gab zwar einen großen Speisesaal und eine Küche, aber auch hier fehlte inzwischen das Geld, um Kellner, Köche und Nahrungsmittel zu bezahlen. Miss Williams vermietete die Zimmer des Hotels ohne jeglichen Schnickschnack: keine Minibar, kein Restaurant, kein Service. *We can only provide you with clean rooms and a fantastic view.* Das stand sogar auf der Webseite. Mayari störte das alles nicht. Sie verbrachte schließlich nicht ihren Urlaub auf Palau, sondern war zum Arbeiten und Lernen hier – ins Hotel kam sie sowieso nur zum Schlafen. Und eine Übernachtung war günstig; zumindest günstiger als im anderen noch in Betrieb befindlichen Hotel in Palau. Im Vergleich zu den Philippinen allerdings waren beide Hotels billig.

Auf ein Frühstück wollte Mayari dennoch nicht verzichten. Ein kurzer Blick auf die Terrasse, die einen atemberaubenden Blick auf eine kleine Bucht mit palmenbesetztem Sandstrand bot, verriet ihr, dass sie die Erste war, die ihr Zimmer verlassen hatte. Die anderen würden jedoch bestimmt nicht lange auf sich warten lassen. Normalerweise traf sich die ganze Crew gegen neun auf der Terrasse. Es war fast eine Art Ritual. Ihr Vater umriss kurz die Pläne für den Tag, man trank eine Tasse Kaffee, genoss die ersten Sonnenstrahlen und las die Nachrichten auf dem Smartphone, bevor sich alle zum Aufbruch bereit machten. Sie mochte das.

Mayari durchquerte die Lobby und verließ das Hotel durch die gläserne Haupttür. Es war noch angenehm kühl für Palauer Verhältnisse. Die frische Luft roch nach Meer. Sie überquerte die Straße, auf der nur wenige Autos unterwegs waren, und steuerte eine Reihe von Flachbauten an; alle waren mit dem für den Archipel typischen Wellblechdach bedeckt. Ähnlich wie das Hotel waren auch die meisten anderen Gebäude in Palau schmucklos, zweckmäßig und etwas altertümlich. Auf einem stand in großen Buchstaben *Palau Central Bar*. Es war der nächstgelegene Ort, an dem Mayari Kaffee, Tee und etwas Süßes erstehen konnte. Ein einfaches Frühstück für die Crew.

Die Republik Palau war ein aus 342 Inseln bestehender Archipel im Pazifik, über 600 Kilometer von den Philippinen im Westen und ebenso weit von Indonesien im Süden entfernt. Im Norden und Osten befand sich nur offenes Meer. Moderne technische Errungenschaften, wie Mayari sie von den Philippinen her kannte, waren hier eher selten anzutreffen. In Palau benutzte man immer noch Geldscheine und Münzen, da die Datenraten für den täglichen Gebrauch der Kryptowährungen zu teuer waren. Öffentliche Internetknotenpunkte gab es nicht. Nur Überweisungen größerer Beträge wurden digital vorgenommen, für den täglichen Bedarf verwendete man immer noch den Dollar. Während in den Großstädten neue Baumaterialien wie Textil-Zement oder intelligenter Stahl verwendet wurden, begnügten sich die Leute in Palau mit althergebrachtem Stahlbeton oder Holzständerbauten. Die Autos waren zwar mit Elektromotoren ausgestattet, den Straßen fehlte jedoch ein modernes Führungssystem, sodass die Palauer die Wagen immer noch selber steuern mussten und nicht der künstlichen Intelligenz das Steuer überlassen konnten, ähnlich wie in entlegenen Gegenden auf dem Festland.

Die Inseln stellten eine geologische Anomalie dar, einen geografischen Witz inmitten einer Wasserwüste. Vulkanische Aktivität hatte vor Jahrtausenden mitten im Nirgendwo ein ungewöhnliches Paradies erschaffen. Im 20. Jahrhundert war Palau für seine Riffe auf der ganzen Welt bekannt geworden. Eine reiche, vielfältige Unterwasserwelt hatte Touristen angezogen und die Bürger Palaus reich gemacht. Heute war von dem alten Glanz kaum mehr etwas übrig. Palau schien in der Zeit eingefroren zu sein; hier hatte sich seit 50 Jahren kaum etwas verändert. Innovationen erreichten den Archipel nicht, denn schon die hohen Transportkosten schreckten Unternehmer ab. Palau wurde nur mit dem Nötigsten versorgt, mit kleinen Transportschiffen, die meist von Palauer Bürgern selbst gesteuert wurden.

Und doch war Mayari gerne hier. Sie mochte die liebenswerte Dickköpfigkeit der Palauer, die Naturschutz vor wirtschaftliche Interessen gestellt hatten. Genau diese Dickköpfigkeit war letztendlich auch der Grund für die Anwesenheit ihrer Crew. Hier im Archipel schritt das Meeressterben langsamer voran als im Rest der Welt. Die Regierung hatte zusammen mit der Bevölkerung eine beispiellose Kehrtwende vollbracht. Von Tourismushochburg zu Reservat. Von den 342 Inseln standen seit 2035 mehr als drei Viertel unter strengem Naturschutz, der sogar das bloße Betreten der Inseln untersagte. Palau war der ideale Ort für Meeresbiologen wie ihre Eltern.

Mayari betrat die *Palau Central Bar* und bestellte vier Milchkaffees und einen grünen Tee bei Tariu, einem jungen Mann mit rundem Gesicht und kurz geschorenen schwarzen Haaren. Er lächelte ihr zu und begann, die große Kaffeemaschine zu bedienen. Leise Musik drang aus einer kleinen pinken Beatbox, ein Song der Gruppe KYU SHINE. Mayari betrachtete die Süßspeisen, die in einer Glasvitrine auf dem Tresen aufbewahrt wurden.

»Die roten Muffins sehen gut aus«, sagte sie.

»Ah ja, die *Red Velvet Cupcakes*. Erdbeeren, Sahne und Schokolade«, rief ihr Tariu über den Lärm des Milchaufschäumers zu.

Ihre Mutter liebte Erdbeeren. Für ihren Vater, Miguel und Ana würde sie die Cinnamon Rolls kaufen, aber für ihre Mutter und sich selbst die *Red Velvets*. Außerdem noch drei glasierte Milchbrötchen und zwei Zuckerdonuts. Zufrieden gab sie ihre Bestellung an Tariu weiter, der es schon gewohnt war, dass das schmächtige Mädchen tagtäglich den halben Gebäckbestand aufkaufte.

»Mayari, richtig?«, fragte er, während er alles in eine Pappschachtel packte. Mayari nickte lächelnd. Tariu hatte schon dreimal nach ihrem Namen gefragt, weil er ihn immer wieder vergaß.

»Wo kommst du eigentlich her?«

»Von den Philippinen. *Surigao City*.«

»Ah, Philippinen. Da war ich einmal. In Manila. Viele Menschen. Zu viel Stress. Ist *Surigao* auch so?«

»Nein, nicht ganz so schlimm. Bei uns gibt es auch viele Inseln, ähnlich wie hier. Aber fast alles ist zugebaut. Viele Menschen, viele Autos. Und noch mehr Tuk Tuks.«

Tariu grinste und stellte alles vor Mayari auf den Tresen: die Schachtel, vier Pappbecher mit Milchkaffee und einen fünften mit einem Teebeutel. Zuletzt goss er noch heißes Wasser in den letzten Becher. »Macht zwölf Dollar. Und warum bist du hier in Palau?«

»Ich begleite meine Eltern. Sie sind Wissenschaftler, Biologen. Wir arbeiten an einem Experiment.«

Tarius Augen leuchteten auf. »Ah, ihr seid wegen der Fische hier. Ich habe mal Engländer kennengelernt, die haben hier auch alle möglichen Dinge untersucht. Ich finde das immer interessant. Bist du denn auch Biologin?«

Mayari schüttelte den Kopf. »Nein, ich bin noch nicht einmal ausgebildete Wissenschaftlerin. Ich studiere noch. Geologie.«

»Das ist was mit Steinen und so, richtig?«

»Hat auch was mit Steinen zu tun, ja.« Sie lachte.

»Und das Experiment? Geht's um das Meeressterben?«

Jemand wie Tariu war in einer Gesellschaft aufgewachsen, in der Begriffe wie »Naturschutz«, »Artenvielfalt« und »Meeressterben« in Kultur, Sprache und Geschichte eingebunden waren, lange bevor eine internationale Gemeinschaft von Wissenschaftlern Alarm geschlagen hatte. Mayari hatte viel über Palau gelesen, bevor sie hierhergekommen war. Die Inselrepublik hatte zu Beginn des 21. Jahrhunderts in einer UN-Vollversammlung erstmals vehement gefordert, dass die Verantwortung jedes einzelnen Staates für den Klimawandel in einem Rechtsgutachten des Internationalen Gerichtshofes in Den Haag festgehalten wird. Die Initiative hatte keinen Erfolg gehabt.

Erst 2032, fast ein Vierteljahrhundert nach dem ersten Antrag, wurde einem solchen Gutachten stattgegeben. Die Palauer Regierung hatte die Forderung zwar jährlich wiederholt, aber der eigentliche Anlass für die Zustimmung der anderen Länder war letztendlich ein anderer gewesen: Die internationale Staatengemeinschaft stand am Rand einer Klimakatastrophe, und die Kosten für eine Abwendung waren astronomisch hoch. Für jeden Staat wurden je nach Verantwortungsgrad verpflichtende Kostenbeteiligungen errechnet, um den Schlamassel bezahlen zu können. Zu lange war man mit nur halbherzigen Maßnahmen gegen die Erderwärmung vorgegangen, hatte Schlupflöcher offengelassen, Unternehmen hofiert und Arbeitsplätze gesichert.

Mayari hatte die erste große Klimaintervention nicht miterlebt. Ihr Vater hatte ihr davon erzählt. Mit drastischen Maßnahmen und drakonischen Strafen, die international durchgesetzt wurden, war es gelungen, den CO_2-Ausstoß nicht nur zu verringern, sondern sogar Kohlenstoff aus der Atmosphäre zu binden. Massive Aufforstungen in Afrika, Australien und den Tropen sowie einige neue Erfindungen, die CO_2 aus der Luft filterten und mit weiteren Komponenten zu Baumaterial verdichteten, hatten den Klimawandel aufhalten können. Trotzdem waren im darauffolgenden Jahrzehnt Hungersnöte ausgebrochen und ganze Landstriche unbewohnbar geworden. Die Folgen des Klimawandels hatten auch auf dem Archipel ihre Spuren hinterlassen: Palau hatte durch den Anstieg des Meeresspiegels gut die Hälfte seiner Oberfläche verloren. 14 kleinere Inseln waren komplett überspült worden. Nur mit größter Mühe hatte man die Siedlungsgebiete sichern können.

2045, Mayaris Geburtsjahr, waren sich die Wissenschaftler einig, dass der Planet sich auf dem Weg der Besserung befand. Viel war noch zu tun, aber die richtigen Entscheidungen waren getroffen, längst notwendige Institutionen gegründet und Reservate eingerichtet worden. Doch der

Klimawandel war nur eine von mehreren Baustellen. Vor vier Jahren wurde erneut der weltweite Notstand ausgerufen, nachdem man festgestellt hatte, dass sich die Zahl der Lebewesen in den Ozeanen drastisch verringerte. Eine Entwicklung, die unter Wissenschaftlern seit Langem bekannt war, jedoch nicht in dem Ausmaß: Der Bestand in den Ozeanen hatte sich seit Mitte des zwanzigsten Jahrhunderts alle 30 Jahre halbiert – inzwischen verschwanden *jedes Jahr* 50 Prozent der noch vorhandenen Fischbestände. Man taufte diese Entwicklung das *Meeressterben*.

Palau war auch hierbei seiner Zeit voraus gewesen. Schon Jahre vorher hatte man den Rückgang der Artenvielfalt auf den Riffen bemerkt. Die Bürger in Palau reagierten mit den Mitteln, die ihnen zur Verfügung standen, und riegelten den Archipel für den Tourismus ab – mit herben Konsequenzen für die Wirtschaft. Die Bemühungen waren dennoch nur bedingt von Erfolg gekrönt, das Meeressterben konnte nicht vollständig aufgehalten werden. Palau stand zwar im internationalen Vergleich gut da, aber auch hier verringerten sich die Fischbestände kontinuierlich.

»Ja, es geht ums Meeressterben. So wie bei inzwischen fast aller maritimen Forschung«, antwortete Mayari.

Tariu seufzte und nickte. Er nahm den Teebeutel aus dem Becher und warf ihn in einen Abfalleimer. »Grüner Tee sollte nicht zu lange ziehen. Zwei Minuten maximal. Ich gebe dir noch einen Karton für die Becher.« Mayari nickte und half Tariu, die fünf Getränke in den Tragekarton zu stecken.

»Ihr solltet den Wal untersuchen«, sagte er plötzlich.

»Welchen Wal?«

»Haben sie heute im Radio gesagt. Namai Bay. Ein Wal ist da gestrandet. Oder angespült worden, weiß nicht mehr. Ist aber tot, glaube ich. Das müsste deine Eltern doch interessieren, oder? Vielleicht könnt ihr den Wal untersuchen und herausfinden, warum er gestorben ist?«

Mayari hielt inne. Ein gestrandeter Wal war tatsächlich eine interessante Nachricht. Allerdings nicht, um eine Untersuchung durchzuführen. Die Ursache für das Meeressterben war unter Wissenschaftlern umstritten, und bisher hatte man sich nicht auf eine These einigen können. Eine gesteigerte Todesrate, zum Beispiel durch Schwermetalle, Sauerstoffmangel oder Nahrungsknappheit spielte laut aktueller Forschung nur eine untergeordnete Rolle und war nicht der eigentliche Grund für das weltweit erhöhte Schwinden der Fischbestände. Strenge Reglementierungen hatten auch den Fischfang als alleinige Ursache für das Meeressterben ausgeschlossen. Selbst in geschützten Bereichen wie in den Riffen Palaus reduzierte sich die Anzahl der Lebewesen jedes Jahr. Der Kadaver eines Walfisches konnte jedoch von großem Nutzen für das Experiment sein.

»Das wird meine Eltern auf jeden Fall interessieren, danke dir!«, sagte Mayari. Tariu wirkte zufrieden.

»Wenn du das Meer rettest, denk daran, dass ich dir von dem Wal erzählt habe!«

Mayari griff lächelnd nach dem Frühstück für die Crew. Mit Sicherheit saßen inzwischen alle auf der Terrasse im Hotel.

»Adiós, Tariu!«, rief sie im Hinausgehen.

»*Mechikáng*«, antwortete er auf Palauisch.

• • •

Wie sie vermutet hatte, waren die anderen in der Zwischenzeit auf der Terrasse eingetroffen. Ihr Vater Isko hatte sich auf einen weißen Plastikstuhl unter einen der Bastsonnenschirme gesetzt und las die neuesten wissenschaftlichen Nachrichten auf seinem Smartphone. Ihre Mutter Fiann stand am Rand der Terrasse und blickte auf das Meer hinaus. Sie trug eine weite weiße Bluse, Bluejeans und praktische Wanderstiefel. Auf dem Kopf ein schwarzes Cap mit einer hochgesteckten Sonnenbrille, über der Schulter einen kleinen blauen Rucksack. Ihr schwarzes Haar hatte sie, ebenso wie Mayari, zu einem Pferdeschwanz zusammengebunden. Es war einfach zweckmäßig; auf dem Schiff wurden einem die Haare vom Wind sonst ständig ins Gesicht geweht.

»Guten Morgen!«, rief Mayari in die Runde und stellte die Getränke und die Schachtel mit dem Gebäck ab. Sie war die Jüngste des Teams und die Einzige, die ihr Studium noch nicht abgeschlossen hatte. Sie war sozusagen die Praktikantin der Expedition, und somit fiel ihr die Aufgabe zu, für das morgendliche Frühstück zu sorgen. Ihr machte das nichts aus.

Ihre Eltern Isko und Fiann Tiong waren Meeresbiologen und leiteten das kleine Team, das neben Mayari noch aus dem Vermessungstechniker und Datenspezialisten Miguel Suárez und der Geologin Ana Suárez bestand. Beide hatten sich bei einer früheren Expedition kennengelernt und waren seit knapp einem Jahr verheiratet. Er kam aus Chile, sie aus Spanien; beide lebten und arbeiteten auf den Philippinen. Für Mayari war die Anwesenheit der Suárez ein Glücksfall, denn sie hatte in Ana eine hervorragende Mentorin gefunden. Sie benötigte für ihr Studium sowieso ein Praxissemester, und als ihre Eltern die Finanzierung für das Experiment bewilligt bekommen hatten, bot sich Mayari eine einzigartige Chance. Sie konnte den Sommer über mit ihren Eltern auf See verbringen und gleichzeitig als Assistentin einer ausgebildeten Geologin wertvolle Erfahrungen sammeln.

»Zimtschnecken!«, rief Ana. »Ich liebe Zimtschnecken!« Mayari grinste. Ana war schlank, konnte aber Unmengen von Teigwaren verschlingen, seien es süße *Cinnamon Rolls* oder herzhafte *Siopao* – eine philippinische Dampfnudel mit Füllung, welche die Spanierin wann immer möglich als Vorspeise bestellte. Ana hatte sich ihr braunes Haar ebenfalls zusammengebunden; allerdings zu einem unförmigen Dutt, den sie mit einem geklauten Essstäbchen mehr schlecht als recht aufgesteckt hatte. Sie war ein Energiebündel, ein fröhlicher Wirbelwind, chaotisch und wild. Umso erstaunlicher war es gewesen, als Mayari sie das erste Mal arbeiten gesehen hatte. Plötzlich war aus dem quirligen Mädchen eine ernste Wissenschaftlerin geworden, die hoch konzentriert und penibel Buch führte und Daten auswertete. Mayari bewunderte Ana und war dankbar, ihre Assistentin sein zu können.

Miguel hingegen war vollkommen anders. Ein gutmütiger, langsamer und wortkarger Mann. Ein breites, manchmal fast grimmiges Gesicht und stämmige, stark behaarte Arme, dichtes schwarzes Haar und ein gepflegter Vollbart. Der Chilene verstand es, Anas ungestümem Charakter mit Ruhe und Gelassenheit zu begegnen. Vielleicht verstanden sich die beiden genau deshalb so gut. Sie ergänzten sich. Miguel nickte Mayari dankbar zu und nippte an seinem Kaffee. Morgens war er noch wortkarger als sonst.

»Ich habe vielleicht eine interessante Nachricht«, sagte Mayari. Ihr Vater blickte von seinem Smartphone auf und nahm sich ebenfalls einen Kaffee.

»Das trifft sich gut – alles, was die Newsportale ausspucken, ist schlimm. Nur Hiobsbotschaften.«

Das war schon seit einiger Zeit so. Die Weltgemeinschaft hatte das Meeressterben lange ignoriert – ähnlich wie vor Jahrzehnten den Klimawandel. Erst als Lieferengpässe entstanden, Fangquoten nicht eingehalten werden konnten und Investoren massive Verluste hinnehmen mussten, rückte das Problem in den Fokus von Wirtschaft und Politik. Die drastische Abnahme der Fischbestände wirkte sich auf so viele Bereiche aus, dass nur wenige Experten das gesamte Ausmaß eines vollständigen Zusammenbruchs der Fischereiindustrie absehen konnten. Und so meldeten nun täglich neue Industriezweige Probleme an: Die Herstellung von Medikamenten und Impfstoffen, von Tiernahrung, Dünger oder auch technischen Produkten wie Schmiermittel oder Transformatorenöl geriet ins Stocken, manchmal brach eine Produktion komplett zusammen. Fischteile wurden auch in der Chemie, in der Kosmetik und sogar in der Kleidungs- und Werkzeugproduktion verwendet. Ganz zu schweigen von der Unmenge an Fisch, die als Nahrungsmittel benötigt wurde. Es gab ganze Staaten, deren Bruttoinlandsprodukt maßgeblich vom Fischfang abhing und die zuerst auf diplomatischem Wege und schließlich mit Waffengewalt um Fischereirechte stritten. Der Preis für das Kilogramm Fisch war in den letzten Jahren kontinuierlich gestiegen.

Ihr Vater sah sie über den Rand seines Bechers erwartungsvoll an, während er an dem Kaffee nippte. »Anscheinend ist über Nacht ein Wal gestrandet, in der *Namai Bay*. Tariu, der Junge vom *Central*, hat es heute Morgen im Radio gehört.« Isko zog die Augenbrauen hoch, schaltete das Smartphone erneut ein und begann zu tippen. Mit Sicherheit war er schon dabei, die palauischen Websites nach der News abzusuchen.

»Ein ganzer Wal? Was denn für einer? Blauwal? Buckel? Beluga?«, fragte Ana.

»Das weiß ich nicht. Dazu hat Tariu nichts gesagt. Aber *Namai Bay* ist nicht weit. Vielleicht können wir kurz vorbeischauen, bevor wir mit dem Schiff hinausfahren …«

»Ein Pottwal!«, rief ihr Vater aus und zeigte ihr ein Foto auf seinem Smartphone. »Es ist ein Pottwal.«

»Dann sollten wir uns beeilen, meint ihr nicht? Es ist neun Uhr fünf und damit noch recht früh. Aber je länger wir warten, desto wahrscheinlicher, dass sich jemand anders daran zu schaffen macht«, sagte Fiann, die inzwischen zu ihnen gekommen war. Solange Mayari denken konnte, war ihre Mutter zielstrebig und pragmatisch gewesen. Sie war eine der Personen, die lieber handelte als redete. Während andere noch planten und überlegten, hatte sie schon die Ärmel hochgekrempelt und machte. Mayari hatte viel von ihr geerbt. Ihre Mutter blickte auffordernd in die Runde. »Wir können den Kaffee ja auch unterwegs trinken.« Ana und Miguel standen auf, beide mit dem Kaffee in der einen Hand und je einer angebissenen Zimtschnecke in der anderen. Mayari musste grinsen.

»Moment!«, protestierte ihr Vater und hob beschwichtigend die Hände. »Lasst uns wenigstens kurz überlegen, wie wir die Sache am besten angehen.« Ana und Miguel setzten sich zögernd wieder hin.

»Ein Pottwal ist kein Thunfisch, den kriegen wir nicht so einfach an Bord. Und was ist mit den Behörden? Ich habe keine Ahnung, ob man einen gestrandeten Wal einfach so … für die Forschung verwenden kann.«

»Vielleicht ist es besser, um Verzeihung zu bitten, als um Erlaubnis zu fragen.« Ihre Mutter zuckte mit den Schultern. »Und was soll denn sonst mit dem Wal passieren? Meinst du, die hiesigen Restaurants erheben Anspruch darauf, ein Walsteak aus dem Kadaver schneiden zu dürfen?«

»Wahrscheinlich nicht«, gab ihr Vater zu. »Trotzdem können wir uns den Wal nicht einfach so unter den Nagel reißen. Ich werde bei der Polizei oder beim Rathaus anrufen, nur um sicherzugehen.«

Ana schluckte einen weiteren Bissen der Zimtschnecke hinunter und nickte. »Ich finde es trotzdem richtig, dass wir schon mal hinfahren. Vielleicht sollten wir uns sogar aufteilen. Eine Gruppe fährt mit dem Auto, und die anderen kommen mit dem Schiff nach.« Miguel saß nur stumm daneben und nippte weiter am Kaffee.

»Ich fahre mit dem Auto!«, rief Mayari sofort. Sie hatte den Führerschein erst vor ein paar Monaten gemacht und freute sich über jede Gelegenheit, am Steuer sitzen zu können. Sie mochte es, das Fahrzeug selbst zu bedienen. Gas geben, Spur halten, Blinker setzen. Während andere die Steuerung ihres Autos komplett der künstlichen Intelligenz überließen, um während der Fahrt zu arbeiten, zu lesen oder auf dem *rPad* zu spielen, zog Mayari es vor, selbst am Steuer zu sitzen.

Ihre Mutter lächelte. »Dann werde ich wohl besser mitfahren und die Geschwindigkeit kontrollieren …« Mayari verzog das Gesicht und streckte ihr die Zunge raus, musste dann aber grinsen. Ihre Mutter kramte in ihrem Rucksack, holte den Autoschlüssel hervor und warf ihn ihrer Tochter zu.

Ihr Vater gab sich geschlagen und stand auf. »In Ordnung! Wir brauchen wahrscheinlich eh das Werkzeug aus dem Wagen.« Ana und Miguel standen abermals auf, entschuldigten sich und liefen noch einmal hinauf in ihr Zimmer, um Ausrüstung und Unterlagen zu holen. Sie würden mit Isko zusammen auf dem Schiff in die *Namai Bay* fahren.

Mayari war froh, dass Tariu ihr von dem Wal erzählt hatte und sie damit etwas zur Expedition beitragen konnte. Es war so aufregend! Außerdem hatte sie noch nie einen Pottwal aus der Nähe gesehen. Auch wenn dieser leider tot war, musste allein die Größe des Tieres beeindruckend sein. Wie lang wurde ein Pottwal überhaupt? 14 Meter? War *Moby-Dick* nicht auch ein Pottwal gewesen? Sie konnte sich nicht daran erinnern, ob in dem Buch eine Längenangabe vorkam, aber *Moby-Dick* war sicherlich länger als 14 Meter. Sie schüttelte den Kopf. Natürlich war der berühmte weiße Wal außerdem eine erdachte Kreatur; von der Realität inspiriert, aber dennoch der Fantasie des Autors entsprungen.

»Komm schon! Worauf wartest du?«, fragte ihre Mutter. Sie stand an der Tür zur Lobby und sah Mayari ungeduldig an. Isko telefonierte anscheinend schon mit irgendeiner Palauer Behörde. Schnell nahm sich Mayari noch ein *Red Velvet*, winkte ihrem Vater kurz zu und lief dann ihrer Mutter hinterher.

KAPITEL 2

Die Straßen auf Palau waren meistens leer, und somit war das Fahren ein Genuss für Mayari. Ganz anders als in Surigao. Dort kämpften elektrische Tuk Tuks und Fahrräder, Autos und Kleintransporter um die Vorherrschaft auf der Straße. Jeder glaubte, im Recht zu sein, und teilte das den anderen Verkehrsteilnehmern schreiend oder hupend mit. Im Vergleich dazu waren die schmalen, aber nur wenig befahrenen Betonstraßen Palaus Orte der Ruhe und Erholung. Mayari liebte es, die Küstenstraßen mit dem gemieteten weißen Zhongshun Pick-up entlangzufahren. Sie hatte ein Fenster geöffnet, ließ den linken Arm aus dem Auto hängen und die warme Luft durch ihre Finger gleiten.

Namai Bay lag im Norden des Archipels, auf der östlichen Seite der größten Insel *Babeldaob*, etwa 40 Kilometer von ihrem Hotel entfernt. Das integrierte Navigationssystem zeigte an, dass Mayari noch eine gute halbe Stunde Autofahrt vor sich hatte. Sie lächelte und beschleunigte auf einem geraden Straßenabschnitt. So etwas wie Blitzer gab es auf Palau nicht. Und der Wagen lag wirklich gut auf der Straße.

»Übertreib's nicht!«, sagte ihre Mutter prompt. Mayari warf ihr einen gespielt genervten Blick zu, nahm den Fuß aber wieder vom Gaspedal. Sie fuhren am *Palau International Airport* vorbei und bogen danach rechts auf eine geteerte Straße ab. Das Geräusch der Reifen wechselte von einem tiefen Brummen zu einem leiseren, höheren Rauschen.

Mayari musste unwillkürlich an das *Reifen-Fahrbahn-Geräusch* denken, das zu Beginn des Studiums in einer ihrer Vorlesungen vorgekommen war. Der sperrige Begriff beschrieb eine Mischung aus Aufschlag- und Gleiteffekt des Reifenprofils und der Eigenschwingung des Reifens in Abhängigkeit vom Fahrbahnbelag. Sie musste lächeln, dass ihr ausgerechnet diese Information im Gedächtnis geblieben war.

»Ein ganzer Pottwal würde uns wirklich helfen«, sagte ihre Mutter plötzlich. »Wie gut, dass der Junge vom *Central* dir davon erzählt hat. *Tatay* liest immer nur die internationalen Nachrichten, nicht die *Palauer Local News*.« Ihre Mutter benutzte oft das philippinische Wort *Tatay*, Mayari bevorzugte das amerikanische *Dad*.

»Ich kann ja ab jetzt die lokalen Nachrichten checken«, bot Mayari an. »Vielleicht können wir auch Miss Williams bitten, uns solche Dinge mitzuteilen. Sie weiß, was auf den Inseln vor sich geht.«

»Das sind beides gute Ideen«, erwiderte ihre Mutter lächelnd. Mayari bemerkte, dass ihre Mutter sie ansah. »Ich bin wirklich froh, dass du dieses Jahr mitgekommen bist, Mayari. Wer weiß, vielleicht ist es eine der letzten Expeditionen, die wir zusammen machen. In zwei Jahren bist du mit deinem Studium durch und wirst eigene Projekte angehen.«

»Wir können doch zusammenarbeiten, auch wenn ich meinen Bachelor habe.«

»Ja, stimmt schon.« Es klang fast traurig. Verwundert blickte Mayari ihre Mutter an, die nun gedankenverloren in die Ferne sah. Plötzlich räusperte Fiann sich und fuhr fort: »Aber ich weiß, wie aufregend die Zeit nach dem Studium sein kann. Es werden sich neue, interessante Möglichkeiten auftun; du wirst deine eigenen Projekte entwickeln wollen.

Eine junge Wissenschaftlerin will ihren eigenen Weg gehen, nicht den ihrer langweiligen Eltern.« Sie sprach schnell weiter, damit Mayari nicht protestieren konnte. »Ich spreche aus Erfahrung. Und deshalb genieße ich es jetzt umso mehr, dass wir gemeinsam unterwegs sind.«

Mayari runzelte die Stirn. Vielleicht hatte ihre Mutter recht, auch wenn sie sich eine Expedition ohne ihre Eltern jetzt nur schwer vorstellen konnte – nach dem Studium würde sich vieles ändern. Mayari nickte schließlich. »Ich genieße es auch. Allerdings bin ich auch froh, dass Ana mein Chef ist und nicht du oder Dad.« Beide mussten lachen.

Sie hatten die Küste verlassen. Keine einzige Wolke war am blauen Himmel zu sehen. Links und rechts wucherten Palmen, Sträucher und Laubbäume; die Straße glich einer dunkelgrauen Schneise durch sattes Grün. Mayari genoss den kurzen Ausflug über die Insel. Bisher hatte sie nicht viel vom Landesinneren sehen können, die meiste Zeit hatte sie auf dem Schiff verbracht und war abends todmüde ins Bett gefallen. Manchmal hatte ihr Vater sogar entschieden, über Nacht auf hoher See zu bleiben.

Ihre Arbeit bestand darin, die Tiefsee zu beobachten und zu kartografieren. Palau war dafür besonders gut geeignet, denn nur gute 50 Kilometer von der Küste entfernt befand sich der *Palau Trench*, ein Tiefseegraben, dessen tiefste Stelle sich 8138 Meter unter dem Meeresspiegel befand. Die unmittelbare Nähe zur Küste machte den Graben zum idealen Standort für das Experiment ihrer Eltern. Ihr Vater hatte sich auf die Tiefsee spezialisiert und mit dem Aufkommen des Meeressterbens zusammen mit ihrer Mutter ein ungewöhnliches Verfahren entwickelt, um die Fischbestände wieder anwachsen zu lassen. Doch bisher war alles nur Theorie; das Experiment war der erste Vorstoß, um diese Theorie zu überprüfen und das Verfahren anzuwenden.

Die Tiefsee war noch zu großen Teilen unerforscht. Nach wie vor wusste man weniger über die tiefsten Punkte der Erde als über den Weltraum; ein Umstand, der Mayari dazu gebracht hatte, Geologie zu studieren. Nur allmählich erkannten Wissenschaftler, dass die Region trotz des hohen Drucks und des Fehlens jeglicher Sonneneinstrahlung ein eigenes, komplexes Ökosystem darstellte, das – anders als die Fischbestände nahe der Wasseroberfläche – größtenteils noch intakt war. Die Theorie ihres Vaters basierte auf der Annahme, dass ein Tiefseefischbestand so weit anwachsen könnte, dass er sich auf Bestände im *Epipelagial* – der oberen Meeresschicht – auswirken würde; vorausgesetzt, man stellte diesem Ökosystem genug Nährstoffe zur Verfügung. Ihre Eltern hatten den Prozess *Deepsea Dependent Marine Repopulation* genannt – eine von der Tiefsee ausgehende Aufforstung der Weltmeere. Mayari war stolz darauf, dass ihre Eltern damit einen Begriff geprägt hatten, der inzwischen immer öfter in Fachzeitschriften und auf Webseiten erwähnt wurde.

Sie hatte alles von Anfang an miterlebt. Die langwierigen Gespräche mit Investoren. Die Vorträge ihres Vaters. Das geduldige Erklären der Idee, ein ums andere Mal, bei Events, Empfängen, Abendessen. Und immer wieder Rückschläge. Viele Kollegen begegneten der Theorie mit Skepsis und verlachten das Experiment als unsinnigen »Tiefseekomposthaufen«. Mayari hatte damals ihren Eltern nach der Schule geholfen, hatte Informationsblätter ausgedruckt, gefaltet und zur Post gebracht. Anrufe getätigt. Formulare ausgefüllt. E-Mails geschrieben. Die *Deepsea Dependent Marine Repopulation* hatte sie während der letzten Jahre ihrer Schulzeit und des ersten Jahres ihres Studiums begleitet. Sie hatte vieles gelernt, über Tiefseebiologie, über wissenschaftliches Arbeiten, aber vor allem über den ermüdenden Prozess, die Finanzierung für ein solches Experiment aufzutreiben.

Doch ihre Eltern gaben nicht auf, denn beide waren felsenfest von der Richtigkeit ihrer Theorie überzeugt. Mayari bewunderte sie dafür, dass sie sich letztendlich gegen einen fast übermächtigen wissenschaftlichen Konsens ihrer Kollegen durchgesetzt hatten. Es war nicht einfach, seine Überzeugungen gegenüber einer großen Mehrheit zu verteidigen. Mayari hatte die Entschlossenheit und das Durchhaltevermögen ihrer Eltern geerbt; sehr zum Leidwesen ihres Vaters, der gehofft hatte, dass sie in alter Familientradition ebenfalls Biologie studieren würde. Aber Mayari hatte sich die Geologie in den Kopf gesetzt und niemand hatte sie davon abbringen können.

Schließlich war das *Institute of Biology* der philippinischen Universität die Rettung für das Experiment ihrer Eltern gewesen. Das renommierte Institut hatte dem Projekt mehr Gewicht verliehen und eine Finanzierung durch private Investoren und öffentliche Förderfonds ermöglicht. Mayari erinnerte sich noch gut an den Abend, als endlich die letzte ausstehende Zusage per E-Mail angekommen war. Sie hatte ihren Vater noch nie so glücklich gesehen. Ihre Mutter hatte geweint. An jenem Abend hatte sie sich zusammen mit ihren Eltern in einer Karaokebar betrunken. Eine denkwürdige Nacht, auch wegen der Gesangskünste ihres Vaters, die ihr bis dahin verborgen geblieben waren.

Das Projekt hatte sie zusammengebracht. Früher war Mayari frustriert gewesen und hatte nicht verstanden, warum ihre Eltern der Wissenschaft so viel Aufmerksamkeit und Zeit widmeten. Die Arbeit war immer an erster

Stelle gestanden, zumindest hatte es sich so für Mayari angefühlt. Sie war eifersüchtig gewesen. Erst als sie selbst Teil des Projektes wurde und sich dadurch auch intensiver mit der Materie auseinandergesetzt hatte, war in ihr nach und nach eine ähnliche Leidenschaft für die Naturwissenschaften erwacht. Sie hatte sich mit der Geologie nicht für denselben Bereich wie ihre Eltern entschieden, aber es waren – in Bezug auf die Tiefseeforschung – Fachbereiche, die sich wunderbar ergänzten. Tatsächlich hatte sich im Laufe der Zeit herausgestellt, dass geologisches Fachwissen für den Erfolg des Projektes essenziell sein würde. Selbst ihr Vater hatte das eingesehen.

Bereits die Auswahl des Ortes, an dem das Experiment durchgeführt werden sollte, basierte auf geologischen Daten: Sedimentzusammensetzung, Strömungskarten, tektonische Aktivität. In den letzten zwei Wochen hatten sie insgesamt acht Tonnen an präpariertem Nährboden an eine vor Strömung geschützte Stelle in den *Palau Trench* abgesenkt. Dafür gab es zwei Gründe: Zum einen wuchsen in der Dunkelheit der Tiefsee keine Pflanzen. Ihrer Mutter war es jedoch gelungen, durch Genmanipulation eine Algenart zu erschaffen, die ohne Photosynthese auskam. Wenn es gelang, diese Pflanze in der Tiefsee anzusiedeln, konnte ein echter Nährstoffzyklus entstehen, der rein theoretisch ohne zusätzliche Materie von außen auskam. Allerdings barg diese gebietsfremde Pflanze eine Gefahr, denn eine solche Ansiedelung konnte auch negative Auswirkungen auf das Ökosystem Tiefsee haben. Sie mussten umsichtig bei dem Experiment vorgehen und alles genau beobachten.

Zum anderen diente der Nährboden unmittelbar als Futter für einige der Schwämme, Seesterne und Anemonen. Der zweite Grund des Experiments bestand darin, die Veränderung der Tiefseefauna zu beobachten, wenn einer bestimmten Stelle im Graben kontinuierlich Nährstoffe zugeführt wurden. Das geschah auch auf natürliche Weise, allerdings in wesentlich unregelmäßigeren Intervallen und in geringeren Mengen. Tote Fische, Algenpartikel und anderes organisches Treibgut sanken auf den Meeresboden und bildeten die Nahrungsgrundlage für Tiefseekrabben, Schlangensterne und Seegurken; Organismen, die ihrerseits wieder gefressen wurden. Die Tiere der Tiefsee waren Überlebenskünstler, die sich in der dunklen, kargen Welt zurechtfanden und auch lange Hungerphasen überstehen konnten. Wie würde also solch ein Ökosystem reagieren, wenn es regelmäßig mit Nährstoffen versorgt wurde? Der tote Pottwal stellte eine kostengünstige Alternative zum teuren Nährboden dar.

Vor ihnen öffnete sich der Dschungel und gab den Blick frei auf den Pazifik. Das Meer lag ruhig da, die Wasseroberfläche bewegte sich kaum. Die Straße verlief in einer scharfen Kurve und anschließend parallel zur Küste, auf der rechten Seite von einer kniehohen Mauer aus Vulkangestein begrenzt, links – landeinwärts – immer noch von Bäumen und Palmen. In der Ferne erkannte Mayari helle Streifen im dunklen Blau des Meeres. Es waren Sandbänke, die sich so dicht unter der Wasseroberfläche befanden, dass sie sogar aus der Entfernung sichtbar waren.

»Wir haben Ebbe«, sagte ihre Mutter. »Aber die Flut wird nicht lange auf sich warten lassen. Wir haben etwa eine Stunde. Vielleicht anderthalb. Das ist nicht viel.«

»Erst mal müssen wir den Wal finden.«

Plötzlich verschwand die grüne Wand auf der linken Seite. Die Straße war nun auf beiden Seiten von Wasser umgeben. Fast 15 Prozent der Straßen in Palau waren über oder direkt in das Wasser gebaut worden, um die vielen Inseln miteinander zu verbinden. Auf dem Navigationsgerät erkannte Mayari, dass sie die *Namai Bay* erreicht hatten – tatsächlich fuhren sie *in* der Bucht: Statt die Straße in einem großen Bogen am Ufer entlangzuführen, hatte man die äußeren Ecken der Bucht in einer geraden Linie miteinander verbunden. Sie fuhren auf Asphalt, der auf einem künstlich angelegten Wall aus Vulkangestein lag.

Am nördlichen Ende der Bucht stand ein kleiner, aus Beton gebauter Pier. Vorgelagert befand sich ein Parkplatz mit türkis angemalten Hütten, in denen man, geschützt vor Wind und Wetter, grillen durfte. Mayari zählte acht geparkte Autos, eine recht hohe Anzahl für eine solch abgelegene Bucht, noch dazu an einem Montagmorgen.

Ihre Mutter hatte wohl denselben Gedanken. »Hier ist ja was los! Lass uns kurz anhalten und zum Strand laufen! Vielleicht sieht man von dort etwas.«

Die Straße führte ab hier wieder ins Landesinnere, sodass sie vom Auto keine Sicht mehr auf das Ufer haben würden. Auch hier neben dem Pier wucherten schon Bananenstauden, Palmen und Brotfruchtbäume, daher war der Strand vom Parkplatz aus nicht einsehbar. Mayari fuhr von der Straße ab und parkte den Wagen.

• • •

Kurze Zeit später entdeckten sie den Wal. Er lag quer auf einer Sandbank, etwa 70 Meter vom Pier entfernt. Das Ufer an dieser Stelle war geprägt von seichten Riffen, Sandbänken und den dazwischenliegenden Gräben. Der Platz für das kleine Dock war hervorragend gewählt, denn es war durch eine natürliche Fahrrinne mit dem offenen Meer verbunden. Zusätzlich befand sich hier eine kleine Bucht innerhalb der Bay, die als Hafenbecken diente. Hinter dem Pier verlief ein schmaler Sandstrand, der bis zu einem alten *Beach Resort* führte, das nicht mehr in Betrieb war. Auf halbem Weg zu dem Gebäude erweiterte sich der Strand und lief in einer Sandbank aus, auf der man zurzeit bis zu den Waden im Wasser stand. Hier war der Kadaver aufgelaufen. Einige Schaulustige hatten sich eingefunden, ebenso ein Dutzend Möwen, die immer wieder frech zu dem Wal hüpften, wenn sich zwischen den Menschen eine Lücke bot. Manche der Leute hatten Kameras dabei. Auch drei Kinder standen im Wasser und bestaunten das riesige Tier.

»Es ist ein Jungbulle. Nicht ausgewachsen«, stellte ihre Mutter fest, während sie sich die Schuhe auszog und die Hose hochkrempelte. »Ein erwachsener Bulle kann gut und gerne 50 Tonnen wiegen und wird bis zu 20 Meter lang. Dieser hier scheint kleiner zu sein.«

Mayaris Füße wurden von den ersten Wellen umspült. Das Wasser war angenehm kühl, der Sand grobkörnig und fest. Je näher sie dem Tier kam, desto beeindruckender war die schiere Masse des Körpers. Der Pottwal lag auf der Seite, mit der Schnauze zu ihr gewandt. Die dunkelgraue Haut war von hellen Kratzern und Flecken übersät und wellte sich unregelmäßig auf der Unterseite. Der seltsam schmale, mit fingergroßen Zähnen besetzte Unterkiefer war leicht abgespreizt und bewegte sich mit den sanften Wellen, die den Kadaver umspülten. Gaumen und Ränder der Kiefer leuchteten in hellem Rosa, das Mayari unwillkürlich an einen Sonnenbrand erinnerte. Der gewaltige Schädel wirkte wie eine riesige, unförmige Aubergine. Tiefe Furchen, die nicht von Verletzungen stammten, sondern so gewachsen waren, grenzten an der Kopfspitze das S-förmige Atemloch des Tieres ab. Weitere Furchen führten zu dem kleinen Auge, das leer in den Himmel starrte. Eine schmale Seitenflosse hing schlaff herunter und wirkte im Vergleich zu dem massigen Körper winzig, fast lächerlich.

Ein schwacher Verwesungsgeruch stieg Mayari in die Nase. Sie lief den Kadaver entlang und zählte die Schritte. Zehn, elf, zwölf. Die schartige Schwanzflosse war dunkler als der Rest des Körpers. Vielleicht lag das aber auch daran, dass sie fast vollständig im Wasser lag und nicht ausgetrocknet war. Auf dem Rücken erkannte Mayari eine Reihe von Zacken, die von der Schwanzflosse ausgingen und bis zur kleinen Rückenflosse führten. Wieder am Kopf angelangt, fielen ihr mehrere kreisförmige Narben auf, die auf der Oberseite des Schädels zu sehen waren.

»Tintenfische. Das sind Narben von Saugnäpfen«, erklärte ihre Mutter, die Mayari beobachtet hatte. Der Durchmesser der Narben betrug mindestens vier Zentimeter.

»Pottwale jagen in der Tiefe nach Tintenfischen«, fuhr ihre Mutter fort. »Die Männchen können dabei weit über 1000 Meter abtauchen. Es sind bemerkenswerte Tiere, viel interessanter als Blauwale, finde ich. Siehst du den rechteckigen Kopf? Die Form hat er wegen einiger Organe, bei denen man sich immer noch nicht sicher ist, wozu er sie benutzt. Eines davon ist mit einer Flüssigkeit gefüllt, die sich temperaturabhängig verändert. Man vermutet, dass diese Flüssigkeit mit dafür verantwortlich ist, dass Pottwale so tief tauchen können. Andere Theorien besagen, dass sie damit Geräusche erzeugen, die so laut sind, dass Beutetiere davon betäubt werden.«

Fianns Augen leuchteten. Mayari zog ihr Handy hervor und fotografierte ihre Mutter, wie sie mit bis zu den Knien hochgekrempelten Hosen neben dem Pottwal stand, die

Wangen leicht gerötet und eine Hand an der Schnauze. Sie war in ihrem Element. Mayari wollte diesen Moment festhalten, für sich. Ihre Mutter bemerkte das Foto nicht einmal.

»Weißt du, warum er tot ist?«

Ihre Mutter schüttelte den Kopf. »Das kann viele Gründe haben. Er hat allerdings keine äußeren Verletzungen, er ist also nicht von illegalen Walfängern gejagt worden. Ich vermute, dass es etwas Internes ist. Organversagen oder Nahrungsmangel. Es gab auch schon Tiere, die aufgrund von zu viel Plastik im Magen verendet sind.«

»Wie schwer ist er, was meinst du?«, fragte Mayari.

Ihre Mutter starrte nachdenklich auf den riesigen Körper. »Schwer zu sagen. Er ist zwölf Meter lang, also nicht ausgewachsen. Ich würde mal schätzen zwischen acht und zwölf Tonnen.«

»Easy. Kriegen wir leicht an Bord. Pack mit an!« Mayari lächelte schief. Sie hatte wirklich keine Ahnung, wie sie den Kadaver zum Standort des Experiments schaffen wollten.

Ihre Mutter lachte. »Du hast recht. Ich glaube, es ist an der Zeit, *Tatay* anzurufen. Es wird bestimmt noch etwas dauern, bis sie hier sind.« Sie öffnete ihren Rucksack und zog ihrerseits ihr Smartphone heraus.

Mayari sah sich um. Die Schaulustigen standen in kleinen Gruppen um den Wal herum, machten Fotos und redeten miteinander. Es waren Menschen aus Palau – seit die Touristen nicht mehr herkommen durften, hatten die Bewohner der Inseln die Strände wieder für sich. Tatsächlich war durch diesen Umstand die Identifikation mit der althergebrachten Kultur wieder erstarkt. Man erlebte die Strände und das Meer neu, ließ alte Lieder und Bräuche aufleben. Die Palauer respektierten die Natur und versuchten, so gut es ging, im

Einklang mit ihr zu leben. Das war sicherlich auch der Grund dafür, dass dem Wal noch keine Zähne herausgebrochen worden waren, die bei ähnlichen Ereignissen häufig als Souvenir mitgenommen wurden.

Ein gestrandeter Wal war natürlich trotzdem ein Spektakel. Ein solches Tier aus der Nähe zu sehen, war etwas Einzigartiges. Obwohl es tot am Strand lag, strahlte es eine urtümliche Macht und Würde aus. Es war nur schwer vorstellbar, wie das Leben eines solch beeindruckenden Wesens ausgesehen haben konnte: in der Tiefe nach Tintenfischen zu jagen, sich in der absoluten Finsternis zurechtzufinden. Die Welt eines Pottwals war so fremd, so gefährlich und gleichzeitig so faszinierend, dass Künstler, Autoren und Wissenschaftler sich mit ihr auseinandergesetzt hatten. Und nun stand Mayari neben einem dieser Tiere. Es war seltsam einschüchternd.

Zwanzig Minuten später entdeckte Mayari den Trawler in der Ferne. Ihr Vater hatte anscheinend einen Plan, wie er den Koloss zum Graben bringen wollte. Auch hatte er mit der Palauer Polizei und *Seawatch* telefoniert und sich die Erlaubnis eingeholt, den gestrandeten Wal für das Experiment zu nutzen. Tatsächlich waren die Behörden dankbar gewesen. Ein Walfischkadaver an einem Strand stellte eine ernste Gefahr dar. Der leichte Verwesungsgeruch, den Mayari beim Eintreffen wahrgenommen hatte, würde sich in wenigen Stunden zu einem beißenden Gestank entwickeln und mit dem Wind kilometerweit ins Landesinnere getragen werden. In einem Kadaver bildeten sich zudem Gase, die den Körper zunächst aufblähen und schließlich zum Explodieren bringen würden. Eine solche Explosion geschah ohne Vorwarnung und konnte Umstehende verletzen. Mayari hatte die Zeit genutzt und einiges über gestrandete Wale im Internet nachgelesen.

Die Aufgabe, solch eine Unmenge an Aas entsorgen zu müssen, brachte die Behörden immer wieder an ihre Grenzen. In der Vergangenheit hatte man versucht, Walfische mit Motorsägen in kleinere Stücke zu zerteilen – vergebens. Die dicken Kieferknochen einiger Arten waren einfach zu hart. Andere griffen zu Dynamit. Ein übereifriger Sprengmeister in Amerika hatte dabei so viel Zündstoff in dem Kadaver platziert, dass bis zu 25 Kilo schwere Walfischstücke Hunderte Meter weit geschleudert wurden und bei mehreren parkenden Autos Totalschaden verursachten. Wie durch ein Wunder war niemand verletzt worden. In anderen Fällen wurde den Behörden die fortgeschrittene Verwesung zum Verhängnis. Im Süden Spaniens hatte man versucht, einen 75 Tonnen schweren Finnwal aus einem Hafenbecken zu bergen, indem man den Kadaver mit einem Großkran an der Schwanzflosse senkrecht aus dem Wasser gezogen hatte – bis der Schwanzkiel gerissen war. Die Spanier hatten im Vergleich zu den Taiwanesen der Stadt *Tainan* Glück gehabt; dort war ein Pottwal während des Transports explodiert und hatte eine belebte Straße in der Innenstadt mit stinkendem Blut und Innereien überschwemmt. Die Palauer Behörden hatten also umgehend der Anfrage ihres Vaters zugestimmt.

Zehn Minuten später lag die *Semael* in dem kleinen Hafenbecken des Piers vor Anker, das Heck in Richtung des Walfisches gerichtet. Ihr Vater und Otto, der deutsche Kapitän des Schiffes, kamen mit dem kleinen elektrischen Beiboot zur Sandbank gefahren. Während ihr Vater das Boot steuerte, hielt der Kapitän das Ende eines Stahlseiles fest, das von der großen Spule der *Semael* abgerollt wurde. Früher hatte diese Spule Netze eingeholt. Heute diente sie dazu, den Nährboden in drei Kilometer Tiefe abzulassen. Anscheinend hatte ihr Vater vor, den Wal mithilfe des Drahtseils zurück in den Ozean zu ziehen.

»Was für ein Riesending!«, rief Otto ihnen zu. Er trug ein buntes Hawaiihemd, eine kurze weiße Hose und einen Strohhut auf dem Kopf, unter dem halblanges graues Haar hervorlugte. Er hatte seine große, gespiegelte Sonnenbrille auf der Nase, eine Fliegerbrille der Marke Joop. Otto Kerstein war ein Original, ein echter Seewolf, mit all den schrulligen Eigenheiten, die man sich denken konnte. Er trug einen Schnurrbart, dessen Enden er sorgfältig mit Wichse nach oben gebogen hielt. Er war angeblich auf drei Kontinenten verheiratet und der einzige Überlebende eines tragischen Schiffbruchs im Mittelmeer. Er hatte ein Jahr in einem russischen Gefängnis verbracht. Und er aß seine Cornflakes mit Orangensaft zum Frühstück, weil er laktoseintolerant war. Die Geschichten, die er von seinem früheren Leben erzählte, waren zahlreich. Vor allem aber war er ein fröhlicher Mensch mit starkem deutschen Akzent und der Einzige, der kein flüssiges Englisch sprach. Die Crew mochte den sonderbaren Mann. Otto hatte das Schiff besorgt, kümmerte sich um die Gerätschaften an Bord und behielt die Treibstoffreserven im Auge. Er bestand darauf, statt in einem Hotel auf dem Schiff zu übernachten, da er seit seinem Gefängnisaufenthalt an Land schlecht schlafe.

Er sprang von dem Boot ins Wasser und lachte Mayari zu. In der Hand hielt er den roten Karabinerhaken, der an das Ende des Drahtseils geschweißt war. Er schüttelte den Haken aufgeregt vor seinem Gesicht hin und her. »Damit werden wir den Jungen von der Bank ziehen. Ich habe das mal in Afrika gemacht. War zwar nur ein Buckelwalkalb, aber das Prinzip ist dasselbe. Nur gut, dass der Wal noch halb im Wasser liegt. Wird auch so schwer genug für mein altes

Mädchen werden.« Er lief bewundernd um den Kadaver herum. »Meine Fresse, was für ein Riese! Seht euch die Zähne an! Daraus sollte man eine Halskette machen, was?«

Zum Glück sprach er nur im Spaß. Mayari wäre es unangenehm gewesen, wenn Otto vor den Augen der Einheimischen damit begonnen hätte, Zähne aus dem Kiefer zu stemmen. Nun stand er am anderen Ende, begutachtete die Schwanzflosse und zog schließlich daran.

»Das hier nennt man die Fluke! Praktisches Ding, da können wir das Seil dran befestigen. Der Wal ist noch nicht lange tot. Zum Glück! Den Verwesungsgestank bekommt man auch nach drei Tagen nicht aus der Nase.« Er lachte. Isko lächelte ihm zu. Mayaris Vater hatte Otto Kerstein als Kapitän für die Expedition vorgeschlagen. Beide hatten sich an einem der Strände *Surigaos* kennengelernt; Otto war Besitzer eines kleinen Katamarans, der Touristen zu guten Schnorchelplätzen brachte. Isko hatte ihn einige Male für kurze Expeditionen gebucht, und sie hatten sich angefreundet. Trotz seiner schrulligen Art war Otto ein Tausendsassa, der sich in jeder Situation zurechtfand und immer einen Trick auf Lager hatte.

Kurzerhand legte Otto das Drahtseil um den Schwanz des Fisches, direkt hinter der Schwanzflosse. Den Karabiner hakte er in das Seil ein und zog die Schlaufe fest. Dann zog er mit aller Kraft daran, und Mayari dachte schon, er wolle den Wal mit bloßen Händen von der Sandbank zerren. Doch anscheinend war es nur ein Test.

»Kann die Schwanzflosse nicht abreißen?«, fragte Mayari ihren Vater.

»Nein, der Wal ist noch nicht lange tot, die Schwanzflosse wird dem Zug standhalten. Wenn überhaupt, dann ist sowieso nur der Moment der ersten Bewegung bedenklich.

Sobald er im Wasser ist, können wir ihn einfach hinter uns herziehen.« Isko tastete mit den Füßen den Sand direkt neben dem Kadaver ab. Er kniff die Augen zusammen und sah Otto an. »Der Wal ist leicht im Sand eingesunken, oder die Strömung hat neuen Sand an die Seite gespült.«

Otto watete mit großen Schritten zu dem kleinen Beiboot, wobei er den ganzen Körper einsetzte, um in dem inzwischen kniehohen Wasser voranzukommen. Die Flut hatte eingesetzt. »Dafür habe ich die Schaufel mitgenommen. Wenn wir das Biest ein wenig freilegen, sollte es klappen. Es hilft auch, dass das Wasser steigt.«

Kurz darauf machte er sich daran, an der dem Schiff zugewandten Seite des Wals den Sand abzutragen. Ihr Vater hatte sein T-Shirt ausgezogen und half mit den bloßen Händen, so gut es ging. Isko war schlank, drahtig und dunkelbraun gebrannt. Er liebte die Arbeit an der frischen Luft. Während ihre Mutter sich lieber in einem Labor oder am Schreibtisch der Wissenschaft widmete, war ihr Vater eher praktisch veranlagt. Er hatte Mayari manchmal in die Mangroven um *Surigao* herum mitgenommen und ihr erklärt, warum die Wälder einzigartig waren. Ihn neben einem Walkadaver im Sand wühlen zu sehen, war für Mayari nichts Sonderbares. Trotzdem machte sie erneut ein heimliches Foto mit ihrem Handy.

Nach einer Viertelstunde harter Arbeit hatten ihr Vater und Otto den Wal freigelegt. »Besser geht's nicht«, brummte der Kapitän und wischte sich den Schweiß von der Stirn. »Ich werde zur *Semael* zurückkehren und den Anker noch mal neu platzieren. Der muss schön fest sitzen. Miguel kann mir dabei helfen. Danach werde ich das Seil auf Spannung ziehen und langsam den Zug erhöhen. Ihr könnt anschieben, aber achtet darauf, dass niemand vor dem Riesen steht.« Er watete prüfend noch ein wenig ins tiefere Wasser. »Wir müssen ihn etwa 20 Meter über den Sand ziehen, mit etwas Glück schwimmt er dann. Die Flut wird uns helfen! Danach schicke ich euch Miguel mit dem Beiboot.«

Kurz darauf surrte der elektrische Außenborder des Schlauchbootes los, und Otto fuhr mit wehenden Haaren zum Schiff. Isko grinste ihm hinterher. »Die Welt ist für ihn ein großer Abenteuerspielplatz«, murmelte er.

Es dauerte ein paar Minuten, bis Otto den Trawler richtig platziert hatte. Am Bug befanden sich zwei Anker, auf jeder Seite einer. Otto ließ beide auf den Grund der Bucht hinunter und platzierte das Schiff so, dass die Ketten beider Anker gespannt waren. Diesen Vorgang musste er mehrmals wiederholen, da sich immer wieder einer der Anker losriss. Das Stahlseil hatte bis dahin schlaff im Wasser gehangen. Als die *Semael* schließlich fest an beiden Ankern hing, holte er das Seil langsam ein. Das Schiff war für den Fischfang gebaut worden. Eine etwa vier Meter breite Rampe in der Mitte des Hecks führte vom Deck des Schiffes bis zur Wasseroberfläche. Darüber war die große Trommel angebracht, die insgesamt 3000 Meter Stahlseil aufnehmen konnte. In früheren Zeiten hatte man damit die Fischernetze eingeholt, wobei der Fang über die Rampe an Bord gezogen wurde. Otto stand auf der linken Seite des Hecks und betätigte die Steuerung der Spule. Langsam hob sich das Drahtseil aus dem Wasser, und ein leichtes Zittern ging durch den Pottwal.

Isko hatte mit den Schaulustigen gesprochen und ihnen erklärt, was er mit dem Wal vorhatte. Die meisten standen in respektvoller Entfernung, manche hielten ihre Smartphones auf den Kadaver und filmten. Ein paar wenige hatten sich aber bereit erklärt zu helfen. Schließlich winkte Otto und rief etwas Unverständliches. Trotzdem war die Nachricht klar: Er würde versuchen, den Wal von der Sandbank zu ziehen. Isko, Fiann und Mayari positionierten sich hinter dem Wal, die Hände an dem Koloss und bereit, mit aller Kraft zu schieben. Zwei Männer und eine Frau hatten sich dazugesellt.

Wieder schallte die Stimme des Kapitäns über das Wasser, und ein Ruck ging durch den Körper des Wals. Mayari drückte mit aller Kraft gegen den Bauch des Tieres, dessen Haut sich seltsam schleimig anfühlte. Ihr Vater stemmte sich mit dem ganzen Körper dagegen, und ihrer Mutter, die am Kopf des Wals schob, entfuhr unwillkürlich ein Grunzen, das die Helfer und Mayari auflachen ließ. Langsam bewegte sich der massige Körper. Dabei drehte er sich leicht, denn der Zugpunkt war an der Schwanzflosse, die sich schon zwei Meter auf das Schiff zubewegt hatte. Ein unangenehmes Geräusch, eine Mischung aus reißendem Leder, Knochenknacken und dem Knirschen von Sand, erfüllte die Luft. Es schien zu funktionieren, der Wal rutschte zögerlich über den Sand.

Eine plötzliche Bewegung, ein kurzer Aufschrei und ein schmerzerfülltes, scharfes Einatmen. Mayari ließ von dem Wal ab und lief zu ihrer Mutter. Fiann war an der schleimigen Haut des Tieres abgeglitten und hatte das Gleichgewicht verloren. Sie war mit ihrem linken Arm zwischen die Kiefer des Pottwals gekommen; der Unterarm wies eine handbreite Wunde auf, die schnell zu bluten anfing. Sie fluchte laut und zog sich an Mayari hoch.

»Was ist passiert?«, fragte ihr Vater, der atemlos zu ihnen gekommen war.

»Ich bin ausgerutscht und habe mir an den Zähnen den Arm aufgerissen. Ist halb so schlimm«, antwortete Fiann, während sie den Arm drehte, um die Wunde zu begutachten.

Isko schüttelte den Kopf. »Die Wunde ist zwar nicht tief, aber wir müssen trotzdem zum Arzt. Sie muss gesäubert werden und vielleicht sogar genäht.«

Kaum einer kümmerte sich mehr um den Wal. Eine Frau kam hinzu und sagte: »Ich habe einen Verbandskasten im Auto, den kann ich schnell holen. Ich bin Krankenschwester.« Isko nickte dankbar, und die Frau eilte davon. Mayari und er führten ihre Mutter aus dem Wasser zum Strand.

»Ist schon gut. Ich bin kein Kleinkind«, brummte Fiann. Ihre weiße Bluse war an mehreren Stellen mit Blut besudelt. »Wer hätte auch gedacht, dass das Biest so scharfe Zähne hat ...« Sie war hart im Nehmen, das musste Mayari ihr lassen. Ein junger Mann kam vorbei und brachte eine Flasche Wasser. Mayari dankte ihm und versuchte, die Wunde auszuwaschen, so gut es ging.

Ihre Mutter verzog das Gesicht. »Wenigstens brennt jetzt das Salzwasser nicht mehr.«

Die Krankenschwester kam mit dem Erste-Hilfe-Kasten zurück und legte geschickt einen Verband an. »Sie müssen trotzdem ärztlich versorgt werden. Das *National Hospital* ist auf Koror, aber ich kenne einen Arzt in *Ulubosan*, das ist etwa 15 Minuten von hier. Ich kann Sie hinfahren.«

»Was ist passiert?« Ana war mit dem Beiboot angekommen und rief ihnen die Frage vom Wasser aus zu. Mayari sah erst jetzt, dass der Pottwal nicht mehr auf der Sandbank lag, sondern in einiger Entfernung vom Schiff im Wasser trieb. Otto hatte es geschafft: Das Drahtseil war immer noch an der Schwanzflosse befestigt.

Ihre Mutter wehrte sich zunächst gegen jede Begleitung. Weder Isko noch Mayari oder Ana durften sie zum Arzt bringen. Es sei vollkommen ausreichend, wenn sie mit der netten Krankenschwester, die sich als Kaamia vorstellte, mitfahren konnte. Isko schlug vor, auf die Rückkehr der beiden zu warten, aber Fiann winkte ab. »Ich habe erst mal genug von dem Pottwal. Ich muss nicht dabei sein, wenn ihr ihn versenkt. Fahrt hinaus! Ich komme morgen wieder mit. Nutzt die Flut!« Mayari schüttelte lächelnd den Kopf. Das war ihre Mutter. Pragmatisch, unkompliziert.

»Das ist doch Unsinn!« Ana schüttelte den Kopf. »Irgendjemand muss den weißen Pick-up zurück zum Hotel fahren, und mit der Verletzung wird das nicht Fiann sein. Ich komme mit, Ende der Diskussion. Mayari kennt sich inzwischen gut genug aus, die schafft das auch ohne mich.« Ana zwinkerte Mayari zu, und Fiann blieb nichts anderes übrig, als sich von der resoluten Ana zum Auto führen zu lassen. Isko blickte den beiden mit zusammengepressten Lippen hinterher.

Kurz darauf kletterte Mayari an Bord der *Semael*. Insgeheim war sie froh, dass sie den Tag nicht in einem Wartezimmer verbringen musste. Sie liebte es, mit dem Schiff hinauszufahren. Manchmal ließ Otto sie sogar ans Steuer, allerdings nur auf hoher See, wenn weit und breit kein Hindernis in Sicht war. Sie fand es trotzdem aufregend.

Sie half Miguel und ihrem Vater dabei, die Anker einzuholen. Langsam setzte sich das Schiff in Bewegung. Der Pier zog rechts an ihnen vorbei, und Otto steuerte die *Semael* in einem großen Bogen um einige Untiefen herum. Schließlich nahm der Trawler Fahrt auf, den toten jungen Pottwal im Schlepptau. Die Möwen kreisten über ihm, schreiend und keifend, als schimpften sie darüber, dass man ihnen die größte Mahlzeit ihres Lebens geklaut hatte.

Das offene Meer lag vor ihnen, blau und grenzenlos.

KAPITEL 3

Die *Semael* war ein altes Schiff, aber es befand sich in einem guten Zustand. Otto hatte es günstig von einem Palauer Fischer erstanden, und ein Teil des Budgets war für Ausbesserungen und den Umbau verwendet worden. Für das Experiment hatten sie einige Anpassungen an dem norwegischen Trawler vornehmen müssen. Otto war mit Schweißgerät und Plasmaschneider angerückt. Neben kleineren Reparaturen hatte er das Fischernetz durch das Stahlseil ersetzt, einen Dieselfilter der neuesten Generation eingebaut und eine kleine Landeplattform am Bug angebracht. Ihr Vater ließ moderne Forschungsmodule in das Schiff einsetzen, die Installation und die anschließenden Funktionstests hatte er persönlich überwacht. Von außen sah die *Semael* immer noch aus wie ein 50 Jahre alter Kahn, im Bauch des Schiffes aber befand sich neueste Technik.

Lediglich der Leichthubschrauber, der gut festgezurrt auf der Plattform stand, verriet, dass es sich bei der *Semael* um ein Forschungsschiff handelte. Es war ein wasserstoffbetriebener Multikopter der japanischen Marke *Yasashī*, ausgestattet mit vier Sitzplätzen und einfach zu bedienen. Moderne Technik steuerte die Drehzahl der vier kleinen Rotoren und erlaubte Flugpräzision ohne mechanische Steuerungselemente, die noch in älteren Modellen mit nur einem Rotor zu finden waren. Das Modell wurde auch aufgrund seiner geringen Größe oft auf Forschungsschiffen verwendet und diente als Aufklärungs- sowie Rettungshubschrauber. Ihr Vater hatte während des Militärdienstes den Flugschein gemacht, und das *Institute of Biology* der Universität unterstützte das Experiment mit dieser Leihgabe.

Für Mayari interessanter waren die Gerätschaften in der ehemaligen Messe, die zu einer Art Einsatzzentrale umgebaut worden war. Hier hielten sich Ana, Miguel und Mayari die meiste Zeit auf, denn hier befanden sich die Steuerungseinheiten für die Unterwasserdrohnen und Roboter – die Zentrale war das eigentliche Herzstück der Expedition. Auf zehn Bildschirmen wurden Kamerabilder übertragen und Daten angezeigt, dazu kamen noch die persönlichen Laptops der Wissenschaftler. Sie konnten Strömungsbilder erstellen, Sedimentproben entnehmen, Messungen zu Druck, Temperatur und Sauerstoffgehalt vornehmen, die Entwicklung des Nährbodens beobachten und – mithilfe des Tauchroboters – neuen platzieren. Mayari hatte zunächst mehr über die Bedienung der Technik gelernt als über Geologie.

Über der Einsatzzentrale befand sich der Steuerraum, das Reich von Kapitän Otto Kerstein. Auch hier hatte man die Technik des Schiffes ersetzt und, wo nötig, erweitert. Doch neben Echolot, Radar und Funk war eine der wichtigsten Neuerungen ein kleiner Kühlschrank, den Otto bei jedem Landbesuch mit Ananassaft auffüllte. Als Mayari die »Kommandobrücke« – wie Otto sie manchmal großspurig bezeichnete – betrat, hielt der Deutsche gut gelaunt eine der kleinen Flaschen in der Hand. Aus irgendeinem Grund liebte er Ananassaft.

»Na, Mayari? Willste wieder mal das Steuer übernehmen?«, fragte er.

Mayari schüttelte den Kopf. »Heute will ich nur die Aussicht genießen.« Otto lächelte und nahm einen Schluck aus dem Fläschchen. Beide blickten aus der großen Fensterfront vor ihnen.

Die Brücke befand sich auf dem hinteren Teil des Schiffes, sodass man von hier die Mitte des Oberdecks überblicken konnte. Ein kleiner Kran lag zusammengelegt an der Seite. Er hatte früher den Fang, der mit Förderbändern vom Heck zur Mitte des Schiffes transportiert worden war, in den großen Laderaum versenkt. Heute diente er dazu, sowohl den Tiefseeroboter *Syreni I* als auch den Nährboden aus dem 300 Kubikmeter umfassenden Lager an Deck zu hieven. Die Pakete befestigten sie anschließend an dem Drahtseil und ließen sie auf den Grund des Meeres hinab, wo sie mithilfe des Tauchroboters endgültig platziert und von dem Seil befreit wurden. Ein Prozess, der insgesamt fast eine Stunde dauerte.

Mayari nahm die Weite des Ozeans in sich auf. Grenzenlos. Unermesslich. Es war immer wieder beeindruckend, wenn man auf offener See und an einem wolkenlosen Tag vom Ultramarin des Wassers unten und vom Azurblau des Himmels oben umgeben war. Ohne Schiff gäbe es keinen Orientierungspunkt mehr, man würde verschlungen von blauer Unendlichkeit. Für Mayari war das eine einschüchternde Vorstellung.

Menschen in früheren Zeiten waren ohne Karten, Radar, GPS und Sonar ausgekommen. Sie hatten sich an Farbe, Temperatur und sogar am Salzgehalt des Wassers orientiert. Anhand von pflanzlichem Treibgut oder Seevögeln waren sie in der Lage gewesen, die Nähe zum Land abzuschätzen, auch wenn dieses noch hinter dem Horizont lag. Viele dieser Techniken waren dokumentiert und aufgearbeitet; Otto besaß mehrere Bücher darüber und hatte Mayari begeistert davon erzählt. Auf den *Marshall Islands* hatte man mit zusammengebundenen dünnen Zweigen komplexe Strömungskarten erstellt. Es existierte ein sogenannter Sternenkompass, der auf den *Karolinen* entwickelt worden war und oft mit kleinen Steinchen oder Muscheln dargestellt wurde. Auf den polynesischen Inseln verwob man solches Wissen gerne in Liedern und Geschichten, wobei die darin vorkommenden Figuren je eine Konstellation repräsentierten. So war die Reihenfolge der Sternenbilder auf dem Kompass einfacher zu merken.

»Wie lange werden wir brauchen?«, fragte sie.

»Hm. Wir sind natürlich etwas langsamer als sonst, wegen dem dicken Vieh, das wir hinter uns herziehen.« Otto schielte auf den Fahrtmesser. 11 Knoten. »Na, zwei Stunden in etwa. Genug, um sich ein wenig zurückzulehnen und die Sonne zu genießen. Nimm dir einen Ananassaft, wenn du magst!« Er grinste und deutete stolz auf den kleinen Kühlschrank. »Ich geb Bescheid, wenn wir uns nähern.«

Mayari bedankte sich und verließ den Steuerraum über eine Treppe, die hinunter aufs Deck führte. Ihr Vater stand am Heck und betrachtete den Kadaver, der zur Hälfte aus dem Wasser ragte und eine V-förmige Welle hinter sich herzog. Der Wind zauste an Iskos fingerlangen schwarzen Haaren ebenso wie an dem einfachen hellblauen T-Shirt. Ihr Vater hatte sich nie etwas aus Mode gemacht. Kleidung war ein notwendiges Übel, die Beschaffung nervenaufreibend. Er hatte unter den Dresscodes der Empfänge gelitten, an denen er und Fiann in der Finanzierungsphase teilgenommen hatten. Am liebsten turnte er in Badeshorts auf einem Boot herum oder schwamm mit einem Taucheranzug im Meer. Für alles andere besaß er eine Handvoll einfarbiger T-Shirts und ein paar unterschiedlich lange Hosen.

Mayari ging zu ihrem Vater und blickte ebenfalls auf den Wal. Die Möwen hatten inzwischen von dem Kadaver abgelassen – die *Semael* hatte sich für die Vögel zu weit vom Ufer entfernt. Palau war nurmehr als dunkler Streifen in der Ferne zu erkennen, eine einsame Erhebung am Horizont. Nicht mehr lange und der Archipel würde dahinter verschwinden. *Blaue Unendlichkeit.* Mayari erschauderte.

Ihr Vater legte einen Arm um sie und zog sie zu sich. Vielleicht hatte er das Schaudern als ein Frieren interpretiert, aber Mayari genoss den Moment. »Fiann und Ana sind schon auf dem Weg ins Hotel. Sie musste mit vier Stichen genäht werden«, berichtete er.

»Vier Stiche! Das wird sicherlich eine Narbe hinterlassen!«

»Ja, gibt nicht viele Leute, die sagen können, dass sie eine Narbe von einem Pottwal haben.« Er lachte leise.

»Aber ihr geht's gut?«, fragte Mayari.

»Du kennst deine Mutter. Sie fährt ins Hotel, um Abrechnungen zu machen. Sie will nur ja keine Minute ungenutzt lassen. Ich habe ihr gesagt, dass sie sich hinlegen soll, ein Buch lesen oder fernsehen, aber na ja ... sie ist eben, wie sie ist. Ich liebe sie ja auch deswegen. Und wenn jemand die Buchhaltung macht, beschwere ich mich erst recht nicht.«

Beide verstummten und blickten auf den Wal. Mayari hatte die Fahrten lieben gelernt. Auf ihnen gab es Momente der Ruhe, in denen nichts zu tun war. Sie verbrachte hier mehr Zeit in Gesprächen mit ihren Eltern als früher zu Hause. Dort waren sie pausenlos beschäftigt; beide besaßen kein Büro, sondern hatten sich einen Arbeitsplatz in ihrer Wohnung eingerichtet. Hier auf dem offenen Meer war das gesamte Team zum Nichtstun gezwungen, auch die Handys hatten auf hoher See keinen Empfang mehr. In Palau gab es zwei Sendemasten; beide lediglich mit einer Reichweite von etwa zwölf Kilometern. Das schuf Raum für persönliche Momente, sei es mit ihren Eltern oder auch mit den anderen Besatzungsmitgliedern. Zudem blieben sie manchmal auch über Nacht auf See und verbrachten den Abend mit etwas Glück zusammen unter einem leuchtenden Sternenhimmel. Sie erinnerte sich an das Gespräch mit ihrer Mutter während der Fahrt. Nach dem Studium konnte alles anders werden. Sie würde diese Momente vermissen.

Ihr Vater kniff die Augen zusammen und seufzte. »Er ist so ein eleganter Riese. Ich wünschte, du hättest mal einen lebenden Pottwal gesehen. Es ist noch mal etwas ganz anderes, wenn man sieht, wie sie sich bewegen und die Fontäne rauspusten.«

»Hast du mal Pottwale gesehen?«

»Einmal. Bei den *Babuyan-Inseln*. Lange bevor du geboren wurdest, ich war noch ein kleiner Junge. War vielleicht eines der Schlüsselerlebnisse, die mich dazu gebracht haben, Meeresbiologe zu werden.«

»Das war also noch vor dem Meeressterben.«

Ihr Vater nickte. »Mein Vater – dein Opa Napo – hat mir manchmal erzählt, wie das Meer um *Surigao* war, in dem er als kleiner Junge geschwommen ist. ›Kochendes Wasser‹, hat er immer gesagt. Es gab so viele Fische im Meer, dass es manchmal vom Ufer so aussah, als würde das Wasser kochen – stell dir vor! Man konnte große Schwärme beobachten und dann die Raubtiere, die Jagd auf sie machten, Haie und Wasservögel. Das habe ich zwar nicht mehr erlebt, aber ich konnte trotzdem noch mit dem Schnorchel tauchen und eine Menge Fische beobachten. Delphine im offenen Meer und eben auch einmal einen Pottwal.«

Mayari war hin und wieder mit ihrem Vater an der philippinischen Küste entlanggefahren, um in bestimmten Buchten zu schnorcheln. Es war jedes Mal ein Abenteuer gewesen. Sie hatten Jagd auf Fische gemacht, natürlich nicht mit der Harpune, sondern mit einer digitalen Unterwasserkamera. Für Mayari waren die Fotos von Krebsen, von bunten Fischen oder einem Oktopus ihre Art der Jagdtrophäen gewesen. Sie hatte sie gesammelt, sich die guten Bilder ausgedruckt und in ihr Zimmer gehängt. So etwas wie einen ganzen Schwarm hatte sie erst viel später zu Gesicht bekommen – die Küstengebiete der Philippinen waren allesamt überfischt. Erst auf hoher See, während einer früheren Expedition in einem Reservat, hatte sie das erste Mal eine große Anzahl Makrelen beobachten können. Eine glitzernde Wolke im Wasser, Hunderte von Exemplaren, die sich im Einklang miteinander bewegten, für einen Moment hektisch, dann wieder elegant ruhig. Es war ihr magisch vorgekommen.

»Irgendwann werden wir wieder kochendes Wasser haben«, sagte sie. Mayari war Optimistin.

»Das hoffe ich. Dafür machen wir ja das Ganze. Und er wird uns dabei helfen.« Er deutete auf den Pottwal und lächelte sie an. »Ich sollte mit Otto besprechen, wie wir das Ungetüm überhaupt versenken. Da habe ich bis jetzt noch keine Idee.« Er drückte sie noch einmal und begab sich dann zum Steuerraum.

Miguel stand auf der anderen Seite des Hecks und suchte mit einem Fernglas das Meer ab. Mayari schlenderte zu ihm hinüber. In den zwei Wochen, in denen sie die Strecke gut ein Dutzend Mal hin- und zurückgefahren waren, hatten sie keine einzige Sichtung verbuchen können. Die ersten Tage hatten auch Mayari und Ana Ausschau nach aus dem Wasser ragenden Rückenflossen gehalten, doch Miguel war als Einziger dabeigeblieben.

»Eine Runde Wellen gucken?«, fragte Mayari.

Miguel lächelte. »Ist ein guter Tag dafür. Heute ist die Wahrscheinlichkeit höher als sonst.«

Mayari sah ihn fragend an. Er deutete mit einer Kopfbewegung auf den Wal und setzte das Fernglas an die Augen. »Wir haben einen riesigen Köder dabei, den wir schön durchs Wasser ziehen. Könnte durchaus das Interesse eines Hais wecken. Zumindest hoffe ich das.« Miguel fand Haie cool. Unzählige Sticker auf seinem Laptop zeigten Haifische. Er liebte Trashfilme, in denen Haie vorkamen – *Sharknado 1* bis *12*, *Tiburón de la Muerte* oder *Megadolon* –, auch wenn oder gerade weil sie nicht unbedingt die Realität widerspiegelten. Gleichzeitig war er ein wandelndes Lexikon, was die Tiere betraf. So wie ihre Mutter Pottwale besonders interessant fand, faszinierten Miguel eben Haie.

»Ich hoffe auf einen Weißspitzenhai oder einen Hammerhai. Ein Tigerhai wäre auch möglich.«

»Du hast recht, an den Wal als Köder habe ich gar nicht gedacht«, gab Mayari zu. »Dann werde ich heute auch mal wieder Ausschau halten!« Miguel brummte nur als Zeichen der Zustimmung.

Die nächste halbe Stunde verbrachten sie damit, das Wasser abzusuchen. Es war eine Arbeit, die Konzentration erforderte. Durch die unzähligen Wellen befand sich die Wasseroberfläche in ständiger Bewegung, Schaumkronen entstanden und verschwanden und Sonnenstrahlen wurden als Myriaden blitzender Punkte reflektiert. Als Beobachter musste man das Chaos des Meeres ausblenden und sich auf langsame, gleichmäßige Bewegungen konzentrieren; Schatten finden, die sich vom Rest abhoben. Eine Rückenflosse war klein, aber dank der Spur, die sie auf den Wogen hinterließ, konnte man sie ausfindig machen. Vorausgesetzt, da war überhaupt eine Rückenflosse.

Schließlich nahm Mayari das Fernglas herunter und rieb sich die Augen. »Vielleicht sind wir einfach zu schnell für die Haie. Immerhin fahren wir ja mit voller Kraft.«

Miguel zuckte mit den Schultern. »Makohaie könnten uns locker überholen. Sind aber auch eine der schnellsten Haiarten.« Auch er nahm das Fernglas herunter und starrte auf das Wasser. »Aber vielleicht sind auch einfach keine in der Nähe.«

Sie standen einige Atemzüge stumm nebeneinander an der Reling. Dann setzte Miguel erneut an: »Ich war einmal im Urlaub in Indonesien, in einem der W*et Markets* am Hafen, als ich zwölf Jahre alt war. Eine riesige Halle, ein übler Gestank nach Innereien und Ammoniak. Auf dem Boden lagen Hunderte Tiere, die von den Fischern am Morgen gefangen worden waren. Thunfische, Segelfische, Wahoos, Barracudas, was auch immer man kaufen wollte. Und Haifische. Reihenweise. Weiß nicht mehr, was für eine Art, muss aber irgendeine kleinere Art gewesen sein. Katzenhai oder Riffhai. Ich kann mich nur noch daran erinnern, dass fast allen die Rückenflosse fehlte, stattdessen war da nur eine klaffende Wunde. Überall tropfte Blut von den Tischen und bildete kleine Bäche am Boden. Ich habe damals natürlich nicht kapiert, was ich da sah. Es war gruselig und gleichzeitig faszinierend, die ganzen toten Tiere zu sehen.«

»Ich habe darüber gelesen.« Mayari erschauderte. »Die Flossen wurden nach China verkauft. Inzwischen ist das verboten. Die Märkte wurden geschlossen, soweit ich weiß.«

»Ja, offiziell schon. Aber für viele ist die Fischerei der einzige Ausweg aus der Arbeitslosigkeit und der Armut. Durch die Verbote ist der Preis für Fischfleisch gestiegen, also ist auch der Anreiz größer geworden, illegal zu fischen. Die Märkte haben sich lediglich in den Untergrund verlagert. Fisch wird inzwischen im Darknet gehandelt, neben Waffen und Drogen. Überall floriert der Schwarzmarkt, manchmal sogar mit dem Wissen der Behörden. Nicht nur in Indonesien, auf der ganzen Welt.«

Miguel hatte Informatik studiert und einige Jahre als *White Hat* gearbeitet. Er hatte Intranets, Datenbanken und Software von Unternehmen gehackt – mit deren Einverständnis. Erst einige Jahre später hatte er sich für Vermessungstechnik interessiert und ein zweites Studium begonnen. Er hatte ihr mal erzählt, dass er es leid war, immer nur vorm Computer zu sitzen. Doch obwohl er jetzt für maritime Expeditionen arbeitete, kannte er sich immer noch in seinem alten Metier aus. Sein Hacker-Tag war *BabyShark* gewesen. Oder war es immer noch, Mayari war sich da nicht sicher.

Miguel blickte wieder auf das Meer. »Es wäre also nicht verwunderlich, wenn einfach keine in der Nähe sind ...«

Auch nach einer weiteren halben Stunde hatten sie keine Rückenflosse entdecken können. Nur grenzenloses Wasser, das in stetigen Wogen seine Oberfläche veränderte. Die *Semael* fuhr durch eine Wüste aus Blau, und es schien, als hätten sie den Körper des letzten Lebewesens der Meere im Schlepptau.

• • •

Einen toten Walfisch zu versenken, war nicht so einfach. Bei jedem Lebewesen bildeten sich nach dem Tod Fäulnisgase in Magen und Darm. Viele sprachen dabei von Verwesung, was aber nicht richtig war. Verwesung brauchte Sauerstoff und fand nur auf der äußeren Schicht eines toten Organismus statt – auf der Haut. Im Inneren eines Kadavers arbeiteten Mikroben an der Zersetzung von Proteinen und Aminosäuren und erzeugten übelriechendes Ammoniak und Schwefelwasserstoff, die selbst einem mehrere Tonnen schweren Tier Auftrieb geben konnten. Überließ man einen Walkadaver sich selbst, sorgte der Verwesungsprozess dafür, dass die Haut nach und nach rissig wurde und die Gase entweichen konnten. Dies würde bei dem Pottwal jedoch noch Tage dauern.

Ihr Vater hatte dem Team eine Einführung in die Vorgänge der Mikrobiologie gegeben und stand nun mit einem Ruder an Deck, das breite Ende nach unten gerichtet. Oben, am Ende des Schafts, hatte er mit Unmengen grauem Isolierband ein altes Fischmesser fixiert, dessen Klinge etwa 30 Zentimeter überstand. Otto lehnte mit einer kleinen Flasche Ananassaft an der Reling und inspizierte die Konstruktion skeptisch. »Ich bin mir ja nicht sicher, ob das Messer was taugt …«

Sie waren am Ziel angelangt. Nordöstlich von Palau gab es einen *Seamount*, dessen höchste Stelle knapp 3000 Meter unter dem Meeresspiegel lag. Er wuchs aus einem 32 Kilometer langen Gefälle hervor, dem westlichen Hang des *Palau Trench*. Der Unterwasserberg bot genug Fläche für die Platzierung des Nährbodens, war geschützt vor den umgebenden Tiefseeströmungen und konnte mit dem Drahtseil knapp erreicht werden.

Ihr Vater plante, den Wal mit seiner behelfsmäßigen Konstruktion vom Wasser aus aufzuschneiden. Das Messer hatte er an Bord entdeckt, zwischen anderen Werkzeugen, die noch aus der Trawler-Vergangenheit der *Semael* stammten.

Es war das längste Messer, das er hatte finden können, und schien einigermaßen scharf zu sein. Unter der zähen Walhaut befand sich eine zehn Zentimeter dicke Fettschicht, der sogenannte *Blubber*. Sie schützte den Wal vor Auskühlung. Wenn Isko die Fäulnisgase entweichen lassen wollte, musste er diese Fettschicht an mehreren Stellen durchstechen. Glücklicherweise trieb der Wal mit der Unterseite nach oben, denn nur dort konnte ein solcher Eingriff gelingen.

Otto ließ das elektrische Beiboot zu Wasser. Den Wal an der Spule auf die Heckrampe zu ziehen, würde nur die Schwanzflosse in Reichweite bringen. Selbst wenn es ihnen gelänge, den Wal weit genug an Bord zu zerren, bestand die Gefahr, dass Blut und Eingeweide aus einem Schnitt herausdringen und das Schiff für Tage in Fäulnisgestank einhüllen würden. Otto und ihr Vater stiegen in das Boot, und der Deutsche steuerte es in einem großen Bogen an die Flanke des Wals. Isko hatte sein T-Shirt ausgezogen und stand mit dem Ruder wie mit einem Bajonett am Bug des kleinen Beibootes. Mayari kamen die alten Zeichnungen und Gemälde in den Sinn, die Walfänger aus dem 19. Jahrhundert zeigten. Männer in kleinen Ruderbooten; in den Händen Harpunen, die mit Leinen an großen Bojen befestigt waren. Riesige Schwanzflossen und Fontänen in einem aufgewühlten Meer. Die Bilder waren immer hochdramatisch, meist mit Gewitterwolken und haushohen Wellen.

Die Realität sah dann doch etwas anders aus. So heroisch die Pose ihres Vaters auch für den Augenblick gewesen sein mochte, als er das erste Mal mit dem Ruder zustach, verflog der Eindruck von Verwegenheit. Die Klinge bog sich, und das Isolierband zerriss. Unspektakulär baumelte das Fischmesser kurze Zeit an einem Strang des Klebebands, löste sich dann, glitt an dem Kadaver ab und fiel mit einem leisen

Platsch ins Meer. Isko ließ das Ruder fallen und versuchte, nach dem Messer zu greifen, doch es war zu spät. Verdutzt blickte ihr Vater auf die kleinen Luftblasen, die beim Eintauchen der Klinge entstanden waren. Otto lachte laut auf. Alle bis auf Isko konnten sich ein Grinsen nicht verkneifen. Ihre Mutter würde sich ärgern, bei dieser Szene nicht dabei gewesen zu sein, dachte Mayari.

Kurz darauf waren ihr Vater und Otto wieder zur *Semael* zurückgekehrt. Die Frage war nun, wie man weiter vorgehen sollte. Miguel schlug vor, ein neues Messer zu suchen, aber es diesmal besser am Ruder zu befestigen. Mayari überlegte, ob es nicht möglich wäre, auf dem Walkadaver zu laufen und so mit dem Messer direkt an eine geeignete Stelle zu gelangen. Isko hatte zudem eine Harpune gefunden, aber die Widerhaken würden verhindern, dass man sie nach dem Zustechen wieder aus dem Körper herausbekam. Mayari erschien das Ganze surreal. Sie, eine Geologiestudentin, stritt mit einem Vermessungsspezialisten und einem Biologen darüber, wie man einen Walkadaver dazu brachte, auf den Meeresboden zu sinken. Sie hatte sich die wissenschaftliche Arbeit anders vorgestellt.

Ein lauter Knall unterbrach die Diskussion, dicht gefolgt von zwei weiteren. Mayari zuckte zusammen. Das waren Schüsse! Als sie sich umblickte, sah sie Kapitän Otto Kerstein am Heck stehen, beide Arme in Richtung des Pottwals vor sich ausgestreckt. In einer Hand hielt er eine glänzende Pistole, einen Revolver mit langem Lauf. Wieder knallte es, und der Rückstoß ließ Ottos graues Haar erzittern, das unter dem Strohhut hervorlugte. Insgesamt sechsmal schoss Otto auf den Wal, dann gab der Revolver nur noch ein Klicken von sich.

Ihr Vater erlangte als Erster die Sprache wieder. »Otto,

verflucht noch eins, was tust du da? Du hast einen Revolver?«

Otto blickte sich um und räusperte sich. »Oh, ähm, 'tschuldigung. Wollte euch nicht erschrecken. Ich dachte, ich probier das mal, kann ja nicht schaden.«

Ihr Vater starrte Otto immer noch entgeistert an. »Wieso hast du eine Pistole an Bord?«

»Ah, ach so. Kein Sorge, ist alles legal. Seit ich in Afrika aufm Segelboot unterwegs war, habe ich die hier immer dabei. Ist eine Art Lebensversicherung. Wegen der Piraten, die sind da nicht zimperlich. Hatte zwei Begegnungen, einmal waren die schon an Bord, da war ich froh, die Luzi hier bei mir gehabt zu haben.« Er öffnete die Trommel und hielt den Revolver so, dass die leeren Patronenhülsen in seine Hand fielen. »Ohne die wär ich vielleicht nicht mehr hier. Dann läge ich jetzt im Golf von Guinea auf dem Grund. Die hätten kurzen Prozess mit mir gemacht. Hab aus der Kajüte geschossen, und einer ist über Bord gegangen ...«

»Otto, du kannst doch hier nicht einfach so rumballern! Ohne uns Bescheid zu geben!« Ihr Vater war sichtlich wütend. Otto blickte Isko erstaunt an, als würde er erst jetzt verstehen, was er getan hatte. Er hob entschuldigend die Hände.

»'tschuldigung. Wird nicht wieder vorkommen. Ist aber alles sicher! Da kann nix passieren! Ich bin ein guter Schütze. Und wir sind hier ja auf dem offenen Meer. Weit und breit niemand.« Er machte eine ausladende Geste. »Und übrigens: Es hat funktioniert!«

Mayari, Miguel und Isko kamen zögerlich an die Reling. Von dem Wal war lediglich die Schwanzflosse zu sehen, die immer noch von dem Drahtseil festgehalten wurde. Der Wal hing senkrecht nach unten im Wasser, vereinzelte Luftblasen wirbelten an dem Körper empor, anscheinend aus Löchern, die von den Schüssen stammten. Es roch nach Ammoniak. Die Wutfalten im Gesicht ihres Vaters glätteten sich. Er ließ sich von Otto versprechen, dass er seine Waffe nicht wieder unangemeldet benutzen würde, und Otto schwor bei seinem Ananassaft, die Pistole nur in Notfällen hervorzuholen.

Mayari grinste und blickte auf das Wasser. Sie konnte Otto nicht böse sein. Mit einem Revolver auf einen Walkadaver zu schießen, war verrückt, aber ein typischer Lösungsansatz für ihn. Dass er vor Afrika gegen Piraten gekämpft hatte, reihte sich nahtlos in die anderen Geschichten ein, die er ihr manchmal erzählte, wenn sie das Steuer übernehmen durfte. Sie war sich nie sicher, was dabei wirklich geschehen und was frei erfunden war. Inzwischen war sie aber der Überzeugung, dass Ottos Geschichten öfter auf wahren Begebenheiten beruhten, als man im ersten Moment glauben wollte.

Sie bemerkte eine Bewegung aus den Augenwinkeln. Argwöhnisch suchte sie die Wasseroberfläche ab. Tatsächlich entdeckte sie eine Rückenflosse, die in der Nähe des Wals ihre Kreise zog. Sie ragte etwa eine Armlänge aus dem Wasser und gehörte unverkennbar zu einem Haifisch. Aufgeregt beugte sie sich über die Reling der *Semael*. Große dunkle Schatten zogen lautlos unter dem Schiff vorbei. Es waren mindestens sechs Tiere, große Exemplare, zwei bis drei Meter lang. Einer dieser Schatten näherte sich dem Pottwal, und kurz darauf erzitterte die Schwanzflosse an dem Drahtseil, als der Hai versuchte, ein Stück aus dem Kadaver herauszubeißen.

Eine Gruppe von Haien hatten den Wal entdeckt. Miguels Gebete waren anscheinend erhört worden.

KAPITEL 4

Hektische Betriebsamkeit war auf der *Semael* ausgebrochen. Vor allem Miguel war seit der Ankunft der Haie nicht wiederzuerkennen. Mit einer digitalen Spiegelreflexkamera rannte er von einer Seite des Schiffes zur anderen. Vor Aufregung hatten sich rote Flecken auf seiner Stirn und den Wangen gebildet. Jedes Mal, wenn einer der Haie die Wasseroberfläche durchbrach, jauchzte der sonst so wortkarge Chilene vor Vergnügen auf und stieß einen Schwall von spanischen Wörtern aus.

Währenddessen hatten ihr Vater und Otto sich um die *Syreni I* gekümmert, den Expeditionsroboter. Er würde den Wal auf seiner Reise in die Tiefe begleiten. Zudem waren in ihm mehrere Kameras verbaut, mit denen sie die Tigerhaie beobachten konnten, solange die Gruppe dem Wal folgte. Dass die Tiere ein paar Kilogramm Fleisch aus dem Kadaver rissen, störte nicht – der Wal würde auch nach ein paar Haifischbissen genug organisches Material für das Experiment liefern. Mithilfe des Krans wurde die *Syreni I* auf der rechten Seite des Schiffes ins Wasser gelassen.

Zur selben Zeit bereitete Mayari die vier Unterwasserdrohnen vor. Auch diese besaßen Kameras, waren aber wesentlich kleiner und schneller als der große, klobige Expeditionsroboter. Sie sahen aus wie übergroße Kapseln, bei denen an einem Ende ein Stück abgeschnitten worden war – dort befand sich der ringförmige Antrieb. Jede der Drohnen wog 30 Kilo und konnte einfach vom Schiff ins Wasser geworfen werden. Die Außenhülle war aus Metall und so robust, dass sie sogar den Bissen von neugierigen Meeresbewohnern standhalten konnte.

Einige Minuten später versammelte sich die reduzierte Crew in der Einsatzzentrale. Der Einzige, der an Deck blieb, war Kapitän Kerstein, der das Abrollen des Drahtseils überwachen musste – eine eher langweilige Beschäftigung, denn bis die gesamten 3000 Meter von der Spule gelassen waren, verging eine gute halbe Stunde. Währenddessen sah man nichts als die sich drehende Kabeltrommel und das Meer ringsum. Viel interessanter waren da die vielen Monitore, auf denen die Kamerabilder aufleuchteten.

Das Herabsinken der Drohnen erfolgte per Autopilot, lediglich die Ausrichtung der Kameras musste hin und wieder manuell angepasst werden. Mayari beobachtete fasziniert die Bildschirme. Wie eine längliche Glocke hing der Wal im Wasser, Sonnenstrahlen umspielten seine dunkle Gestalt. Die *Syreni I* befand sich schräg unterhalb des Pottwals und passte sich an dessen Sinkgeschwindigkeit an. Die Tigerhaie umkreisten den riesigen Kadaver nach wie vor, die Umrisse mit den markanten Seitenflossen waren von unten gut zu erkennen. Immer wieder näherte sich eines der Tiere und verbiss sich in den Wal, zuckte einen Moment lang auf der Stelle, bis sich endlich ein Stück löste. Danach schwammen sie wieder stoisch ihre Kreise, manchmal zogen sie für eine Weile eine wabernde Spur aus weißen Fettpartikeln hinter sich her.

Miguel übernahm für kurze Zeit die Steuerung einer Drohne und manövrierte sie an die Haie heran. Für ihn war dies einer der aufregendsten Momente der Expedition. Datenanalyse und Meeresbodenvermessung waren interessant, aber nicht im selben Maße aufregend wie die Beobachtung von Tigerhaien beim Fressen. Ihm gelangen einige atemberaubende Aufnahmen aus der Nähe, auf denen die Zähne und die kleinen schwarzen Augen gut zu erkennen waren. Im richtigen Licht leuchtete auf den Flanken das charakteristische Muster auf – die hellen Streifen, die den Tieren ihren Namen gaben.

»Es sind junge Tigerhaie«, sagte Miguel. »Ein ausgewachsenes Exemplar ist noch ein gutes Stück größer, und bei diesen hier ist die Musterung gut erkennbar. Die verblasst bei älteren Tieren.«

Die Anzeige der *Syreni I* zeigte minus 186 Meter an. Die Umgebung wurde zunehmend dunkler, und ihr Vater schaltete die Lichter des Roboters ein. Der Expeditionsroboter war auch unter Wasser keine Schönheit: ein aus mehreren Querstangen und durchlöcherten Platten bestehender Kasten, in den allerlei Gerätschaften geschraubt waren. Zwei Greifarme, Scheinwerfer, Kameras und eine Glaskuppel mit Messgeräten in der Mitte. Antriebsschrauben auf jeder Seite machten den Roboter manövrierfähig. Der Name *Syreni* – Meerjungfrau – war eher ironischer Natur.

Als die Haie sich schließlich zurückzogen, schaltete Mayari den Autopiloten der Drohnen ein und überprüfte die einprogrammierten Endpositionen. Mit den vier Drohnen erstellten sie und Ana Stück für Stück ein detailliertes Abbild des Meeresbodens in einem 16 Quadratkilometer großen Areal um den Standort des Experiments herum. Ein aufwendiger und langwieriger Prozess. Jedes Gerät war mit Echolot, LED-Scheinwerfern und zwei RGB-Laserscannern versehen. Die Drohnen arbeiteten zusammen, und durch die Daten aller Geräte entstand ein hochaufgelöstes, texturiertes 3-D-Model, das später von spezialisierter Software angezeigt und bearbeitet werden konnte. Diese Scans wurden, wenn möglich, mehrmals in der Woche durchgeführt, sodass auch die Veränderung des Terrains über Zeit festgehalten wurde.

Ein Quadratkilometer bestand aus vier Quadranten, denen jeweils eine Drohne zugeordnet wurde. Während des Scans hielten die Geräte eine Formation ein: ein Quadrat mit genau 500 Meter Seitenlänge, je eine Drohne auf einem Eckpunkt. Diese Formation wurde während eines Scanvorgangs schrittweise verschoben, sodass die Drohnen zeitgleich ihren jeweiligen Quadranten abscannten. Die kleine Flotte bestand aus Geräten der neuesten Generation, die einen vollständigen Scanvorgang in der Rekordgeschwindigkeit von 40 Stunden fertigstellen konnten. Natürlich wurden diese 40 Stunden auf mehrere Tauchgänge aufgeteilt.

Die Drohnen sanken wesentlich schneller als der Pottwal. Die Tiefenanzeige der *Syreni I* zeigte 845 Meter an, als die vier kleinen Apparate in 3140 Meter Tiefe bereits ihre Scanarbeit aufnahmen. Das geschah vollautomatisch, Mayari musste nur die Startposition festlegen, die der Endposition des vorigen Scans entsprach, und anschließend lediglich auf Fehlermeldungen achten. Ana hatte sie schon öfter mit den Drohnen alleine gelassen, und so war der Tauchgang für Mayari nur einer von vielen, auch wenn Ana diesmal nicht an Bord war. Die Kameras der Drohnen übertrugen die meiste Zeit Dunkelheit, die von Laserlinien in unterschiedlichen Farben durchzogen wurde. Nur hin und wieder leuchteten für kurze Zeit die Scheinwerfer auf, damit der Meeresboden fotografiert werden konnte.

Mayari lehnte sich zurück. Ihr Vater betrachtete gedankenverloren die Anzeige der *Syreni I,* und Miguel war in die Kombüse gegangen, um sich etwas zu essen zu holen, während er Daten von seiner Kamera auf den Laptop kopierte. Ihnen stand eine lange Schicht bevor, aber die Platzierung des Pottwals würde bestimmt eine Herausforderung werden und für Abwechslung sorgen. Mayari streckte sich ausgiebig. Was für ein verrückter Tag!

An der Wand vor ihr hing eine große Karte des Tiefseebodens, der sich unter ihnen befand. Der Unterwasserberg, auf dem sie das Experiment durchführten, hatte keinen Namen. Lediglich die geografischen Koordinaten identifizierten den Ort: 134 Grad, 47 Minuten, 48 Sekunden Ost und 7 Grad, 26 Minuten, 25 Sekunden Nord. Mayari kannte diese Ziffern auswendig. Sie hatte sie in unzählige Formulare eingetragen, sah sie täglich auf den Bildschirmen und auf Missionsprotokollen. Sie kannte jeden Felsen, jede Senke, jede Koralle, die sich dort befand. Sie hatte mit dem 3-D-Model der Region schon so oft gearbeitet, dass sie davon sogar einmal geträumt hatte. Es war seltsam, so viel von einem Ort auf der Erde zu wissen, den sie niemals persönlich würde besuchen können.

Ein roter Punkt blinkte auf dem Bildschirm vor ihr auf. Es war eine der Drohnen. Mayari riss sich von ihren Gedanken los und schaltete die Anzeige auf den Kontrollmonitor der Drohne um. Während eines Scanvorgangs wurde die Formation an den Himmelsrichtungen ausgerichtet, sodass jede Drohne zur Identifizierung einen der Kardinalpunkte als Namen hatte: Norden, Osten, Süden und Westen. Die Drohne, die eine Warnung gesendet hatte, war *Osten*.

Disparity to the previous scan result. Mayari runzelte die Stirn. Das System übermittelte Warnhinweise, sobald eine Stelle des Terrains nicht mehr mit den vorigen Daten übereinstimmte. Dadurch konnten Ana und Mayari Besonderheiten schon während eines Scanvorgangs markieren und später im 3-D-Modell genauer untersuchen. In der Tiefsee kam es allerdings recht selten zu nennenswerten Veränderungen; die Strömungen waren einfach zu schwach. Tatsächlich waren die einzigen Hinweise bisher nur erfolgt, wenn sie neuen Nährboden platziert hatten. *Osten* befand sich jedoch im Umgebungsareal, weit entfernt vom Zentrum, und zeigte trotzdem an, dass der Meeresboden um 20 Zentimeter abgesunken war.

Mayari schaltete auf das Kamerabild der Drohne und aktivierte die Scheinwerfer. Die Übertragung des Befehls würde einige Sekunden dauern. Die Drohnen hatten den Scanvorgang automatisch unterbrochen und warteten regungslos in der Dunkelheit. Auch *Osten* bewegte sich laut Anzeige nicht mehr, doch merkwürdigerweise änderte sich die Warnmeldung auf dem Bildschirm immer noch.

Depth disparity: 24 centimeters ...
Depth disparity: 29 centimeters ...

Mayari blickte auf einen zweiten Monitor rechts von ihr, auf dem Position und Unschärfeparameter aufgelistet wurden. Die Verbindung zum Basisimpuls, der im Zentrum des Scangebiets stand und den Drohnen als Orientierungspunkt diente, war vorhanden; die Position der Drohne war korrekt, sie befand sich in der Formation, in 3120 Meter Tiefe, mit einer Unschärfe von 0,05 Metern. Vielleicht war der Tiefenmesser von *Osten* defekt?

Depth disparity: 32 centimeters ...

Plötzlich blinkten zwei neue rote Punkte auf. *Norden* und *Süden* zeigten beide eine Warnmeldung an. Schnell öffnete Mayari die entsprechenden Kontrollansichten. Sie hielt inne. Beide Drohnen meldeten ebenfalls eine Abweichung zum vorigen Scan, gleichermaßen einen Unterschied von 20 Zentimetern. Was war hier los? Dass alle drei Geräte denselben Fehler aufwiesen, machte einen Software-Glitch unwahrscheinlich. Einen Atemzug später signalisierten *Norden* und *Süden*, dass der Meeresboden im Vergleich zum vorhergehenden Scan nun 25 Zentimeter tiefer sei.

Das Kamerabild von *Osten* leuchtete auf – die Scheinwerfer hatten sich aktiviert. Mayari sah Meeresboden. Sand, gleichmäßig aufgehäuft in leicht geschwungenen Linien, ein paar graue Gesteinsbrocken. Keine Senke, kein Erdrutsch und vor allem: keine Bewegung. Und obwohl *Osten* offensichtlich in einer Entfernung von etwa einem halben Meter über dem Grund verharrte, sank der Abgrund laut Anzeige weiter ab.

Depth disparity: 36 centimeters ...

Ein flaues Gefühl machte sich in Mayaris Magen breit. Übersah sie etwas? Wenn sie dem Kamerabild und dem Basisimpuls Glauben schenkte, war der Tiefenmesser von *Osten* fehlerhaft. Die Tatsache, dass die Tiefenmesser von *Norden* und *Süden* allerdings ähnliche Daten übermittelten, machte einen Defekt unwahrscheinlich. Sie musste davon ausgehen, dass die Sensoren funktionierten. Mayari verstand nur nicht, was die seltsamen Daten bedeuteten.

Westen blinkte rot auf. In roten Buchstaben stand auf dem Bildschirm: *Disparity to the previous scan result. Depth disparity: 20 centimeters ...* Wie die anderen! Mayari presste die Kiefer aufeinander. Mit einem zeitlichen Versatz hatten alle Drohnen dieselbe Warnung übertragen. *Osten* als Erstes, dann *Norden* und *Süden*, als Letztes *Westen*. Es schien, als hätte eine seltsame Kraft die Formation der Drohnen von Osten nach Westen überrollt. Und das mit einer hohen Geschwindigkeit, denn zwischen den Hinweisen waren nur wenige Sekunden verstrichen.

Fieberhaft dachte Mayari nach. Wenn die Tiefenmesser

aller vier Drohnen korrekt funktionierten, musste sich etwas in der Umgebung verändert haben, damit die Sensoren entsprechende Daten ausgaben. Tiefenmesser funktionierten über Druck. Je tiefer die Drohne, desto höher der Druck; mit der Differenz zur bekannten Konstante an der Meeresoberfläche konnte eine Tiefe auf den Zentimeter genau berechnet werden. Also war der Umgebungsdruck gestiegen, und zwar in einer konstanten, schnellen Bewegung von Osten nach Westen. In einer Tiefe von ungefähr 3100 Metern. Mayari starrte entgeistert auf den Monitor. Sie wusste endlich, was das war. Sie hatte einen Tsunami entdeckt. Und er raste auf Palau zu.

»Dad«, sagte sie heiser.

»Ich seh's«, hörte sie die Stimme ihres Vaters hinter sich. Sie hatte gar nicht bemerkt, dass Isko aufgestanden war und ebenfalls auf die Bildschirme starrte. Sie blickte ihn an. Sein Gesicht war bleich. Beide verharrten für kurze Zeit, unfähig, einen klaren Gedanken zu fassen.

Schließlich zuckte Mayari zusammen. »Mama! Und Ana!«

Ihr Vater nickte. »Wir müssen sofort umdrehen. Ich gebe Otto Bescheid.«

»Wir kommen niemals rechtzeitig an, Dad! Das Schiff ist zu langsam! Außerdem hängt der Wal noch am Seil!«

Ihr Vater war schon auf halbem Weg nach draußen. Er hielt inne. »Du hast recht. Wir müssen die Behörden informieren ... per Funk ... die Polizei oder das *National Weather Office*, den *Emergency Room*. Und *Marine Law* ...«

»Der Helikopter, Dad!«, unterbrach ihn Mayari. »Lass das die anderen machen, wir fliegen mit dem Heli! Wir müssen Mama und Ana da rausholen!«

Ihr Vater starrte sie an. Er schien Schwierigkeiten zu haben, eine Entscheidung zu fällen. Keiner von ihnen hatte je eine solche Situation erlebt. Hier auf offener See waren sie sicher, aber die Einwohner von Palau schwebten in höchster Gefahr. Im Pazifik gab es zwar Frühwarnsysteme, aber nicht immer erreichten die Informationen die Bevölkerung rechtzeitig. Und in diesem Fall befanden sie sich nur etwa 50 Kilometer vom Archipel entfernt. Der Tsunami würde die Küste in wenigen Minuten erreichen.

»Beweg dich!«, schrie Mayari ihren Vater an. Sie zitterte am ganzen Körper. »Ich geb den anderen Bescheid! Kümmer du dich um den Heli! Wir müssen los! Jetzt!« Ihr Vater sagte kein Wort mehr, sondern machte auf dem Absatz kehrt und rannte los.

Mayari stürzte in die Kombüse, wo Miguel erschrocken aufsah. »Tsunami! Dad und ich fliegen nach Palau. Ihr müsst die Behörden warnen!« Ohne eine Antwort abzuwarten, rannte Mayari zurück und über eine Treppe hinaus aufs Deck. Am Bug sah sie ihren Vater die Halterungsgurte des Helikopters herunterreißen. Es würde mindestens eine Minute dauern, den Helikopter startklar zu machen. Eine Minute länger, die sie brauchen würden, um die Insel zu erreichen. Eine Minute, die über Leben und Tod entscheiden konnte.

Mayari informierte Otto, der sofort zum Funkgerät eilte und versuchte, Kontakt mit den Palauer Behörden aufzunehmen. Es blieb nur wenig Zeit, doch Palau hatte gewisse Abläufe etabliert, um im Katastrophenfall schnell reagieren zu können. Mayari hatte die Tsunami-Broschüre einmal in der Hand gehabt, sie lag in allen größeren Einrichtungen auf Palau aus. Trotzdem konnte sie sich jetzt kaum an die relevanten Informationen erinnern. Ein Satz war ihr im Kopf geblieben, weil sie sich damals darüber lustig gemacht hatte:

People must make their own decisions. Selbst in der offiziellen Broschüre stand, dass eine Warnung mit hoher Wahrscheinlichkeit zu spät kommen würde und die Menschen eigene Entscheidungen treffen mussten. Bei einem Tsunami war man größtenteils auf sich allein gestellt. *Search for high ground, avoid coastal areas.*

Mayari überprüfte noch einmal, ob sie ihr Smartphone dabeihatte, und stieg in den Multikopter. Über ihr drehten sich die Rotoren inzwischen so schnell, dass die einzelnen Blätter nicht mehr erkennbar waren. Ihr Vater blickte sie an. Er hatte wieder etwas Farbe bekommen, und in seinem Gesicht spiegelte sich eine grimmige Entschlossenheit wider. »Du solltest hierbleiben«, rief er. »Auf der *Semael* bist du sicher.«

Mayari schüttelte vehement den Kopf und zog die Tür zu. Sie würde ihren Vater nicht alleine nach Palau fliegen lassen, während sie untätig auf einem Schiff im Pazifik saß. »Vier Augen sehen mehr als zwei«, schrie sie über den Lärm der Rotoren hinweg. »Außerdem kann es sein, dass ich Mama helfen muss, in den Heli zu kommen.« Ungeduldig bedeutete sie ihm loszufliegen.

Der Helikopter hob ab. Mayari blickte nach unten und sah, wie die *Semael* schnell kleiner wurde. Sie entdeckte niemanden mehr an Deck; Miguel und Otto waren an ihren Geräten und versuchten, Kontakt aufzunehmen. Sie holte ihr Smartphone hervor. 14:20 Uhr. Kein Empfang. Sobald sie in Reichweite eines Sendemastes gelangten, würde sie ihre Mutter anrufen. Das gab ihr vielleicht einen kleinen Vorsprung, ein paar Minuten, bevor die Welle die Küste erreichte.

Flimmernde Punkte zogen unter ihnen vorbei. Noch war kein Land in Sicht, ringsum nur blauer Ozean. Die Wasseroberfläche wies keine großen Wogen auf, keine langgezogene Welle, die sich schäumend gen Westen bewegte. Mayari wusste, dass sich der Tsunami trotzdem unter ihnen ausbreitete, unsichtbar, lautlos, hervorgerufen durch ein Beben der Tiefsee oder einen untermeerischen Erdrutsch. Der Abstand zwischen Wasseroberfläche und Meeresboden war proportional zur Geschwindigkeit des Tsunamis. Je tiefer das Meer, desto schneller bewegte sich die Welle fort. In Ufernähe wurden die Wassermassen dementsprechend abgebremst und aufgestaut. Dadurch erhoben sie sich zu den gefürchteten Tsunami-Wellen, die alles mitrissen, was sie erfassten.

Mayari versuchte, klar zu denken. *Werden wir genug Zeit haben?* Es gab eine komplexe Formel für die Berechnung der Geschwindigkeit eines Tsunamis in Abhängigkeit der Meerestiefe, doch Mayari erinnerte sich nicht daran. Sie wusste aber, dass die Geschwindigkeit drastisch abnahm, wenn der Tsunami die Tiefsee verließ. Eine Welle erreichte das Ufer normalerweise mit etwa 40 km/h, bei einer Tiefe von 3000 Metern jedoch konnte die Geschwindigkeit über 500 km/h betragen! Sie konnte also nur schätzen, wie lange es dauerte, bis der Tsunami an der Küste Palaus aufschlagen würde. 15 Minuten? 20 Minuten? Es waren alleine schon fünf Minuten von der Entdeckung des Tsunamis bis zum Start des Helikopters vergangen. Mayari blickte auf das Armaturenbrett. Ihr Vater flog nicht hoch, gerade mal 68 Meter. Die Geschwindigkeit betrug 278 Kilometer pro Stunde, mehr gab der kleine Rettungshubschrauber nicht her. Sie würden die Strecke also in etwa 12 Minuten zurückgelegt haben. Mit Pech kämen sie zwei Minuten zu spät. Mayari presste die Zähne zusammen.

Aber vielleicht würde sie ihre Mutter oder Ana warnen

können. Wenn sie mit der *Semael* zurückfuhren, hatten die Smartphones Empfang, lange bevor man die Inseln am Horizont ausmachen konnte. Jetzt war die Situation anders. Sie saß in einem Helikopter und würde aufgrund der erhöhten Position weiter als die zwölf Kilometer Reichweite des Sendemasts sehen können. Angestrengt blickte sie in die Ferne. Gleichzeitig hielt sie ihr Handy vor sich, in der Hoffnung, dass dadurch nichts den Empfang stören würde. Sie hörte ihren Vater, wie er versuchte, mit dem Flughafen in Palau Kontakt aufzunehmen. Er schien jedoch keinen Erfolg zu haben. Mayari setzte sich ebenfalls ein Headset auf und stöpselte das Smartphone ein.

Wieder blickte sie auf ihr Handy. 14:28 Uhr. Sie hatte das Gefühl, dass die Zeit gleichzeitig zu schnell und zu langsam verging. Noch fünf Minuten, um *Malakal Island* zu erreichen, die Insel, auf der das Hotel stand, in dem sie alle übernachteten, in dem ihre Mutter jetzt Abrechnungen erstellte und Ana sich vielleicht über die Reste des Frühstücks hermachte. Aber *nur* noch fünf Minuten, bis der Tsunami genau dieses Hotel erfassen würde. Mayari dachte an Tariu. Ob er in der Bar arbeitete, ahnungslos Kaffees zubereitete und mit den Gästen plauderte? Sie erschauderte. Von ihm hatte sie keine Telefonnummer.

Am Horizont hob sich ein dunkler Streifen aus dem Blau. Mayari überprüfte das Smartphone. Tatsächlich hatte es sich mit einem Mobilfunknetz verbunden! Hastig wählte sie die Nummer ihrer Mutter, froh über das Freizeichen, das ertönte, aber zugleich ungeduldig, panisch. Vielleicht hatte sie sich verschätzt und der Tsunami war schon längst über die Inseln gerollt.

»Mayari!« Die Stimme ihrer Mutter ertönte durch das Headset in ihren Ohren. Fiann klang gehetzt, außer Atem.

»Mama! Wo bist du?«

»Wir … sind im Hotel … Sirenen! Laufen die Treppe rauf … aufs Dach … Ana …« Mayari vernahm Geräusche von hallenden Schritten auf Marmor. Im Hintergrund ertönten lang gezogene Sirenen, ähnlich dem Fliegeralarm, den sie aus Filmen kannte. Anscheinend war es Otto oder Miguel gelungen, eine der Behörden zu informieren. Vielleicht war die Information aber auch über andere Kanäle durchgedrungen. Tränen schossen Mayari in die Augen.

»Wir sind auf dem Weg zu euch! Wir haben den Helikopter. Wir kommen zum Hotel.«

Die Insel war nun gut sichtbar. Sie kamen von Nordosten auf den Archipel zu und würden einige Zeit an der Küste entlangfliegen, um schließlich zu Fiann zu gelangen. Erst die Insel *Babeldaob*, dann *Koror*, schließlich *Malakal*. Ihre Mutter hatte Glück. Vor *Malakal* lagen mehrere kleine, unbewohnte Inseln und Sandbänke, die den Tsunami abschwächen würden.

»Der Helikopter? Wir … zu dritt … Miss Williams und … Wir …« Die Verbindung brach ab. Mayari fluchte laut. *Das muss nichts bedeuten*, versuchte sie sich zu beruhigen. Ein Drop-out konnte zahlreiche Gründe haben. Batterie. Das Treppenhaus. Vielleicht war ihrer Mutter das Handy heruntergefallen. Sie rief Ana an. Mailbox. Mayari blickte aus dem Fenster des Helikopters. Sie hatten Palau erreicht, von oben zeichneten sich die Sandbänke vor der Küste in hellem Türkis ab. In der Ferne konnte sie die einzige Landebahn des Flughafens sehen. Ringsum befanden sich Hunderte von Gebäuden. In ihnen Tausende von Menschen. Sie wählte erneut die Nummer ihrer Mutter. Diesmal ertönte kein Freizeichen, sondern eine Frauenstimme sagte: *The person you have called is currently unavailable.*

Sie ließen *Babeldaob* hinter sich. Ihr Vater überflog einen Küstenstreifen, der von zahllosen kleinen Inseln geprägt war, manche nicht größer als ein Fußballfeld. Die Sandbänke hier befanden sich so dicht unter der Wasseroberfläche, dass sie weiß erstrahlten, umgeben von einem Fleckenteppich aus tieferen blauen Becken und dicht bewachsenen grünen Inseln. *Wunderschön*, musste Mayari unwillkürlich denken.

Plötzlich veränderte sich die Landschaft. Mayari brauchte ein paar Sekunden, um zu verstehen, was geschah. Die Inseln schienen sich zu vergrößern, sie wurden von einem wachsenden hellen Saum umschlossen. Zugleich veränderten sich die blauen Farbtöne, das Wasser wurde heller, an vielen Stellen verwandelte sich das dunkle Blau in Türkis.

Das Meer zog sich zurück. Es war wie eine plötzliche Ebbe, viel stärker als beim normalen Wechsel der Gezeiten. Es war ein Vorzeichen. Es war, als würde der Ozean zu einem vernichtenden Schlag ausholen; die Ruhe vor dem Sturm. Weiter vorne erkannte sie *Koror Island* mit mehreren Häusern an der Küste. Schiffe hingen, von Tauen festgehalten, an trockengelegten Stegen; Segelboote, die an Stränden Anker geworfen hatten, lagen seitlich auf Grund.

»Mayari!«, rief ihr Vater und deutete nach links, auf das offene Meer hinaus. Eine lange helle Linie hob sich vom Blau des Ozeans ab. Mayari lief ein Schauer den Rücken hinunter. Das war er. Der Tsunami. Noch Hunderte von Metern entfernt, trotzdem türmte sich schon eine Welle auf, gekrönt von weißer Gischt. Es war schwer, die tatsächlichen Ausmaße abzuschätzen. Aus der Ferne sah die Welle wie eine dicke Linie aus, die sich kaum fortzubewegen schien. Erst eine Minute später, als Mayari ein Schiff entdeckte, konnte sie die Erscheinung in Relation setzen.

Der Silhouette nach zu urteilen war es ein Motorschiff, etwas kleiner als die *Semael*. Vielleicht ein weiteres Forschungsboot oder ein Schiff der Marine. Es steuerte direkt auf die Welle zu, wohl um nicht seitlich von ihr erfasst zu werden. Je näher die Wand aus Gischt kam, desto höher schien sie aus dem Meer zu wachsen. Weißer Schaum wurde nach oben geschleudert und gab der Welle ein wildes, wütendes Aussehen. Schließlich erreichte der Tsunami das Schiff. Für kurze Zeit wirkte das tonnenschwere Gefährt wie ein Spielzeug, das sich fast schwerelos um die eigene Achse drehte, dann wurde es von weißen Wassermassen verschlungen.

»Da vorne! Das Hotel!« Die Stimme ihres Vaters war heiser. Mayari blickte ihn an und erkannte die Angst in seinen Augen. Sie bemerkte erst jetzt, dass auch sie wieder zitterte. Beinahe wäre ihr das Handy aus den Händen gerutscht, die mit kaltem Schweiß bedeckt waren. Das *Laguna Aparthotel* war mit drei Stockwerken eines der höchsten Gebäude der Umgebung und gut zu erkennen. Sie würden es schaffen. Sie *mussten* es schaffen.

Aus der Luft wirkte *Malakal* winzig. Ihr Vater verlangsamte den Helikopter und bereitete den Anflug vor. Mayari konnte drei Gestalten auf dem Flachdach des Hotels ausmachen. Zwei größere und eine kleine. In Notfällen war es möglich, mehr als vier Personen in den Helikopter zu bekommen; sie würden niemanden zurücklassen müssen. Dann sah Mayari die anderen. Nicht auf dem Dach, sondern auf den Straßen. Autos, die jetzt erst losfuhren. Menschen, die zu zweit auf kleinen Mofas oder sogar zu Fuß unterwegs waren. Die meisten flohen die Küstenstraße entlang nach Süden, um dann auf eine Straße abzubiegen, die zur höher gelegenen Mitte der Insel führte. Es war das Sinnvollste, was sie tun konnten. Andere versuchten, noch auf die nächstgrößere Insel *Koror* zu gelangen, aber sie würden mehrere Minuten auf den in das Meer gebauten Straßen dorthinfahren müssen.

Ihr Vater hielt den Helikopter über der kleinen Dachterrasse des Hotels und ließ ihn langsam sinken. Auf seiner Stirn hatten sich Schweißperlen gebildet. *Er ist kein routinierter Pilot*, dachte Mayari. *Und der Platz auf der Dachterrasse ist minimal.* Sollte bei der Landung etwas passieren, wären sie alle in höchster Gefahr. Ihre Mutter, Miss Williams und ein kleines Mädchen hatten sich unter ein kleines Vordach gestellt. *Wo ist Ana?* Der Luftzug des Helikopters riss an ihren Kleidern, und alle drei schützten ihr Gesicht mit den Armen, der weiße Verband ihrer Mutter setzte sich deutlich sichtbar ab. Ein Sonnenschirm wurde vom Abwind erfasst und flog über die Brüstung in Richtung Strand.

Die Welle war da. Aus den Augenwinkeln sah Mayari, wie der Strand vom Tsunami überspült wurde. Palmen erzitterten unter dem Druck der Wassermassen, einige knickten einfach weg und verschwanden unter weißem Schaum. Mayari löste ihren Gurt, drehte sich in ihrem Sitz um und öffnete die hintere Tür des Helikopters. Sie schwebten noch einen Meter über der Terrasse.

»Ich werde nicht landen«, schrie ihr Vater. »Sie sollen aufspringen!«

Miss Williams stand zitternd in einem schwarzen Hosenanzug auf der Terrasse und versuchte vergebens, sich das Haar aus dem Gesicht zu streichen. Mit der anderen Hand stützte sie sich auf das Mädchen, das Mayari jetzt als ihre Nichte erkannte, ein verängstigtes Mädchen von vielleicht 15 Jahren mit blutleeren Lippen und Tränen in den Augen.

Mayari winkte ihrer Mutter. Fiann packte die Hände der anderen beiden und zog sie zu dem Helikopter, gebückt, mit zusammengekniffenen Augen und verzerrtem Gesicht. Das Geräusch der vier Rotoren über ihnen übertönte jedes Wort, jeden Schrei, den sie von sich gaben. Aber da war noch etwas anderes. Ein tiefes Grollen, als würden riesige Felsen aufeinanderprallen, überlagert von permanentem Rauschen überall um sie herum. Immer wieder vereinzeltes Knallen, Peitschen, Reißen, Splittern. Die Welt schien auseinanderzubrechen.

Alle drei waren in den Helikopter gestiegen, die Haare zerzaust und die Gesichter bleich. Fiann zog die Tür zu, und Isko ließ den Helikopter wieder aufsteigen. Als sie über das Geländer der Terrasse glitten, blickte Mayari unwillkürlich nach unten. Bräunliche Fluten drückten gegen die Fassade, drangen durch zerbrochene Fenster und offen stehende Türen in das Gebäude ein. Im Wasser trieben zersplitterte Bretter, Plastikstühle, ganze Baumstämme. Mayari schrie auf, als sie ein großes Segelboot entdeckte, das auf der Seite lag, mit halb untergetauchtem Mast. Es prallte mit voller Wucht gegen eine Ecke des Hotels und riss einen ganzen Balkon mitsamt der Glasfront heraus, während der Bauch des Schiffes auseinanderbrach.

Das *Laguna Aparthotel* erzitterte. Das Apartment über dem zerstörten Balkon, in dem Miguel noch heute Morgen aufgewacht war, brach herunter. Langsam, aber unaufhaltsam neigte sich das gesamte Gebäude in Richtung der beschädigten Ecke. Während ihr Vater den Helikopter weiter nach oben zog, fiel das Hotel in sich zusammen. Die Dachterrasse, auf der ihre Mutter noch wenige Sekunden zuvor mit den beiden anderen gestanden hatte, kippte schräg nach unten weg und wurde kurz darauf von den Fluten überspült.

Miss Williams schrie laut auf, unverständliche Worte, schmerzerfüllt, verzweifelt.

Mayari riss sich von dem Anblick unter ihnen los und drehte sich zu ihrer Mutter um. »Wo ist Ana?«

Fiann schüttelte den Kopf. »Ich weiß es nicht. Sie wollte einkaufen. Zum Supermarkt.« Tränen liefen ihr übers Gesicht.

Je höher sie flogen, desto leiser wurde das Grollen und Rauschen. Dafür sahen sie nun das gesamte Ausmaß der Katastrophe, ein Bild des Schreckens. Einige der Häuser standen noch, auf ihren Dächern waren vereinzelt Menschen zu sehen. Im schäumenden Wasser trieben Kisten, Schränke, Paletten und andere, nicht identifizierbare Gegenstände; manchmal bildete sich eine Art Floß aus den Bruchstücken, und auf diesen Inseln im Chaos erkannte Mayari ebenfalls Menschen. Kinder. Sogar Hunde.

Sie waren nicht der einzige Helikopter am Himmel. Auf *Koror* sammelte ein Marinehubschrauber Leute von Dächern auf. Die amerikanische Armee hatte einen Stützpunkt in Palau und half nun zusammen mit mehreren Helikoptern der Küstenwache und der *Marine Law*, die Menschen vor den Fluten zu retten. Es war der verzweifelte Versuch einer Evakuierung. Männer, Frauen und Kinder strömten zu den Hubschraubern, kletterten über noch stehende Häuserblöcke. Manche versuchten sogar, schwimmend ein nahe gelegenes Dach zu erreichen, weil es von einem Rettungshubschrauber angeflogen wurde.

Mayari liefen Tränen über die Wangen. Diese Bilder würden sie ihr Leben lang begleiten. Tote Körper, die mit dem Gesicht nach unten im Wasser trieben. Autos mit Insassen, die von Brücken gespült wurden. In sich zusammenbrechende Gebäude, von denen Momente später nichts mehr zu sehen war. Das verzweifelte Winken von Menschen auf schrägen Wellblechdächern, die als Ganzes fortgetragen wurden. Kinder klammerten sich schreiend an Bäume, die den Fluten standgehalten hatten. Eine einzelne Gitarre, deren oranges Holz sich leuchtend gegen die graubraunen Fluten abzeichnete. Und immer wieder Menschen, die in Helikopter gezogen wurden, vor dem Grauen errettet, zitternd, weinend, orientierungslos.

An jenem Tag starben über 3000 Menschen in Palau. Ana und Tariu waren ebenfalls unter den Toten.

MOMENTAUFNAHME, HJALMAR

MONTAG, 7. OKTOBER 2069, TROMSØ, NORWEGEN

Er war spät dran. Der Wecker hatte natürlich um Punkt 7 Uhr geklingelt, aber aus dem Bett gekommen war Hjalmar erst zwanzig Minuten später. Morgenkaffee, duschen, anziehen, Ausrüstung zusammensuchen. Jetzt war es Viertel vor 8. Er würde sich beeilen müssen, wenn er noch beim *Eurospar* vorbeifahren wollte.

Draußen herrschte noch Dunkelheit. Im Oktober waren die Tage schon wieder merklich kürzer geworden. Jeden Tag verloren sie ein paar Minuten Sonnenlicht, bis Ende November schließlich die Polarnacht einsetzen würde. Den gesamten Dezember und den halben Januar würde Tromsø tagsüber lediglich ein paar wenige Stunden in Dämmerlicht verharren, die Sonne blieb dann unterhalb des Horizonts. Den Rest der Zeit lag die Stadt in vollkommener Finsternis, manchmal unterbrochen von geisterhaften Nordlichtern.

Trotzdem liebte Hjalmar seine Heimat. Tromsø war eine aufregende, tolle Stadt. Das Paris des Nordens. Auch in den Wintermonaten konnte man sich hier gut beschäftigen, das kulturelle Angebot war vielfältig, und die große Universität zog jedes Jahr Hunderte junger Menschen nach Tromsø. Außerdem lebte hier seine gesamte Familie.

Hjalmar zog die eng anliegenden Handschuhe über und öffnete die Haustür. Trotz der leichten Verspätung fuhr er mit dem Fahrrad. Es war einfach praktischer, da er keinen

Parkplatz suchen musste, und er mochte es, den Fahrtwind im Gesicht zu spüren. Die kalte Luft vertrieb die Müdigkeit – er hatte nur fünf Stunden geschlafen, da er die Nacht zuvor noch den neuen Prototyp fertiggestellt hatte. *Habe ich auch alles eingepackt?* Es wäre äußerst ungünstig, in der Hast etwas zu vergessen. Aber ihm blieb keine Zeit mehr, noch einmal alles zu überprüfen. Er würde auf sein nächtliches Ich vertrauen müssen, das alles in einem kleinen Kästchen zusammengestellt hatte.

Er zog die Gurte seines Rucksacks fest und schwang sich auf sein Fahrrad. Zehn Minuten. Wenn er sich anstrengte, vielleicht neun. Er stieß sich ab und rollte los, fand die Schlaufen an den Pedalen und begann zu treten. Das Fahrrad beschleunigte sofort, zusätzlich angetrieben von dem kleinen, aber starken Elektromotor in der Nabe. Hjalmar legte einen Schalter am Lenker um und erhöhte damit die Motorunterstützung auf die maximale Stufe.

Er verließ die kleine Reihenhaussiedlung und raste den *Dramsvegen* entlang. Links und rechts zogen Straßenlaternen vorbei, die in großen Abständen den Asphalt beleuchteten. Ihm gefiel diese Straße. Tromsø lag auf der Insel Tromsøya, die durch zwei große Brücken mit dem norwegischen Festland verbunden war. Seine Wohnung, in der er mit seiner Freundin wohnte, lag in der Mitte der Insel und auf einer Anhöhe, sodass sein morgendlicher Weg zum Hafen einen hervorragenden Blick auf die Lichter der Stadt bot – eine Aussicht, die ihn täglich erfreute.

Hinter dem Lichtermeer erhob sich die Silhouette der Festlandsberge, die sich schwarz gegen das einsetzende Dämmerlicht abzeichneten. Hjalmar wusste, dass auf einigen Gipfeln Schnee lag, doch es war noch zu dunkel, um schon die weißen Flecken auf den Hängen erkennen zu können. Sein Atem kondensierte in der kalten Winterluft. Es war genau die richtige Zeit, um nach Orcas zu suchen. Schwertwale liebten die Kälte. Vielleicht würden sie heute Glück haben.

Die ersten Häuser von Tromsø flogen vorbei. Die Straße füllte sich zunehmend mit Elektroautos und autonomen Gondeln, doch Hjalmar konnte locker mit ihnen mithalten. Sein Fahrrad war mit allen Raffinessen ausgestattet: ABS, Traktionskontrolle, Fliehkraftwandler, ausfahrbare Spikes für vereiste Straßen und regeneratives Aluminium. Er konnte sich mit dem Fahrrad ganzjährig in Tromsø fortbewegen und ersparte sich gleichzeitig das Fitnessstudio. Außerdem liebte er Technik und Gadgets; sein Fahrrad war sein größtes und teuerstes Gadget.

Mit einer Vollbremsung kam Hjalmar vor dem *Eurospar* zum Stehen, stieg ab und lehnte das Fahrrad an die Wand. Abschließen war in Tromsø nicht notwendig, außerdem würde er nur eine Minute benötigen, um sein Mittagessen zu kaufen. Ein Brötchen mit *vegansk sild*, einem Heringsimitat aus Linsenprotein, das in Sachen Geschmack erstaunlich nahe an das Original herankam. Zumindest an den Geschmack, an den Hjalmar sich noch erinnern konnte; er hatte mit 21 seinen letzten echten Hering gegessen, das war inzwischen sechs Jahre her. Er nahm sich außerdem noch zwei Schokoriegel und einen Energydrink. Das musste bis 16 Uhr ausreichen.

Etwa 200 Meter neben dem *Eurospar* befand sich das kleine Dock. Dort lag die *Freyja*, ein alter Fischkutter wie aus dem Bilderbuch. Die Reling hatte eine geschwungene Form, und der Bug lag höher als das Heck. Das Schiff hatte nur einen Mast, an dem früher Schleppnetze befestigt worden waren, der heute aber gelegentlich als Ausguck diente. Im hinteren Drittel befand sich die rechteckige, weiß angemalte Steuerkabine, auf deren Dach Süßwassertanks, Antennen und das Radar montiert waren. Zwei große rote Rettungsringe an der Seite der Steuerkabine rundeten das Bild ab. Hätte man Hjalmar als Kind damit beauftragt, einen Fischkutter zu malen, wäre das Ergebnis der *Freyja* recht nahe gekommen.

Die Papiertüte mit seinem Brötchen in der linken Hand und mit dem Fahrrad über der rechten Schulter überquerte Hjalmar die Gangway. Es war 8 Uhr. Er hatte es rechtzeitig geschafft! Trotz Nachtschicht. Er lehnte das Rad an die Rückseite der Kajüte und zurrte es mit einem Seil fest. Ein aufregender Tag stand ihm bevor; er war gespannt darauf, wie Janike auf den neuen Prototyp reagieren würde. *Vielleicht wird sich schon heute die Gelegenheit ergeben, ihn einzusetzen.*

»*God morgen*«, sagte Hjalmar, als er die kleine Kajüte betrat. Die Crew wartete schon vollzählig an Bord; trotz seiner Pünktlichkeit war er als Letzter eingetroffen. Seine Schwester Freyja, nach der auch das Schiff benannt war, stand gegen das Ruder gelehnt, eine dampfende Tasse in der Hand. Sie war die Eigentümerin des Kutters und Kapitänin der Truppe. Ihr kurzes blondes Haar hatte sie unter einer roten Seemannsmütze versteckt; sie trug Jeans, eine rote Allwetterjacke und einen schwarzen Schal. Sie zwinkerte ihm zu.

Auf einer Sitzbank rechts daneben saß Prof. Dr. Janike Olhouser, eine drahtige Frau in ihren Sechzigern mit langem weißem Haar, das zu einem Pferdeschwanz zusammengebunden war. Janike hatte strenge Gesichtszüge, die von einer Brille mit kleinen, runden Gläsern noch betont wurden. Sie besaß eine sanfte, warme Stimme, die so gar nicht zu ihrem herrischen Äußeren passen wollte. Janike war die Expeditionsleiterin und eine renommierte Professorin für Meeresbiologie an der UiT – an Norwegens Arktischer Universität. Hjalmar hatte bei ihr *Marine Biotechnology* studiert und nach dem Studium Kontakt gehalten. Als sie ihn vor zwei Monaten um Hilfe gebeten hatte, war er sofort auf das Projekt angesprungen.

Schließlich saßen noch zwei ihrer Studenten mit müden Gesichtern auf herunterklappbaren Sitzflächen, der Norweger Bjarne und der Ire Chris. Beide studierten bei Olhouser und begleiteten die Expedition als Assistenten, um je einen Seminarschein zu machen. Es waren sympathische Jungs, denen allerdings die Strapazen des nächtlichen Studentenlebens ins Gesicht geschrieben standen. Dementsprechend nickten sie ihm zur Begrüßung nur müde zu. Hjalmar musste grinsen. Er erinnerte sich nur zu gut an seine Studentenzeit.

»Dann können wir ja aufbrechen«, sagte Janike ruhig und klappte ihr Notizbuch zu. Freyja nickte und gab den beiden Studenten ein Zeichen; die Jungs mussten ihr beim Ablegen mit den Tauen zur Hand gehen. Im Vorbeigehen blickte sie Hjalmar an und legte ihm eine Hand auf den Arm. »Hast du es geschafft?« Hjalmar nickte. Sie lächelte ihn stolz an.

Freyja war acht Jahre älter als er. Sie hatte nicht studiert, sondern direkt nach der Schule auf Postschiffen angeheuert. Die ersten Jahre hatte sie eisern gespart, um sich schließlich ihr eigenes Schiff kaufen zu können. Den alten Fischkutter hatte sie dann mit der Hilfe ihres Vaters auf Vordermann gebracht, um damit Tagesausflüge für Touristen anzubieten, die Wale aus der Nähe fotografieren wollten. Das war einige Zeit gut gegangen. Das Meer um Tromsø wurde jedes Jahr von Orcas besucht, die im kalten Wasser eine verlässliche Nahrungsquelle gefunden hatten: Heringsschwärme.

Mit dem Meeressterben verschwanden jedoch die Heringe und mit ihnen die Orcas. Immer häufiger war Freyja die Fjorde abgefahren und hatte den ganzen Tag weder Orcas noch andere Wale zu Gesicht bekommen – selbst in der Hauptsaison. Die enttäuschten Besucher kehrten abends in ihr Hotel zurück, ohne ein einziges Foto geschossen zu haben. Auch neue Technik wie ein aktives Sonar erhöhte nur kurzzeitig die Erfolgsquote. Wo früher täglich Schulen gesichtet worden waren, konnte man heutzutage mit etwas Glück alle drei Wochen eine Gruppe finden. Schließlich war das Tourismusgeschäft für Freyja vollständig zusammengebrochen. Dank Hjalmar und seiner Verbindung zur Universität hatte sie den Kutter in den letzten Jahren mehrfach an Forschungsinstitute vermietet. In Tromsø wurden immer wieder kleinere Expeditionen und Beobachtungen durchgeführt.

»Und?«, fragte Janike. »Wie weit bist du gekommen?«

»Fertig!« Hjalmar nahm den Rucksack ab und zog die Handschuhe aus. »Der Prototyp ist einsatzbereit.«

»Großartig! Lass sehen!«

Hjalmar holte ein kleines Kästchen aus Hartplastik hervor, nicht größer als eine Tupperware-Box für eine Brotzeit. In ihr lag, eingebettet in Schaumstoff, ein handtellergroßes graues Objekt in der Form eines breiten, flachen Kegels. Janike nahm den Gegenstand vorsichtig heraus und betrachtete ihn eingehend. Auf der Oberseite führten unregelmäßige Furchen von der Spitze in der Mitte zum Rand. Die Professorin fuhr mit den Fingern über die raue Oberfläche.

»Ich habe diesmal eine Titanlegierung verwendet«, sagte Hjalmar. »Wegen der höheren Biokompatibilität. Die Form habe ich auch noch mal angepasst, wie du vorgeschlagen hattest.«

Janike nickte. »Die Napfschnecke. Ich hatte recht mit meiner Vermutung. Das macht die Konstruktion stabiler.« Janike hatte die Idee gehabt, den ursprünglich runden Panzer zu einem Kegel nach dem Vorbild der Schale einer Napfschnecke umzugestalten. Hjalmar hatte den kleinen pockenähnlichen Muscheln, die sich an Felsen und Schiffsrümpfen festsaugten, nie sonderlich viel Beachtung geschenkt. Doch Janike hatte erkannt, dass die Napfschnecke besonders gut gegen Wassereinwirkung aus jedweder Richtung gewappnet war, und in einer kurzen Versuchsanordnung nachgewiesen, dass die Form, die raue Oberfläche und die Furchen dafür verantwortlich waren, fließendes Wasser effektiv umzuleiten.

Der Prototyp war eine kleine Revolution. In dem Kegel saß ein Peilsender, der dazu verwendet wurde, die Wanderrouten großer Fische – in ihrem Fall Orcas – aufzuzeichnen. Biologen nutzten diese Methode schon seit Langem, da solche Daten Rückschlüsse auf Nahrungsketten, Fortpflanzungsverhalten und die Regeneration von Beständen zuließ. Früher hatte man die Peilsender mit Harpunen in Rückenflossen geschossen; die Metallpfeile mit Widerhaken hatten allerdings entzündliche Narben zurückgelassen. Zu Beginn des 21. Jahrhunderts war man zu klobigen Apparaten mit Saugnäpfen übergegangen, die allerdings recht schnell den Halt verloren und spätestens nach zwei Tagen einsam im Meer trieben.

Mit dem Meeressterben waren Informationen über den Aufenthaltsort der Tiere noch wertvoller geworden. Janike hatte den Auftrag, die Wanderrouten der Orcas aufzuzeichnen, und war zu Hjalmar gekommen, um eine neue Generation von Peilsendern zu entwickeln. Sie drehte den Prototyp um. Auf der Unterseite war ein fleischiger, kreisförmiger

Wulst zu sehen, der sich leicht bewegte, als Janike ihn mit einem Finger berührte. Die Revolution war nicht der Panzer allein, sondern vor allem, was darunter lag.

Hjalmar war es gelungen, tiefseedruckresistente Seesternzellen zu züchten und in einem Bio-3-D-Drucker zu verwenden. In Verbindung mit einem programmierten Mikrochip hatte er somit einen intelligenten Saugnapf geschaffen, der den Titanpanzer mitsamt dem Peilsender sicher auf der Haut eines Wals halten konnte – in beliebiger Tiefe. Die Zellen waren zudem regenerativ; Salzwasser, UV-Licht und Bakterien beeinträchtigten weder die Funktionalität noch den sicheren Halt des Saugnapfes. Dank der neuen Form würde er auch Strömungen widerstehen, egal aus welcher Richtung sie kamen. Dank einer kleinen Brennstoffzelle konnte der Peilsender gut zwei Jahre lang Daten aufzeichnen, die er in Intervallen zur Basisstation senden würde.

»Hervorragend!« Janike nickte zufrieden. »Du hast es geschafft! Gute Arbeit, Hjalmar! Jetzt müssen wir nur noch ein wenig Glück haben.«

Hjalmar lächelte stolz. Ein Lob von Janike war selten. Er überließ den Prototyp der Professorin, die ihr Smartphone herauskramte, um Fotos davon zu machen. Es würde noch ein paar Stunden dauern, bis er auf offener See zum Einsatz kommen konnte. Seine Schwester betrat gerade wieder die Kajüte, warf im Vorbeigehen einen neugierigen Blick auf den kleinen Apparat und startete dann den Motor des Schiffes. Die *Freyja* setzte sich in Bewegung.

Die ersten Sonnenstrahlen fielen auf Tromsø. Die typisch norwegischen Fassaden mit ihren gleichmäßig angeordneten Fenstern leuchteten auf. An der Küste wechselten sich traditionelle Wohnhäuser mit den modernen Bauten des Polarmuseums, der Küstenwache und einiger Businesshotels ab. Links von ihnen befand sich die große Brücke, die auf hohen Stelzen zum norwegischen Festland führte. Die *Freyja* fuhr zur anderen Seite, um in die großen Fjorde südlich der nahe gelegenen Insel *Kvaløya* – übersetzt *Walinsel* – zu gelangen. Sie hatten eine gute Stunde Fahrt vor sich.

Hjalmar nutzte die Zeit und überprüfte seinen Quadkopter – eine kleine, mit vier Rotoren ausgestattete Drohne, die er während der Expedition auf dem Schiff ließ. Der Akku hatte sich über Nacht vollständig aufgeladen. Hjalmar kramte in seinem Rucksack und holte eine Halterung hervor, die er vorsichtig an die Unterseite des Quadkopters schraubte. Mit der Veränderung des Panzers hatte er auch immer wieder die kleinen Greifarme anpassen müssen, die den Prototyp halten und im richtigen Moment loslassen konnten.

Das Verhalten der Orcas hatte sich in den letzten Jahren geändert. Früher waren die Tiere nahe an Schiffe herangekommen und neugierig neben ihnen hergeschwommen. Heute schienen sie Trawler, Boote und vor allem Menschen zu meiden. Das war insofern merkwürdig, als sie an der Spitze der Nahrungspyramide standen. Orcas waren echte Apex-Predatoren, sie hatten keine natürlichen Feinde. Außerdem waren sie von Natur aus neugierig und verspielt. Trotzdem schienen sie seit einigen Jahren alles zu meiden, was menschengemacht war. Es war schwer geworden, sich den Tieren mit einem Schiff zu nähern.

»Nimm dir Kaffee, ich hab vorhin eine ganze Kanne gemacht«, rief ihm Freyja vom Ruder zu. Er lächelte und ging zu ihr.

»Danke. Aber ich bin auch ohne Koffein schon nervös genug.«

»Wegen dem Prototyp?«

Hjalmar nickte. »Ich habe nur einen fertig bekommen. Ich habe also nur *einen* Versuch, der muss sitzen.«

»Was passiert denn, wenn du nicht triffst?«

Hjalmar zuckte mit den Schultern. »Na ja, der Prototyp fällt ins Wasser. Er schwimmt zwar, aber es bedeutet trotzdem, dass wir mit dem Schiff heranmüssen, ihn herausfischen und wieder an der Drohne anbringen. Bis dahin sind die Orcas verschwunden …«

»Falls wir überhaupt welche finden.« Freyja seufzte, lächelte aber gleich darauf wieder. »Aber ich habe heute ein gutes Gefühl!«

Hjalmar schmunzelte. Seine Schwester war unverwüstlich positiv. Sie ließ sich durch nichts und niemanden die gute Laune verderben. Sie liebte das Meer und ihr Schiff – mehr brauchte sie nicht, um glücklich zu sein. Und sie war furchtbar stolz auf ihren kleinen Bruder, so sehr, dass es Hjalmar manchmal fast peinlich war. Aber er liebte seine Schwester über alles und freute sich darüber, dass sie durch die Arbeit mehr Zeit miteinander verbrachten.

Keine 40 Minuten später verstummte der Dieselmotor des Kutters unvermittelt. Mit einem Mal vernahm man lediglich das Rauschen des Wassers, das vom Bug des immer noch fahrenden Schiffes verdrängt wurde. Sie waren an einem der Beobachtungsposten angelangt, am Rande eines Areals, das erfahrungsgemäß von Orcas frequentiert wurde. Nun würden sie warten müssen. Janike und ihre beiden Assistenten kamen an Deck und suchten mit Ferngläsern die Wasseroberfläche ab. Der Fjord verbreiterte sich hier auf mehrere Kilometer und wirkte wie ein riesiger, von flachen Bergen umringter See. Es war kein weiteres Schiff zu sehen.

Im Inneren überwachte Freyja das Hydrofon. Orcas waren vergleichsweise laute Tiere, die gerne miteinander kommunizierten. Das Unterwassermikrofon war eine große Hilfe, denn es konnte eine Schule auch in großer Entfernung orten. Sollte das Hydrofon anschlagen, mussten sie sich den Tieren nähern, ohne sie zu verschrecken. Dafür hatte seine Schwester eine sekundäre Schiffsschraube eingebaut, die mit einem schallisolierten Elektromotor betrieben wurde. Die maximale Geschwindigkeit wurde dadurch auf gerade einmal vier Knoten reduziert, aber mit etwas Glück konnten sie sich so einer Gruppe von Schwertwalen bis auf ein paar Hundert Meter unbemerkt nähern.

Sie warteten. Hjalmar aß die Hälfte seines Brötchens. Die Drohne stand flugbereit neben ihm an Deck, der Prototyp hing gesichert an der Unterseite. Nach einiger Zeit bildete sich Nebel und verdeckte zunehmend die Sicht. Hjalmar fröstelte und setzte seine Kapuze auf. Sein winddichter Parka war für das raue Wetter auf See geeignet, doch durch das regungslose Warten war ihm dennoch kalt geworden. Er beschloss, auf dem Deck der *Freyja* ein paar Runden zu drehen, um sich aufzuwärmen.

Plötzlich bemerkte er, dass sich das Schiff wieder in Bewegung setzte. Geräuschlos. Seine Schwester hatte den Elektromotor eingeschaltet, und das konnte nur eines bedeuten: Orcas! »Auf drei Uhr!« Freyjas Kopf ragte aus einem der Kajütenfenster. »Etwa einen Kilometer entfernt. Sie bewegen sich nur langsam.« Das Schiff korrigierte seinen Kurs. Hjalmar stand mit Janike und den beiden Studenten am Bug und blickte konzentriert aufs Meer hinaus. Der Nebel hatte sich verdichtet, Hjalmar schätzte die Sichtweite auf etwa 400 Meter. Langsam und lautlos glitt der Kutter durch das Wasser, lediglich das Platschen der Wellen an der Bordwand war zu vernehmen.

Zunächst hörten sie die Wale nur. Ein feuchtes Schnauben drang aus der Nebelwand, mehrfach und in unterschiedlichen Tonhöhen. Hjalmar hielt den Atem an und leckte sich nervös die Lippen. An seiner Seite stand Janike, ihre ernsten Gesichtszüge schienen noch strenger, noch härter als sonst.

Eine Fontäne schoss in die Höhe, 300 Meter vom Schiff entfernt, gefolgt von fünf weiteren. Die markanten Rückenflossen der Schwertwale ragten für kurze Zeit aus dem Wasser, um dann wieder in den Fluten zu verschwinden. Orcas tauchten alle zwei bis fünf Minuten auf, um Luft zu holen; es würde also genug Gelegenheit geben, den Prototyp zu platzieren. Hjalmar blickte zu Janike, die ihm fast erleichtert zulächelte und schließlich nickte. Es war an der Zeit, die Drohne fliegen zu lassen.

Hjalmar steuerte den Quadkopter selbst. Er hatte schon unzählige Stunden damit verbracht, den kleinen Flugapparat durch verlassene Gebäude zu jagen. Trotzdem fühlte er sich heute unsicher. Dies war kein Übungsflug, kein spaßiger Videodreh oder einfach nur Zeitvertreib. Seit Jahren versuchten Wissenschaftler auf der ganzen Welt, dem Meeressterben auf den Grund zu gehen. Der Prototyp war ein Werkzeug, mehr noch, eine Hoffnung, eine Chance, in bisher unerforschte Gebiete vorzudringen. Wenn es gelang, den kleinen Napfschneckenpeilsender erfolgreich einzusetzen, konnten sie andere Meeresbewohner ebenfalls damit versehen. Seine Erfindung konnte vielleicht dabei helfen, das Rätsel des Meeressterbens zu lösen.

Ein kleiner Monitor zeigte ihm das Kamerabild des Quadkopters. Es dauerte ein paar Minuten, bis er die sechs Orcas mit der Drohne aufgespürt hatte. Er musste den Rhythmus der Tiere verinnerlichen, vorausahnen, wann sie wieder auftauchen würden. Wenn ein Schwertwal Luft holte, ragte meist die Oberseite bis zur Rückenflosse aus dem Wasser, die Schnauze fast neckisch angehoben. Er musste mit der Drohne die Geschwindigkeit der Tiere halten, um den Prototyp im richtigen Moment fallen zu lassen.

Hjalmar blendete alles andere um sich herum aus. Die Gruppe bestand aus drei ausgewachsenen Orcas, zwei Jungtieren und einem Kalb. Die Sterblichkeit von jungen Schwertwalen war hoch, weshalb ein ausgewachsenes Exemplar ein besserer Träger für den Peilsender wäre. Noch einmal ließ er die Wale untertauchen, versuchte, die schwarz-weißen Körper mit der Drohne nicht zu verlieren. Zwei Minuten. Eine Minute. Er hatte sich an den größten Bullen gehängt, der einige Meter vor den anderen schwamm. Hjalmars Finger lag auf dem Auslöser, der die Greifarme öffnen und den Prototyp der Schwerkraft überlassen würde.

Unter der Drohne teilte sich das Wasser. Glänzend erhob sich die schwarze Schnauze des Orcas daraus. *Abwarten.* Eine Fontäne schoss aus dem Atemloch des Tieres, eine Wolke aus feinen Tröpfchen, die drei Meter in die Höhe schnellte. *Abwarten.* Das Kamerabild wurde für kurze Zeit hellgrau. Erst als sich die Atemwolke auflöste, erkannte Hjalmar wieder den Buckel des Wales. Eine letzte Kontrolle. Die Drohne hatte die Geschwindigkeit des Bullen einwandfrei gehalten. *Jetzt.*

Der Prototyp fiel. Mit Schrecken erkannte Hjalmar, dass der Peilsender sich im Sturz drehte, der Saugnapf leuchtete rosa auf dem Kamerabild auf. Es dauerte nur zwei Sekunden, dann prallte der Prototyp mit dem Panzer voran auf den Rücken des Orcas, wurde wieder nach oben geschleudert, wirbelte um die eigene Achse. Unkontrolliert schlitterte er über die nasse Haut, verlor seine Position in der Rückenmitte. Der Schwertwal tauchte wieder ab. Mit einem verzweifelten Stöhnen beobachtete Hjalmar, wie das Wasser den Prototyp erfasste und abbremste, sodass sich der massige Körper des Orcas unter ihm hindurchschob.

Doch plötzlich ging ein Ruck durch den Prototyp, und er wurde aus dem Bild gerissen. Schnell kontrollierte Hjalmar die Anzeige auf seinem Smartphone, das ihm Daten in Echtzeit anzeigte. *Docking vellykket. Negativt press bygget opp.* Der intelligente Saugnapf hatte im Abtauchen die Walhaut für einen Moment berührt und sofort reagiert. Der Unterdruck war hergestellt, der Prototyp hatte sich erfolgreich an dem Bullen festgesaugt.

Hjalmar jubelte.

TEIL 2
SVEA

KAPITEL 5

MONTAG, 14. OKTOBER 2069,
MANILA TRENCH, MINDORO-MEERESSTRASSE

»Ein Sturm zieht auf. Ein verdammtes Hochdruckgebiet kommt von Vietnam rüber und prallt auf unser Tiefdruckgebiet. Die Wellen sind sozusagen die Vorboten. Das wird noch ganz schön ungemütlich werden.« Joaquín saß am Ruder und kaute auf einem kleinen Stück Zuckerrohr herum. Sein dichtes schwarzes Haar hatte er nach hinten gekämmt und mit Gel fixiert – die verklebten Strähnen glänzten mit der hochgesteckten Sonnenbrille um die Wette. Er lächelte Svea an. »Aber keine Sorge! Bis der Sturm hier eintrifft, habe ich Sie abgeliefert.«

Svea hielt sich verkrampft an dem kleinen Tisch fest und bemühte sich um ein Lächeln. Das Schiff schaukelte erheblich, und ihr war schlecht. Joaquín schien der raue Seegang nichts auszumachen, er saß unbeeindruckt auf einem fest verschraubten Hocker und glich das Wanken mit dem Oberkörper aus. Svea biss die Zähne zusammen. Ausgerechnet jetzt musste sie seekrank werden. *Ist wahrscheinlich die Größe. Wer hätte gedacht, dass die mich in einer Nussschale zur* Bathos *bringen würden.*

Sie hatte die ersten Minuten versucht zu lesen. Auf ihrem *rPad* hatte sie mehrere Artikel gespeichert, unter anderem ein sehr interessantes Paper darüber, warum die Krabbenform eine Erfolgsgeschichte in der Evolution darstellte. Krustentierarten hatten sich unabhängig voneinander über Millionen von Jahren zu der Form entwickelt, die man heute allgemeinhin »Krabbenform« nannte. Man unterschied zwischen echten Krabben, den *Brachyura*, und den unechten, den *Anomura*, zu denen zum Beispiel die Einsiedlerkrebse gehörten. Irgendetwas an einem runden Panzer mit zehn Gliedmaßen war aus evolutionärer Sicht besonders erfolgreich, und dank der Tatsache, dass Krustentiere, ähnlich wie Seesterne, Seeanemonen und Schnecken, offenbar nicht vom Meeressterben betroffen waren, war die Erforschung der Dekapoden zu einem der meistdiskutierten Themen der Meeresbiologen avanciert. Aber Svea hatte das *rPad* schon nach den ersten Absätzen wegen aufkommender Übelkeit wieder weggelegt.

Dabei befand sie sich nicht das erste Mal auf einem Schiff. Doch Joaquíns Motorboot war nur schwer mit den großen Forschungsschiffen zu vergleichen, denen ein Meter hohe Wellen kaum etwas ausmachten. Dieses Boot wurde von der moderaten Dünung ordentlich durchgeschüttelt, und Sveas Magen protestierte. Vielleicht hätte sie auf den Teller *Chicken Adobo* und die süße *Ensaymada* verzichten sollen. Allein der Gedanke an das Essen ließ Svea gequält aufstöhnen.

Joaquín warf ihr einen Blick zu. Sein schmaler Schnauzer bewegte sich fast rhythmisch in seinem breiten Gesicht, während er den dünnen, bambusähnlichen Stängel kauend von einem Mundwinkel zum anderen beförderte. Er zwinkerte ihr zu, griff mit der rechten Hand in die Gesäßtasche seiner knielangen Jeans und holte eine durchsichtige Plastiktüte mit mehreren Zuckerrohrstücken hervor. Er warf sie Svea hin, die sie ungelenk auffing. »Nehmen Sie sich ein Stück, und kauen Sie drauf rum! Das hilft.«

Svea musste sich dazu überwinden. Doch als sie mit dem ersten Bissen ein wenig Saft aus dem Rohr presste und der süßliche Geschmack sich in ihrem Mund ausbreitete, ging es ihr erstaunlicherweise besser. Dankbar nickte sie Joaquín zu, der kurz auflachte und dabei das Zuckerrohr mit seinen Zähnen wie eine Zigarre festhielt.

Svea blickte aus dem Fenster. Draußen zogen graue Wolken über den Himmel und verdeckten zeitweise die Sonne. Immer wieder spritzte Meerwasser an der Bordwand hoch. Das erste Mal, seit Svea Norwegen verlassen hatte, verspürte sie so etwas wie Heimweh. Vor einer Woche war sie auf den Philippinen angekommen. Vier Tage in Manila, um Papierkram zu erledigen, dann der Flug nach *Busuanga Island*, zwei weitere Nächte im malerischen *San José Diver's Hostel*, bis Joaquín sie heute Morgen abgeholt und zu seiner Jacht gebracht hatte.

Es erschien ihr, als sei sie schon einen Monat unterwegs. So viel war passiert. Sie hatte unzählige neue Eindrücke gesammelt. Svea hatte die Philippinen vorher nie besucht, und die Menschen hier waren so anders als in Oslo. Lauter, hektischer, impulsiver als die Norweger, aber auch zwanglos, freundlich und herzlich. Sveas helle Haut, die Sommersprossen und die aschblonden Haare fielen zwischen den dunkelhäutigen, schwarzhaarigen Filipinos auf. Sie hatte oft Blicke auf sich gezogen, das war ungewohnt für sie. In Manila hatte sie sich dann – dem skandinavischen Klischee entsprechend – schon am ersten Tag einen Sonnenbrand auf den Unterarmen geholt, der immer noch schmerzte.

Zu allem Überfluss hatte sie ihre Tage bekommen. Zu der Seekrankheit und dem juckenden Sonnenbrand mischten sich also noch Unterleibsschmerzen, und sie hatte kein Aspirin mehr auftreiben können. Den wahrscheinlich wichtigsten Tag ihres bisherigen Lebens hatte sie sich wirklich anders vorgestellt: schönes Wetter, eine erholsame Überfahrt und interessante Gespräche mit Kollegen. Stattdessen rauer Seegang, Zuckerrohr und ein aufziehender Sturm. Großartig.

Die Vorfreude der vergangenen Tage hatte sich in ein mulmiges Gefühl verwandelt. Der anfängliche Eifer, mit dem sie dem Projekt begegnet war, schien heute von Zweifel und Unsicherheit verdrängt zu werden. Plötzlich stellte sie alles infrage, haderte mit den Entscheidungen, die sie vor ein paar Monaten zu Hause mit Begeisterung getroffen hatte. Es war irrational, dessen war sie sich bewusst. Sie kam sich vor wie ein dummes Mädchen, das auf ihrer ersten Klassenfahrt kalte Füße bekommt und wieder zurück zu ihren Eltern gebracht werden will.

»Da vorne ist die *Aquino I*. Dauert nicht mehr lange!«, rief Joaquín ihr zu und griff nach einem kleinen Funkgerät. Während er versuchte, Kontakt aufzunehmen, blickte Svea durch die Frontscheiben der Kajüte. Einzelne Regentropfen fielen auf das Glas, zu wenige, als dass sich ein Einschalten der Scheibenwischer lohnte. In der Ferne entdeckte sie ein rot-weißes Schiff, ein klobiges Ungetüm mit einem quaderförmigen Decksaufbau, der viel zu nahe am Bug zu sitzen schien. Bis auf den Rumpf bestand die Konstruktion anscheinend nur aus rechten Winkeln. Auf dem Oberdeck ragten spitze Kräne und mehrere kleinere Greifarme in die Höhe.

Die *Aquino I* war hässlich, sozusagen *Frankensteins Monster* der Wasserfahrzeuge. Das lag natürlich daran, dass es sich dabei um ein Versorgungsschiff handelte. Die Form folgte hier der Funktion – Ästhetik war bei so einem Schiff zweitrangig. Svea hatte vor acht Jahren im Hafen von *Bergen* schon einmal ein ähnliches Modell gesehen: den Versorger der Bohrinsel *Troll A*, die Erdgas aus 1200 Meter Tiefe gefördert hatte. Inzwischen war *Troll A*, wie alle anderen Bohrinseln Norwegens, stillgelegt worden und diente lediglich als touristische Attraktion oder als extravagante Bühne für Konzerte.

Joaquín hatte ihre Ankunft über Funk gemeldet. Svea bemerkte, dass sie die Größe des Schiffes aus der Ferne falsch eingeschätzt hatte. Je näher sie der *Aquino I* kamen, desto mehr schien der Versorger in die Höhe zu wachsen. Als Joaquín endlich die Fahrt verlangsamte, türmte sich der Bug wie ein Wolkenkratzer vor ihnen auf. Ein Koloss aus Stahl. Es war einschüchternd. Dieser immense Aufwand wurde auch für sie, die junge norwegische Biologin mit Sonnenbrand, betrieben. Ihr schien das absurd und unverhältnismäßig. Joaquín, die Besatzung der *Aquino* und auch das riesige Schiff selbst waren ihretwegen hier, warteten auf sie.

Es war die letzte Zwischenstation ihrer Reise, die mit dem Flug nach Manila begonnen hatte und hier, in der *Mindoro-Straße,* enden würde, 500 Meter unter der Wasseroberfläche. Svea würde für vier lange Wochen in die Tiefe verschwinden, eingesperrt in der Forschungsstation *Bathos* IV am südlichen Ende des *Manila Trench*. Die *Aquino I* versorgte die Tiefseestation regelmäßig mit allem Nötigen und war in der Lage, Personen in die Tiefe zu befördern oder auch wieder daraus hervorzuholen. Nach Tausenden von Kilometern hatte Svea nun die letzte Etappe erreicht, in der sie lediglich 500 weitere Meter überwinden musste – mit der kleinen Hürde, dass die Zielgerade senkrecht nach unten führte, bis auf den Meeresboden hinunter.

Joaquín schaltete den Antrieb ab und verließ den Innenraum. Sein kleines Motorboot war eher ein Freizeitschiff, hübsch mit Holz ausgetäfelt und mit gepolsterten Sitzmöbeln ausgestattet. Er verdiente sich ein paar Dollar dazu, indem er Svea zur *Aquino I* chauffierte. Sie befanden sich jetzt

50 Kilometer von der Küste entfernt in der Mitte der breiten *Mindoro-Meeresstraße*, die das südchinesische Meer mit der Sulusee verband.

Die Bordwand der *Aquino I* neben ihnen wirkte wie ein unüberwindbares Hindernis aus Stahl, und Svea fragte sich, wie sie von dem kleinen Boot überhaupt an Bord des Versorgers gelangen würde. Joaquín turnte an Deck herum und warf zwei Autoreifen, die mit Seilen an der Reling befestigt waren, über Bord; wahrscheinlich als Knautschzone, falls sein Schiff von den Wellen gegen die *Aquino I* gedrückt wurde.

Schließlich blieb er abwartend am Bug stehen und blickte nach oben. Wind zerrte an seiner kurzen Hose und dem weißen Polohemd. Das Zuckerrohr hielt er immer noch zwischen den Zähnen. Svea folgte seinem Blick und bemerkte eine kleine Plattform mit Geländer an drei Seiten, die an einem Roboterarm hing und sich langsam dem kleinen Motorboot näherte. Svea verzog das Gesicht. Damit also würde man sie an Bord bringen. *Augen zu und durch.*

Joaquín kam wieder herein, nickte ihr zu und packte ihren gelben Seesack – ihr einziges Gepäckstück. »Alles klar, es ist so weit. Passen Sie gut auf, wo Sie hintreten!«

Als Svea die Kabine verließ, wurde die Luft schlagartig kühler. Tropfen fielen ihr ins Gesicht, bildeten kalte Punkte auf der Haut. Wind riss an Wellenkämmen, und das Rauschen des Meeres war allgegenwärtig. Alles war in Bewegung. Joaquín hatte den Seesack schon mit einem Karabinerhaken am Sicherungsgeländer der Plattform befestigt, die nun neben dem Boot verharrte, die offene Seite zu ihnen gewandt. Durch die Dünung veränderte sich der Abstand zwischen dem Deck des Motorbootes und dem Boden der

Plattform jedoch ständig, vor allem in der Höhe. Joaquín winkte sie zu sich.

»Das sieht schlimmer aus, als es ist«, rief er ihr zu. »Sie müssen nur darauf achten, in der Aufwärtsbewegung auf die Bühne zu treten. Warten Sie, bis wir über ihr sind, dann mit der Hand ans Geländer und rüberziehen. Wenn Sie erst einmal auf der Plattform stehen, werden Sie sehen, dass sie sich kaum bewegt. Die *Aquino I* kompensiert die Rollbewegung. Die haben bessere Technik als ich.« Er lachte.

»Und was ist, wenn ich daneben trete?« Dunkles Wasser schwappte unter ihr.

»Ich halte Sie fest. Keine Sorge!« Joaquín nickte ihr aufmunternd zu und streckte den Arm aus. Unsicher machte sie zwei Schritte auf ihn zu und ergriff seine Hand. Vier Meter über ihnen, an der Reling der *Aquino I*, sah sie zwei weitere Gestalten, die auf sie herabblickten. Eine von ihnen hielt einen kleinen Kasten in der Hand, wahrscheinlich die Steuerung des Roboterarms.

Augen zu und durch. Sie konzentrierte sich auf die Plattform. Das kleine Motorboot wurde gerade wieder von den Wellen nach oben gedrückt, sodass die kleine Bühne vor ihr nach unten verschwand und sich die Oberseite des Geländers auf Kniehöhe absenkte. Svea hielt den Atem an. Noch einen kurzen Blick zu Joaquín, der ihr erneut zunickte, dann kam das Geländer langsam wieder nach oben. Mit der rechten Hand packte sie eine der Querstangen und setzte einen Fuß vor sich in die Luft im Vertrauen darauf, dass der Boden der Plattform ihr im nächsten Augenblick einen festen Untergrund bieten würde.

Ein jäher Ruck ging durch Sveas Körper, als ihre Fußsohle von der metallischen Platte nach oben gedrückt wurde. Reflexartig spannten sich ihre Beinmuskeln, und kurz darauf zog sie sich vollends auf die Plattform. Mit einem Mal ließ das konstante Schwanken nach, als wäre sie von einem schaukelnden Boot auf einen festen Steg getreten. Joaquín hatte die Wahrheit gesagt. Die *Aquino I* lag stoisch in der aufgewühlten See; plötzlich schien es, als würden sich einzig und allein das Meer und das kleine Boot vor ihr bewegen.

Joaquín zeigte ihr beide Daumen nach oben. Svea lächelte erleichtert und winkte ihm kurz mit der linken Hand zu, die rechte trotz der nicht mehr vorhandenen Schwankung sicher am Geländer. Mit einem sanften Zittern setzte sich der Roboterarm in Bewegung und hob die Plattform an. Joaquín und sein Motorboot wurden kleiner, und Svea sah noch, wie der Filipino in der kleinen Kajüte verschwand. Kurz darauf hörte sie das Wummern des Motors, und weißer Schaum wirbelte hinter dem Heck auf. Ihr fiel auf, dass sie sich nicht einmal bedankt hatte.

• • •

»Da sind Sie ja endlich, Dr. Mathisen! Kapitän Farlander.« Ein breitschultriger Mann mit Vollbart, rasiertem Kopf und grimmigem Gesichtsausdruck reichte ihr die Hand. Er trug gelbes Ölzeug: eine Latzhose und darüber eine offene Jacke. Um seinen Hals baumelte ein kleines Funkgerät. Seine Hand war nass und der Händedruck kräftig. Er sah sie abschätzend an, und Svea war sich unsicher, ob Farlander immer so finster dreinblickte oder das nur vorübergehend tat. »Viel länger hätte ich nicht mehr auf Sie warten können. Hab die Crew schon abkommandiert, den Tauchgang vorzubereiten. In der Messe gibt's noch was zu essen, sollten Sie Hunger haben.«

Svea schüttelte den Kopf. Sie bemerkte erst jetzt, dass sie

immer noch das Zuckerrohr im Mund hatte. Hastig warf sie es über Bord. »Das war wegen der Übelkeit. Die Wellen ... Das kleine Boot ...« Verlegen blickte sie Farlander an, der ihr mit einem Mal wie ein echter Seewolf aus einem Abenteuerroman vorkam. *Genau die richtige Person, um über Seekrankheit zu jammern*, schalt sie sich. Farlander aber beachtete sie kaum, nahm den gelben Seesack vom Geländer und schulterte ihn.

»Ja, die See ist unruhig; ich habe heute Morgen eine Sturmwarnung bekommen. In einer Stunde etwa muss ich die *Aquino* in Sicherheit bringen. Aber keine Sorge, wenn Sie erst einmal unten sind, merken Sie von dem Wetterchen hier oben nichts mehr.«

Seinem Akzent nach zu urteilen, stammte Farlander aus Schottland. Sie musste sich anstrengen, um sein schroffes Englisch zu verstehen. Er führte sie über das Deck, vorbei an mannshohen Greifarmen, Containern, aufgerollten Trossen und übereinanderliegenden Paletten. Mehrere Rohre verliefen über das Deck und verschwanden in kleinen Silos oder direkt im Schiff. Überall gab es Klappen, Fallgitter, kleine Gerüste und Haken, um Taue daran festzuzurren. Eine freie Fläche in der Mitte stellte sich als Hubschrauberlandeplatz heraus. Farlander schien ihre neugierigen Blicke zu bemerken.

»Die *Aquino I* ist ein modernes Versorgungsschiff«, rief er mit rauer Stimme, »ausschließlich für die maritime Forschung gedacht. War früher mal für Bohrplattformen im Golf von Mexiko im Einsatz. 84 Meter lang. 4292 Bruttoregistertonnen. Voigt-Schneider-Propeller mit Rollstabilisierung. Wir versorgen momentan fünf Labore und 14 stationäre Forschungsschiffe.«

Sie näherten sich dem riesigen Decksaufbau. Svea zählte

fünf Stockwerke, die zum Teil mit Bullaugen, zum Teil mit großen quadratischen Fenstern ausgestattet waren. Das oberste Deck stand etwas über und musste die Brücke sein, erkennbar an der gewaltigen Fensterfront, die um den gesamten Decksaufbau herum verlief und damit Kapitän und Mannschaft einen freien Blick nach allen Seiten bot. Zudem waren die Fenster mit einer Neigung eingebaut, wodurch es möglich war, auch senkrecht nach unten zu sehen, um die Bordwand, zum Beispiel bei einem Manöver im Hafen, im Auge zu behalten.

Farlander öffnete eine massive Tür aus Stahl, deren Ecken oben und unten abgerundet waren. »Wir werden in 15 Minuten mit den Vorbereitungen fertig sein. Ich habe Order, Sie nicht unbegleitet auf dem Schiff herumlaufen zu lassen. Ich kann Sie so lange in die Messe bringen oder auf die Kommandobrücke, falls Sie das interessiert. Sollten Sie irgendetwas anderes benötigen, geben Sie Bescheid!«

»Ich … würde gerne telefonieren«, antwortete Svea zögerlich. Farlander nickte kurz und bedeutete ihr, ihm zu folgen.

»Wir haben kein eigenes Mobilfunknetz an Bord, das lohnt sich nicht für zwanzig Mann. Aber Sie sind ja eine VIP, Sie können unser Satellitentelefon benutzen.« Schwang da Hohn in den Worten Farlanders mit? Er führte sie in einen kleinen Raum im Inneren des ersten Stockwerks, offensichtlich der Funkraum. Türme aus silbergrauen Apparaten mit unzähligen Drehknöpfen, Schaltern und leuchtenden Anzeigen standen links und rechts an den Wänden. Vorne ein Schreibtisch mit zwei Stühlen, über dem insgesamt acht Flachbildschirme angebracht waren. An der Decke LED-Lichter. Vor den Monitoren saß ein junger Mann mit Baseball-Cap, auf dessen Stirnseite mehrere Striche und

Punkte gestickt waren. Ein Morsecode, aber Svea hatte keine Ahnung, was die Zeichen bedeuteten.

Farlander nickte ihm kurz zu. »Das ist Thomas, unser *Funkenpuster*.« Er zwinkerte Thomas jovial zu, der seinerseits lächelte. »Funkenpuster« schien eine Art Kosewort für »Funkoffizier« zu sein. »Dr. Mathisen will telefonieren. Gib ihr das *Eurosat!*« Thomas nickte, gab einige Befehle über die Tastatur ein und griff dann neben sich, um einen archaisch wirkenden kabelgebundenen Telefonhörer von einem der Kästen an der Seitenwand zu nehmen. Er reichte ihn Svea.

»Die Nummer können Sie hier am Computer eingeben«, sagte er und stand auf.

Farlander und der junge Funkoffizier verließen den Raum. Der Kapitän erinnerte sie noch einmal daran, dass seine Mannschaft in 15 Minuten bereit für den Tauchgang wäre, dann schloss er die Tür. Svea befand sich alleine in dem kleinen Raum, nur das Belüftungsgeräusch der Gerätschaften um sie herum war zu hören. Sie seufzte, setzte sich hin und gab die Nummer ein, die sie auswendig kannte.

Es war reiner Instinkt gewesen. Sie hatte nicht geplant, ihren Vater noch einmal anzurufen, aber sie sehnte sich nach einer vertrauten Stimme. Sie fühlte sich fremd hier, unsicher, schlecht vorbereitet. Die Übelkeit während der rauen Überfahrt und das riesige Versorgerschiff mit seinem grobschlächtigen Kapitän und der Besatzung überforderten Svea. Was wäre, wenn sie der Aufgabe nicht gewachsen war? War sie überhaupt in der Lage, den biologischen Teil des Projektes zu leiten?

Sie hatte mit *summa cum laude* promoviert. Sie hatte die bestmögliche Ausbildung Norwegens durchlaufen und zahllose Auszeichnungen erhalten. Und trotzdem saß sie hier, kurz vor ihrem Ziel, auf das sie Jahre hingearbeitet hatte, und lauschte ängstlich dem Freizeichen, in der Hoffnung, dass ihr Papa den Hörer abnahm. Sie fühlte sich nicht wie »Frau Dr. Mathisen«, sondern wie ein kleines, verunsichertes Mädchen, das sich zu weit aus seiner Komfortzone gewagt hatte. Es war lächerlich. Sie musste sich zusammenreißen. Ihr Unterleib verkrampfte sich schmerzhaft.

»Mathisen?« Die sanfte Stimme ihres Vaters drang aus dem Hörer, und Svea spürte plötzlich einen Kloß im Hals. Es dauerte einen Moment, bevor sie antworten konnte: »Papa, ich bin's.«

»Svea! Ist alles in Ordnung?«

»Ich weiß nicht ... Ja, eigentlich schon ...«

»Warte kurz.« Sie hörte, wie ihr Vater aufstand. Eine Türklinke, dann Schritte und das Knarzen von Dielen. »Wo bist du denn?«, fragte er.

Svea biss sich auf die Lippe. Sie hatte den Zeitunterschied vollkommen vergessen. Wie spät war es jetzt in Norwegen? Fünf Uhr morgens? Sechs Uhr? Sie hatte ihren Vater aus dem Bett geklingelt. »Papa, es tut mir leid. Ich habe gar nicht auf die Uhrzeit geachtet.«

»Ach, sei nicht albern, ich war sowieso schon wach. Wo bist du?«

»Auf dem Versorger. Ich fahre in ein paar Minuten hinunter.« Kurze Stille. Sie hatte sich vorher nicht überlegt, was sie überhaupt sagen wollte. »Hier zieht ein Sturm auf, sagen alle.«

»Hm«, brummte ihr Vater. »Und das macht dir Sorgen?«

»Nein, es ist nur ... Ich weiß auch nicht. Ich wollte deine Stimme hören. Erzähl mir etwas von euch! Wie ... ist das Wetter?«, fragte sie und verzog das Gesicht. *Was für eine bescheuerte Frage.* Sie hörte, wie ihr Vater sich in einem Ledersessel niederließ.

»Gestern hatten wir blauen Himmel, aber es ist kühl. Mama hat Kürbissuppe gemacht. Wir waren mit dem Hund draußen, sind rüber nach *Dale* gefahren und dort ein wenig durch die Felsen. Ein fantastischer Ausblick, ich werde dir Fotos schicken. Ich habe ein neues Smartphone, daran muss ich mich noch gewöhnen, aber es macht tolle Fotos.«

Svea lächelte. »Ja, die musst du mir schicken!« Wieder Stille. Sie zog die Nase hoch.

»Kannst du dich an den Urlaub in Skjolden erinnern?«, fragte ihr Vater plötzlich. »Das muss 46 gewesen sein. Du warst elf Jahre alt.«

»Ich glaube schon.« Sie waren oft in Skjolden gewesen. Manchmal sogar zweimal im Jahr. Immer auf dem Campingplatz.

»Wir haben dich das erste Mal alleine mit *Ruppe* losgehen lassen.« Ruppe war der erste Hund der Familie gewesen, ein grauer Elchhund und damals noch fast ein Welpe. Er war vor einigen Jahren gestorben. »Wir hatten dir auch schon ein Handy gekauft, und außerdem dachten wir, dass, falls du dich verlaufen solltest, Ruppe dich schon wieder nach Hause bringen würde.«

»Ja, das weiß ich noch. Mir ist das damals durchaus bewusst gewesen. Ihr habt dem Hund erlaubt, mich auszuführen, nicht andersherum.« Svea lächelte.

»Na ja, wir haben euch zusammen losziehen lassen, weil es sicherer war. Wer auf wen aufpasste, war ja unwichtig. Kannst du dich noch erinnern, dass ihr von einem Sturm überrascht wurdet?«

»Nein, daran kann ich mich nicht erinnern«, gab Svea überrascht zu.

»Es war das vierte oder fünfte Mal, dass ich euch losziehen ließ. Du mochtest eure Ausflüge sehr. Aber nach einer

Stunde zog plötzlich ein Sturm auf, vollkommen überraschend. Mir war auch gar nicht eingefallen, vorher einen Blick auf die Wettervorhersage zu werfen. Es war ja Sommer, und wir waren im Urlaub, da denkt man nicht an Gewitter.«

Svea runzelte die Stirn. Sie konnte sich wirklich an kein Unwetter erinnern, aber vor allem fragte sie sich, warum ihr Vater diese Geschichte erzählte.

»Jedenfalls war das ein ausgewachsener Sturm. Windstärke 8 mindestens und peitschender Regen mit dicken Tropfen. Auf dem Campingplatz war die Hölle los, einigen sind die Zelte davongeflogen. Und du mit dem Hund draußen unterwegs, Mama hat richtig Angst bekommen. Das blöde Handy hatte natürlich keinen Empfang, also bin ich raus, mit Regenjacke, um euch zu suchen.«

»Daran würde ich mich doch erinnern!«, protestierte Svea. Ihr Vater lachte leise.

»Ich kannte eure Strecken ja ungefähr, hatte aber kein Glück. Der Sturm dauerte nicht lange, vielleicht zwanzig Minuten oder so. Ich bin jedenfalls, nass bis auf die Knochen, durch den Wald gerannt und hab immer wieder nach euch gebrüllt, wie so ein Troll aus den Märchen.« Svea lächelte wieder. »Mindestens eine Stunde lang. Ohne Erfolg. Dann bin ich wieder zurück und war schon drauf und dran, die Polizei einzuschalten.« Ihr Vater atmete aus und machte eine kurze Pause.

»Als ich wieder zurückkam, wart ihr beide schon im Bus, du saßest mit einer heißen Schokolade auf einer Bank, als wär nichts gewesen. Ich war vollkommen fix und fertig.«

Svea schüttelte den Kopf. »Das kann nicht sein. Ich kann mich an Regen erinnern, das schon, aber nicht an einen Sturm. Eher an einen kurzen Schauer.«

»Ich habe dich gefragt, wo du denn gewesen bist. Du hast mir erzählt, dass du mit den ersten Tropfen zu einer der Rasthütten gelaufen bist und dort den Regen abgewartet hast. Du hast mit Ruppe im Trockenen gespielt, während ich durch den Wald gehetzt bin.«

»Ich kann mich an die Hütte erinnern, aber das war doch kein Sturm!«

»Oh doch, das war ein echter Sturm. Teile des Campingplatzes wurden überschwemmt, und einen Tag lang konnte man nicht nach *Gaupne*, weil einige Bäume umgerissen worden waren und die Straße versperrten. Du hast den Sturm nur nicht als solchen wahrgenommen, weil du schon mit elf Jahren alles unter Kontrolle hattest. Ich habe den Sturm vielleicht als bedrohlicher und schlimmer in Erinnerung, als er tatsächlich war, weil ich dich gesucht habe und Angst um dich hatte. Für mich war die Situation außer Kontrolle. Für dich aber war das ein Sommerregen, den du kurz in einer Hütte abgewartet hast, ohne dir groß Gedanken zu machen.«

Ihr Vater verstummte kurz, abwartend. Svea versuchte, sich genauer an jenen Tag zu erinnern, aber es gelang ihr nicht. Das Erlebnis schien bei ihr keinen bleibenden Eindruck hinterlassen zu haben, ganz im Gegensatz zu ihrem Vater. Hätte sie damals Angst verspürt und den Sturm als ernste Bedrohung verstanden, hätte sich der Tag in ihr Gedächtnis eingebrannt. Sie musste sich trotz der Gefahr sicher gefühlt haben.

»Was ich damit sagen will …«, fuhr ihr Vater fort. »Wie gut man mit einer Situation zurechtkommt, hängt oft davon ab, wie man an sie herangeht. Man darf sich nicht überwältigen lassen. Ich kann mir gar nicht vorstellen, was im Moment alles auf dich alles einprasselt.«

»Es ist einschüchternd«, sagte Svea heiser. »So viele Menschen, so viel Geld, das in dieses Projekt fließt, und so viel Technik. Ich weiß nicht, ob ich dem gewachsen bin.«

»Unsinn! Sie haben dich ausgewählt, weil du eine der Besten bist. Lass dich nicht von der Aufgabe einschüchtern. Denk an das kleine Mädchen, das einen Sturm als kleinen Schauer abgetan hat und sich nicht einmal mehr daran erinnern kann. Vertrau dir selbst und zweifle nicht an den Entscheidungen, die du triffst!«

Svea atmete tief ein. Sie wusste das natürlich alles und schämte sich ein wenig, dass sie ihren Vater so früh aus dem Bett geklingelt hatte, um sich von ihm das Selbstbewusstsein aufpäppeln zu lassen. Zum Glück schien ihm das nichts auszumachen. Sie räusperte sich. »Also gut. Ich werde versuchen, mich ab jetzt wie eine promovierte Biologin zu verhalten. Oder noch besser, wie ein elfjähriges Mädchen.« Ihr Vater lachte leise vor sich hin.

Es klopfte an der Tür, und kurz darauf steckte Farlander seinen Kopf herein. Svea nickte ihm zu. »Ich muss los. Grüß Mama von mir! Und danke.«

»Bis bald, *min lille*.« Ein Klicken signalisierte das Ende des Gesprächs.

Farlander wartete vor der Tür, nickte ihr grimmig zu und ging voraus. Svea räusperte sich kurz. Der Kapitän blieb stehen und sah sie fragend an.

»Ich habe auf dem Festland keine Zeit mehr gehabt, um eine Packung Aspirin zu kaufen. Gibt es so etwas hier auf dem Schiff?«

Farlander zog eine Augenbraue hoch. »Aspirin?«

»Ja. Würden Sie Ihrer VIP diesen Wunsch noch erfüllen, bevor sie in der Tiefe verschwindet?« Svea hielt dem Blick Farlanders stand. Trotzig zog sie ihrerseits die Augenbrauen hoch. Schließlich grinste Farlander das erste Mal, seit sie an Bord der *Aquino* gekommen war, und zwei Reihen strahlend weißer Zähne kamen zum Vorschein. »Kriegen wir hin, Dr. Mathisen«, brummte er.

Draußen zerrte der Wind an Sveas roter Daunenjacke. Feine Wassertropfen wurden durch die Luft getragen und schmeckten salzig auf den Lippen. Breitbeinig stapfte Farlander vor ihr über das nasse Deck, seine gelbe Jacke stand immer noch offen, sodass sie von Windstößen ergriffen wurde und unkontrolliert herumflatterte. Hin und wieder brüllte Farlander etwas in sein Funkgerät und hielt sich den kleinen Apparat anschließend ans Ohr. Sie gingen an der Reling entlang zum Heck, und Svea konnte auf das Meer hinausblicken.

Die Wellenberge rollten schräg gegen das riesige Schiff. Im Vergleich zu der Überfahrt mit Joaquíns Motorboot waren die Wogen jetzt größer, mit weißem Schaum auf den Kuppen. Es war erstaunlich, dass die *Aquino* immer noch so ruhig im Wasser lag. Farlander drehte sich zu ihr um und lachte, während der Wind seinen Bart zur Seite drückte.

»Windstärke sieben! Da kommt was Großes auf uns zu«, rief er über das Rauschen von Wind und Meer. »Wir sind jetzt bei 30 Knoten, aber wir haben Berichte von Wetterstationen, die nordwestlich von hier bereits Stärke zehn gemessen haben. Wir müssen uns beeilen. Ich will vermeiden, dass uns der Orkan während des Tauchgangs erfasst.«

Er bedeutete ihr, ihm zu folgen. Am Heck, in der Mitte des Schiffes, war eine Aussparung, ein quadratisches Loch im Boden der *Aquino*. Darüber erhob sich ein vier Meter hohes Gerüst, das mit mehreren Drahtseilen festgezurrt war, die im Wind zitterten. Die Ecken wurden über Querstreben verstärkt, und die Traversen waren durch Stahlmanschetten miteinander verbunden. Im Zentrum der Konstruktion hing ein merkwürdiges Gebilde, eine gläserne Kugel, etwa zwei Meter im Durchmesser, in der Mitte durch einen stabilen Metallring zusammengehalten. Eine Treppe aus Metall führte zu der Gondel hinauf.

Farlander nickte ihr zu. »War nett, Sie kennengelernt zu haben, Dr. Mathisen. Hier trennen sich unsere Wege. Murdoch wird Ihnen beim Einstieg behilflich sein, und ich werde den Tauchgang von der Brücke aus überwachen, um dann möglichst schnell von hier zu verschwinden. Ihre beiden Kollegen erwarten Sie schon auf der *Bathos*. Wenn alles gut läuft, sehen wir uns in vier Wochen wieder.« Er gab ihr noch einmal die Hand und beugte sich zu ihr hinunter. »Viel Glück! Hoffen wir mal für uns alle, dass Sie da unten etwas finden.«

KAPITEL 6

Von einem Moment auf den anderen verstummte das Rauschen von Wind und Meer. Stattdessen Stille, hin und wieder durchbrochen von dumpfem Glucksen. Luftblasen zogen vor Sveas Augen in einer konstanten Aufwärtsbewegung vorbei. Die letzten Lufteinschlüsse unter der kleinen Gondel wurden aus Ritzen und kleinen Hohlräumen gepresst und stiegen in zitternden Wirbeln an der gewölbten Außenwand empor. Schließlich verließen sie die gläserne Oberfläche der Gondel mit einem Ruck und trieben befreit nach oben. Svea blickte ihnen hinterher. Über ihr ein Himmel aus rollenden Wellen; silbrige, sich unentwegt verändernde Wolken, befremdlich aufgrund der Perspektive, hypnotisch. Der unförmige Schatten der Versorgungsstation inmitten eines wallenden, graublauen Tuches.

Aus der dunklen Silhouette der *Aquino I* wuchsen zwei Führungstrassen, die der *Bathos* IV zugleich als Nabelschnur dienten. Sie zogen die kleine Kapsel, in der Svea mit ihrem gelben Seemannssack saß, in die bodenlose Tiefe. Der stabile Metallring in der Mitte verband sich links und rechts mit den beiden Trassen. Eine Unmenge von Anzeigen gab Svea Auskunft über die aktuelle Tiefe, über Außendruck und Wassertemperatur, Ausrichtung sowie Geschwindigkeit der Gondel und die Entfernung zum Meeresboden. Die langen Versorgungsleitungen waren flexibel, denn sie bestanden aus miteinander verbundenen Segmenten, wobei jedes dieser Segmente ringsum mit kleinen Düsen ausgestattet war und sich selbstständig stabilisierte. Strömungen, die an den Führungstrassen rissen, konnten somit gemindert werden, und der Abstieg der Gondel blieb auch bei unruhiger See sanft und für den Passagier kaum bemerkbar.

Die Außenscheinwerfer schalteten sich automatisch ein und warfen acht Lichtkegel in die Dunkelheit unter ihr. Svea presste die Lippen zusammen. Als Meeresbiologin gab es für sie kaum etwas Interessanteres als die Tiefsee, doch an diesen bodenlosen Abgrund während des Tauchgangs würde sie sich noch gewöhnen müssen. Direkt unter ihr befand sich eine Luke aus Metall. Murdoch hatte ihr gesagt, dass sie die Gondel durch diese Luke nach etwa drei Minuten Fahrt wieder verlassen würde. Alles automatisiert, natürlich, sie solle nur aufpassen, nicht auf der Luke zu stehen, wenn diese sich öffnete.

Irgendein findiger Ingenieur hatte geglaubt, dass ein ungehinderter Blick in die Tiefe durch dickes Glas rings um die Klappe etwas Großartiges sei. Doch die Finsternis unter ihr wirkte wie ein riesiges schwarzes Maul, die Tiefsee schien sie zu verschlingen. Svea umklammerte ihren Seesack fester und zwang sich, nach oben zu blicken. Die *Aquino I* war nur mehr als kleiner Punkt weit über ihr zu erkennen. Es war ohrenbetäubend still.

Minus 200 Meter. Die Dunkelheit hatte die Gondel nun vollkommen eingehüllt. Das einzige Licht im Inneren der Kapsel kam von den leuchtenden Anzeigen und einigen zusätzlichen LED-Dioden. Die Positionslichter der *Bathos* IV waren noch nicht zu erkennen. Die Tiefseestation, von der in Fachkreisen mit Bewunderung und Ehrfurcht gesprochen wurde, war das Resultat einer außergewöhnlichen Kooperation zwischen der Volksrepublik China, den Philippinen und dem 2062 gegründeten *International Institute of Marine Emergency*. Mit einer Tiefe von 500 Metern hatte sich die *Bathos* IV den Titel für das tiefste stationäre Forschungslabor unter Wasser gesichert. Svea konnte ihr Glück noch immer nicht fassen, für das wissenschaftliche Präsenzteam der Station ausgewählt worden zu sein, auch wenn diese Fahrt durch die Dunkelheit ihr einiges abverlangte.

Angestrahlt vom schwachen Schein der LEDs leuchtete Meeresschnee in der unmittelbaren Umgebung zur Kapsel auf. Er bestand aus unzähligen Partikeln, aus Plankton, abgestorbenen Algen und Krillexkrementen, die in der Dunkelheit schwebten und langsam der Schwerkraft erlagen. Die Anzeige sprang auf –450 Meter, und Svea wagte einen Blick nach unten. Sie erkannte mehrere blau schimmernde Positionslichter im Schwarz, heller werdende Punkte, umschlossen von matten Aureolen.

Die Abwärtsfahrt verlangsamte sich. Die vollautomatische Gondel schwebte lautlos dem Landungsschacht auf der Oberseite der *Bathos* IV entgegen. Kleine blinkende Roboter, die aussahen wie metallische Riesenasseln, bewegten sich über die gewölbte Oberfläche der Forschungsstation und entfernten festgesaugte Muscheln, Schnecken und Seesterne. Ein dumpfer Schlag kündigte den Verankerungsprozess an, und Svea suchte auf den Bildschirmen die Fortschrittsanzeige.

23 Prozent ... Andockspange festgezogen ... 28 Prozent ... Schachtdekompression initialisiert ...

In dem schwachen Licht, das aus den Bullaugen der Forschungsstation drang, konnte Svea den weißen Sand des Meeresbodens erahnen, der von der Strömung in gleichmäßigen Rillen angeordnet wurde. Die *Bathos* IV war mit Außenscheinwerfern ausgestattet, doch um Energie zu sparen, wurden sie nur in besonderen Situationen eingeschaltet, etwa wenn Reparaturen durchgeführt werden mussten oder wenn der Kadaver eines größeren Fisches in die unmittelbare Nähe der Station gespült wurde und sich Riesenkrabben und Krebse mit grausiger Sorgfalt über das Aas hermachten. Die Beobachtung der Lebensformen in der Tiefsee war eine der zentralen Aufgaben der *Bathos* IV, die zusammen mit vierzehn weiteren Stationen auf der ganzen Welt die Möglichkeit der *Deepsea Dependent Marine Repopulation* vorantreiben sollte. Svea hatte das Logo des außergewöhnlichen Programms mit den Lettern DDMR stolz auf ihren Seesack geklebt.

Dekompression abgeschlossen ... 47 Prozent ... Sicherheitstest initialisiert ... 52 Prozent ...

Svea hatte schon als Kind eine Faszination für das Meer entwickelt. Die norwegischen Fjorde von Stavanger und die Sommerurlaube in Fitjar und Skjolden hatten ihre Jugend geprägt. Dunkles, ruhiges Wasser, umgeben von steilen Hängen mit Laubbäumen, Tannen und schroffen, flechtenbewachsenen Felsen. Das gleichmäßige Brummen des Schiffsmotors. Der Geruch nach Salz und Algen. Walrücken in der Mitte der Fjorde. Das Lächeln ihres Vaters, wenn er ihr die Gezeiten erklärte, und das helle Lachen ihrer Mutter, wenn sie seine Ausführungen korrigierte. Und Ruppe, wie er am Ufer kleinen Fischen nachjagte. Sie erinnerte sich gerne an die Zeit zurück.

Sauerstoffgehalt ausreichend ... 75 Prozent ... Öffnen der Schachtmembran ... 80 Prozent ... Freigabe der inneren Kompressionsluke ...

Ihren ersten Fisch hatte sie mit zwölf gefangen. Die unzähligen Schuppen hatten in der Mittagssonne geblitzt, eine Makrele, die sich so verzweifelt am Haken wand, dass Svea sie aus Mitleid wieder zurück ins Wasser geworfen hatte. Als schließlich nach Stunden ein zweiter Fisch anbiss, hatte Svea ihn hungrig eingeholt und ihrem Vater anschließend dabei zugesehen, wie er ihre Beute aufschnitt. Sie hatte in den folgenden Jahren weitere Fische gefangen, doch jedes Mal war die Jagd mühsamer und langwieriger gewesen. Schließlich wurde 2060 der weltweite Notstand ausgerufen, nachdem Wissenschaftler das Meeressterben entdeckt hatten. Norwegen verbot in der Folge jegliche Art von Fischfang, auch für private Zwecke. Svea hatte zu dem Zeitpunkt schon ihr Studium der Meeresbiologie begonnen.

Andocken abgeschlossen ... 100 Prozent ... Öffnen der Zugangsluke ...

Mit sanftem Zischen öffnete sich die Luke auf dem Boden der Gondel und gab den Blick frei in einen engen Schacht mit gummierten Sprossen, an dessen unterem Ende ein freundliches Gesicht mit Dreitagebart heraufblickte – es war Mat. »Svea! Willkommen! Wirf mir den Seesack herunter!«

•••

Die *Bathos* IV hatte wenig mit den stationären Forschungslaboren des vergangenen Jahrhunderts gemein. Seitdem das Meeressterben wissenschaftlich belegt und kurz darauf auch im Bewusstsein der Weltbevölkerung angekommen war, erhöhten sich die Forschungsbudgets für Meeresbiologen. Die mutigen Vorstöße von Jacques Cousteau, die Unterwasserglocken der Russen und auch die Rekordtauchgänge eines engagierten Hollywood-Produzenten im 20. Jahrhundert hatten nur an der Oberfläche der Tiefseegeheimnisse gekratzt. Erst mit dem weltweiten Zusammenbruch der Fischerei und der darauffolgenden Hungersnot erkannte man die

Dringlichkeit der Wiederbesiedlung der Meere. Plötzlich eröffneten sich der Tiefseeforschung Geldquellen, die in wenigen Jahren die Unterwasserarchitektur und -technik revolutioniert hatten. Die *Bathos* IV konnte dank vollautomatisierter Robotik von drei Besatzungsmitgliedern vollumfänglich bedient werden. Die Aquanauten lebten in behaglichen, privaten Kajüten; in der gesamten Station herrschte ein Luftdruck identisch mit dem auf der Meeresoberfläche, wodurch das Sättigungstauchen mit der anschließend zwingend notwendigen Dekompression vermieden werden konnte. Die Versorgung mit Sauerstoff und Nahrung sowie die Kommunikation wurden über die doppelte Nabelschnur vollzogen.

Svea hatte viel über die beengten Räume und umständlichen Vorsichtsmaßnahmen früherer Aquanauten gelesen und war zumindest diesbezüglich wirklich froh, im Jahre 2069 zu leben. Ihre beiden Mitbewohner, der amerikanische Ingenieur Mat Petersen und die philippinische Geologin Mayari Tiong, waren angenehme Kollegen, doch Svea hätte nur ungern mit ihnen vier Wochen auf sechzehn Quadratmetern hausen wollen. Ihre eigene Kajüte war nicht groß, aber sie war ein privater Rückzugsort.

Drei Monate zuvor hatte Svea ihre Teammitglieder und die des zweiten Präsenzteams bei einem 14-tägigen Vorbereitungsseminar kennengelernt. Sie hatten sich in einem maßstabsgetreuen Modell mit der Unterwasserstation vertraut gemacht, die Technik für Trinkwasseraufbereitung, Stromerzeugung und Kommunikation kennengelernt. Ebenso war ihnen das Verhalten in Notfällen beigebracht worden. Als Svea nun durch die Gänge der echten *Bathos* schritt, erschien ihr alles zugleich vertraut und neu.

Svea öffnete die Schnalle ihres Seesacks und entleerte den Inhalt auf das Bett: ihre privaten Habseligkeiten für die nächsten vier Wochen. Das *rPad*, Kopfhörer, Hygienebeutel, die Aspirinpackung, die ihr Farlander noch besorgt hatte, Süßigkeiten und Wohlfühlkleidung. Hier unten gab es keinen Dresscode. Sweatshirts, Jogginghosen, T-Shirts, Schlafanzug, warme Unterwäsche und ein Sport-Outfit. Es gab auf der *Bathos* zwar keinen Fitnessraum, doch man hatte ihnen in dem Seminar nahegelegt, regelmäßig Eigengewichtsübungen durchzuführen.

Ihre Kajüte war klein und funktional. Zehn Quadratmeter, ein schmales Bett auf der linken Seite; darüber in der Wand ein Monitor, der mit einer umfassenden Filmdatenbank verbunden und zugleich Steuerkonsole für Licht und Klimaanlage war. Weißgraue Wände, beiger Teppichboden. Ein fest installierter Tisch aus Aluminium, dazu ein gepolsterter Hocker. In der Wand darüber ein Bullauge mit etwa dreißig Zentimeter Durchmesser. Dahinter undurchdringliche Schwärze. Ein Wandschrank auf der rechten Seite, daneben eine kleine Tür, die zu einer winzigen Nasszelle führte. Der Raum war schmucklos, doch durch intelligente indirekte Beleuchtung entstanden angenehme Farbverläufe, die das kleine Zimmer behaglich werden ließen.

Es dauerte keine zwei Minuten und Svea hatte ihre Habseligkeiten verstaut. Die Unsicherheit von vorher war verschwunden, allmählich erwachte in ihr wieder die Vorfreude auf ihre Arbeit. Sie beschloss, keine Zeit zu verlieren und das Labor aufzusuchen, ihren Arbeitsplatz einzurichten und die Ergebnisse des vorigen Teams zu überprüfen. Die *Bathos* wurde im monatlichen Wechsel mit zwei verschiedenen Crews besetzt, die sich im ständigen Informationsaustausch miteinander befanden. Ihr Counterpart war der chinesische Biologe Huang, der mit seinen Kollegen im Vormonat das erste Mal die Station bewohnt hatte.

Das Labor war ebenso funktional wie die Kajüten. Fest installierte Computer, die mit den Sensoren der Station verbunden waren und mit denen sie jeden Roboter und jeden Apparat der *Bathos* überprüfen und steuern konnten. Für die wissenschaftliche Arbeit hatte man außerdem eine Internetverbindung eingerichtet. Am oberen Ende der Nabelschnur befand sich eine Art schwimmender Reifen, der zugleich Andockstelle für Versorgungsschiffe als auch Antenne für die Kommunikationssysteme war. Über eine Satellitenverbindung war es den Wissenschaftlern möglich, mit der Außenwelt in Kontakt zu bleiben.

»Schon alles eingeräumt?«

Svea blickte von einem der Monitore auf. Mayari Tiong trat durch das Schott ins Labor. Sie hatte ihr schwarzes Haar zu einem Pferdeschwanz zusammengebunden und trug eine bequeme Jogginghose und einen blauen Pullover, auf dem in weißen Lettern *Find me some fish* prangte. Svea lächelte ihr zu und stand auf, um ihre Kollegin zu umarmen. Sie hatten sich vor zwei Monaten das letzte Mal gesehen.

»Hast du schon den Kalmar gesehen? Huang hat extra eine Kopie gemacht!«

»Er hat schon einen Ehrenplatz!« Svea deutete hinter sich auf die Wand, wo sie das Foto mit einem Magneten an die metallische Wand gepinnt hatte. »Er ist wunderschön!« Auf schwarzem Hintergrund zeichnete sich im Scheinwerferlicht einer Drohne ein flammend roter Kalmar ab. Sichtungen wie diese waren selten, und noch dazu war Huang ein wirklich gutes Foto gelungen. Er hatte ihr einen Abzug auf die Tastatur gelegt. »Wo hat er den denn entdeckt?«

»Nördlich. Beim Abfall 24, in etwa zwölfhundert Metern Tiefe«, sagte Mayari, die anscheinend schon den Bericht durchgesehen hatte.

»Keine weiteren Sichtungen?«

»Nein, anscheinend nicht.« Mayari runzelte die Stirn. »Huang hatte wohl Schwierigkeiten beim Taggen.«

»Wundert mich nicht«, meinte Svea lachend. »Das Ding ist geschätzt fünf Zentimeter groß. Der Marker hätte ihn vermutlich zerfetzt.«

»Oh, wirklich?« Mayari schien enttäuscht. Auf dem Foto war die Größe des Tieres nicht wirklich erkennbar, und sie hatte sich offensichtlich eher einen Riesenkalmar vorgestellt.

Svea grinste. »Die Sichtung ist trotzdem bemerkenswert. Diese Art war schon vor dem Meeressterben selten.«

Mayari nickte langsam und lächelte. Die Filipina hatte dichtes schwarzes Haar, um das Svea sie beneidete, und ebenso dichte Augenbrauen, zwei perfekt gezupfte, elegant geschwungene Linien über den mandelförmigen dunklen Augen. Volle Lippen, die sich häufig zu einem einnehmenden Lächeln formten. Mayaris Fröhlichkeit schlug oft in eine fast kindliche Begeisterung um. Svea hatte sich auf Anhieb gut mit ihr verstanden.

Außerdem war Mayari so etwas wie eine Berühmtheit unter Meeresbiologen. Ihre Eltern hatten die *Deepsea Dependent Marine Repopulation* entwickelt, und Mayari war von Anfang an dabei gewesen. Fast ein Jahrzehnt hatte sie zusammen mit ihrer Mutter und ihrem Vater das Projekt von einer ersten Idee zu einer international anerkannten Strategie zur Bekämpfung des Meeressterbens entwickelt. Die *Bathos* IV war das direkte Resultat dieser Arbeit. Svea hatte alle wissenschaftlichen Abhandlungen von Mayaris Mutter Fiann Tiong mehrfach gelesen.

»Wie geht es dem Garten?«, fragte sie Mayari. Ein Teil der Arbeit auf der *Bathos* bestand aus der Pflege eines Tiefseegartens, in dem genmanipulierte Algen gezüchtet wurden, die ohne Photosynthese auskamen. Auch dies war eine Weiterführung der Arbeit Fiann Tiongs, und Svea freute sich seit Monaten darauf, Teil dieses Experiments zu werden. Die Algen waren zwar nur ein Nebenprodukt der DDMR, aber Fiann Tiong war aus biologischer Sicht Erstaunliches gelungen. Mayari ging zu einem der Computer und gab ein paar Befehle ein.

An der langen Wand vor Svea schoben sich zwei Klappen mit einem leisen Surren nach oben und gaben die Sicht auf ein langes Fenster frei, etwa zwei Meter breit und fünfzig Zentimeter hoch. Mayari tippte erneut auf der Tastatur, und das Licht im Labor wurde gedimmt. Zugleich schalteten sich zwei Scheinwerfer an der Außenwand ein und beleuchteten die Unterwasserlandschaft hinter den dicken Fensterscheiben. Svea hielt den Atem an.

In dem Lichtkegel der Lampen erkannte sie bleiche, gespenstisch aussehende Pflanzenstränge, vielleicht einen halben Meter hoch, die sich bewegungslos in die Dunkelheit reckten. Der Boden bestand hier nicht aus hellem Sand, sondern aus einem dunkleren Humus, der mit einem Netz zusammengehalten wurde. Angestrahlt von dem kühlen Licht der Scheinwerfer und umgeben von Meeresschnee wirkte das Ganze wie ein fantastisches Unterwasser-Diorama. Svea schien es, als blickte sie in ein bizarres Aquarium, eine albtraumhafte Landschaft aus dünnen weißlichen Ranken und Ästen.

Schließlich entdeckte sie die Krabben. Faustgroße, ebenfalls weiße Körper mit langen, dünnen Beinen, die manchmal schwer von den Stängeln der Algen zu unterscheiden waren, bewegten sich träge zwischen den Pflanzen. Mit ihren Zangen zupften sie hier und da an den Gewächsen, ließen einen der Algenstränge erzittern und verwirbelten den Meeresschnee. Ein Tiefseeaal, eine anthrazitfarbene Schlange mit schwarzen Knopfaugen, erschien am rechten Rand und verschwand kurz darauf wieder in der Dunkelheit.

»Hier werde ich wohl noch oft hinausstarren«, murmelte Svea. »Es ist der schönste schaurige Unterwassergarten, den ich je gesehen habe.«

Mayari blickte sie grinsend an. »Du hast also schon andere Unterwassergärten gesehen?«

»Nein, du hast recht«, gab Svea zu. »Es ist der einzige schöne schaurige Unterwassergarten, den ich je gesehen habe.«

»Laut dem anderen Team hat es nicht einmal eine Woche gedauert, bis die ersten Krabben aufgetaucht sind. Seitdem kann man sie fast ständig beobachten. Das Wachstum der Algen ist zurzeit nicht ausreichend, die Setzlinge werden langsam, aber sicher von den Krabben aufgefressen. Mat hat vorgeschlagen, eine Art Käfig um die Jungpflanzen zu errichten, der die Krabben auf Distanz hält. Er wollte das mit dir absprechen.«

»Gute Idee«, sagte Svea. »Das sollten wir direkt am Anfang der nächsten Schicht besprechen.«

Mayari nickte zufrieden. »Mat bereitet gerade das Essen vor. Was Indisches mit Hühnchen.«

Svea stöhnte auf. Die einzig echte Entbehrung an Bord der *Bathos* IV war das Essen. Durch die Nabelschnur erreichte die Forschungsstation lediglich pulverisierte Proteinnahrung mit verschiedenen, meist wenig überzeugenden Geschmacksrichtungen, die sie während der Vorbereitung ebenfalls »gekostet« hatten. Das Ganze wurde mit heißem Wasser zu einem Brei aufgekocht, der für die nächsten vier Wochen ihre einzige Mahlzeit darstellen würde. Immerhin hatte sie noch eine *Magnum*-Packung Schokoriegel in ihrer Kajüte. Sie folgte Mayari in den Aufenthaltsraum.

»Na, schon den Garten inspiziert?« Mat saß mit einer dampfenden Tasse am einzigen Tisch in der kleinen Bordküche. Der Geruch von Curry hing in der Luft. »Ich habe die Fensterklappen gehört.«

Svea nickte und nahm sich eine Tasse aus einem Schrank. Tee gab es in überraschend großer Vielfalt auf der *Bathos* IV, und das war hauptsächlich Mayari zu verdanken, die in ihrem Seesack statt Süßigkeiten Unmengen von Teebeuteln zur Station geschleust hatte. Svea entschied sich für einen Calamansi-Tee und setzte Wasser für sich und Mayari auf. Keine zwei Minuten später saßen sie zu dritt an dem kleinen Tisch und stießen mit den Teetassen an.

»Auf die *Bathos* IV und ihre drei Aquanauten! Auf einen erfolgreichen ersten Monat im Bunker!«, sagte Mat. Mayari lachte leise.

»Wie geht es der Station?«, fragte Svea.

»Hervorragend. Ein Schrubber ist in der Werkstatt, ist aber nur eine Kleinigkeit. Gelenkabrieb.«

»Oh, der Arme!« Mayari machte ein gespielt mitleidiges Gesicht. Schrubber waren die kleinen Reinigungsroboter, welche die Außenwand von Schalentieren freihielten und dabei auf Defekte untersuchten. Oftmals sprachen die Wissenschaftler über ihre Drohnen und Roboter wie über lebendige Besatzungsmitglieder, die krank wurden oder Abenteuer erlebten. Immer wieder dichteten sie den kleinen Maschinen einen eigenen Willen an oder sahen Charakterzüge in ihren Fehlfunktionen. Mat grinste. »Wird schon wieder. Ich habe die letzten zwei Monate die Konstruktionspläne auswendig gelernt. Ist fast schon ein Routineeingriff für mich.«

Mat war 36 Jahre alt, aufgewachsen in *Livonia*, Michigan, Absolvent der *Jacksonville University* im Bereich *Mechanical Engineering* und *Submarine Technology and Innovation*. Er kümmerte sich um die Technik der *Bathos* IV und war sogar an der Entwicklung einiger Roboter beteiligt gewesen. Svea mochte ihn. Seine grünen Augen blickten einen wach an, und in ihren Gesprächen hatte sie seine Leidenschaft für Technik und Robotik spüren können. Er redete gern und schnell und ausgiebig darüber, oftmals in der Annahme, dass sein Gegenüber den technischen Ausführungen problemlos folgen könne. Ihn als Ingenieur auf der *Bathos* zu haben, war ein Glücksfall. Mit der Gewissheit, dass er über die Gerätschaften wachte, fühlte Svea sich sicher.

»Und bei euch?«, erwiderte er. »Habt ihr in der Zwischenzeit irgendwelche neuen Erkenntnisse erlangt, mit denen wir die Welt retten können?«

Svea schüttelte lächelnd den Kopf. Dann fiel ihr ein Artikel ein, den sie auf dem Flug nach Manila gelesen hatte. »Bei uns in Norwegen haben sie eine Schule Orcas gesichtet und getaggt. Insgesamt sechs Tiere, zwei Jungbullen, ein Kalb.« Mat zog die Augenbrauen hoch, aber Svea winkte ab. »Freut euch nicht zu früh! Keine Woche später wurde eines der Weibchen in Dänemark angeschwemmt. Tot.«

»Und die anderen?«, fragte Mayari.

»Spurlos verschwunden ...« Svea zuckte mit den Schultern. »Das Team hatte den Leitbullen getaggt, mit irgendeinem neuartigen Peilsender, der aber inzwischen kein Positionssignal mehr sendet. Laut dem Sender sind die Tiere abgetaucht. Richtig tief. Unter 200 Meter.«

»Orcas?« Mayari sah Svea verwirrt an. »Die können doch gar nicht so tief ...«

»Ja, das stimmt. Das war auch das Erste, was ich gedacht

habe, als ich die News las. Anscheinend war sich das Team aber recht sicher, dass die Daten korrekt waren, zumindest bevor der Peilsender dann gar nichts mehr übermittelt hat. Das Ding speichert während des Tauchgangs die Informationen und sendet sie weiter, wenn die Orcas wieder auftauchen. Dreimal sind die Wale abgetaucht, jedes Mal etliche Meter tiefer runter. Und plötzlich – Funkstille. Nichts. Man hat keine Ahnung, wo die Tiere sind. Der Peilsender war wohl noch ein Prototyp.«

»Großartig!« Mat schnaubte laut und verdrehte die Augen.

Svea nippte an ihrem Tee und beäugte die kleine Schüssel vor ihr. Ein gelber Brei dampfte darin und verströmte sein Curryaroma. Wenn man die Augen schloss, roch es gar nicht so schlimm. Es war mehr die Konsistenz, die einen abschreckte, da sie an Babynahrung erinnerte. Man brachte den Geschmack von Hühnchen oder gebratenem Reis einfach nicht mit Brei in Verbindung. Keiner der drei hatte begonnen, davon zu essen. Aber Svea hatte Hunger. Seufzend nahm sie ihren Löffel in die Hand, hob ihn hoch und sagte: »Augen zu und durch!«

»Augen zu und durch!«, antworteten Mayari und Mat.

KAPITEL 7

Das Leben auf der *Bathos* IV bestand hauptsächlich aus Arbeit. Die meiste Zeit verbrachte Svea in ihrem Labor; von dort konnte sie die ovalen gelben Drohnen aussenden und steuern, die Proben analysieren und ihre Ergebnisse in der DDMR-Datenbank festhalten. Während Mat sich um die Technik der *Bathos* IV kümmerte, waren Svea und Mayari mit der Beschaffung von Proben und der Erforschung der biologischen und geologischen Prozesse der Tiefsee sowie deren wechselseitigen Wirkungen beschäftigt.

Svea startete den Entkopplungsprozess der BT-1, einer von drei Unterwasserdrohnen, die ihr zur Verfügung standen. Die Kapseln waren kleine Wunderwerke der Technik, ausgestattet mit Sensoren, Greifarmen für die Probenbeschaffung sowie mehreren Kameras, die es Svea erlaubten, die Umgebung der Drohne in 360 Grad zu betrachten. Sie arbeitete die Funktionsprüfungen ab. Sensoren-Kalibrierung, Steuerung, Scheinwerfer, Greifarme. Als Svea die Drohne um die eigene Achse rotieren ließ, zeichnete sich die *Bathos* IV im Lichtkegel der starken Lampen auf dem übertragenen Kamerabild ab. Sie hielt für einen Moment inne und steuerte die Drohne kurz entschlossen um die Station herum.

Svea hatte schon öfter kleine Modelle der *Bathos* gesehen, die allerdings immer in gut beleuchteten Räumlichkeiten ausgestellt worden waren. Hier, auf dem Grund des Meeres, wirkte die Konstruktion nicht mehr so elegant, eher massig und klobig. Ein unförmiges Konglomerat aus miteinander verbundenen gelben Kapseln, verstärkt durch Traversen und gestützt von grauen Stahlbetonzylindern. Die Bullaugen waren als kleine Lichtpunkte auf der gewölbten Außenwand zu sehen und wirkten wie biolumineszente Tupfen eines riesigen Tiefseefisches in der Dunkelheit.

Svea beendete das Protokoll, schaltete den Autopiloten ein und schickte die Drohne auf ihre erste Erkundungsfahrt. Bis der kleine Roboter seinen vorprogrammierten Zielpunkt erreichen würde, blieb Svea noch gut eine halbe Stunde. Sie würde die Zeit nutzen, die Protokolle des vorigen Teams weiter durchgehen und ihre E-Mails abrufen – vielleicht hatte ihr Vater schon die versprochenen Fotos geschickt.

Doch nachdem sie ihr *rPad* mit dem Funknetz der Station verbunden hatte, stellte sie fest, dass keine Verbindung zum Internet bestand. Stirnrunzelnd überprüfte sie die Einstellungen. Vielleicht wusste Mat mehr. Sie steckte sich ihren Minipager in die Hosentasche, der sie über jeden Alarm, den die Drohne auslöste, informieren würde, und verließ das Labor. Mat hatte seine Schicht in der Werkstatt sicherlich schon begonnen.

Wenn das Labor das Gehirn der Station war, so war die Werkstatt das Herz. Hier lagerten Werkzeuge, 3-D-Drucker, Ersatzteile, außerdem liefen hier die Pipelines zur Wasseraufbereitung und Sauerstoffversorgung zusammen, ebenso konnte die Elektronik der Station von hier aus gesteuert werden. Der etwa 20 Quadratmeter große Raum lag im Zentrum der Konstruktion und wies insgesamt vier Schotts auf. Dadurch konnten ihn die Aquanauten – egal, wo sie sich gerade auf der Unterwasserstation befanden – rasch erreichen. Die Werkstatt war der Zufluchtsort, den sie in einem Notfall aufsuchen würden, eine Art hermetisch verschließbarer *Saferoom*, in dem die Besatzung mit Notrationen, Wasser und Sauerstoff bis zu 14 Tage überleben konnte. Außerdem war es von hier aus möglich, alle Schotts, Luken, Klappen und Geräte der Station fernzusteuern.

Svea betrat die Werkstatt. Mat stand über die große Werkbank in der Mitte des Raumes gebeugt und starrte auf ein *rPad*. Sein fingerlanges rotbraunes Haar fiel ihm in die Stirn, sodass er es immer wieder zur Seite strich. Er trug eine dunkelrote Sportjacke und Bluejeans. Mat war schlank, wenn auch nicht durchtrainiert. Er hatte ein hübsches, freundliches Gesicht, das aber, sobald er sich wie jetzt auf etwas konzentrierte, eine grimmige Entschlossenheit ausstrahlte.

»Entschuldige, weißt du, was mit dem Internet los ist?«, fragte Svea vorsichtig. Vielleicht störte sie ihn gerade bei einer komplizierten Reparatur oder der Überprüfung von lebenserhaltenden Systemen. Er blickte kurz auf und verzog das Gesicht.

»Noch nicht, aber ich habe eine Vermutung. Ich lasse gerade die Analyseprogramme laufen. Ich hab's auch jetzt erst bemerkt.« Es war spät geworden gestern Abend. Sie hatten zu dritt in der Küche gesessen und geredet, gelacht und sich die Erlebnisse der letzten Monate erzählt. Svea hatte die Stunden genossen. Im Laufe des Abends hatte sie wieder jene Verbundenheit zu den beiden gespürt, die sie schon während der Vorbereitung empfunden hatte. Sie waren wieder ein Team.

Mayari kam durch eines der Schotts in die Werkstatt. »Das Internet funktioniert nicht«, sagte sie trocken.

Svea nickte nur und lächelte. Mats *rPad* gab einen leisen Klicklaut von sich, und er überflog die Anzeige. Schließlich presste er die Lippen zusammen und sah auf. »Die Boje zeigt einen Defekt an. Die Antenne scheint kaputt zu sein.«

»Na, großartig!«, murmelte Svea. »Heißt das, wir sind vollkommen abgeschnitten?«

»Nein«, beruhigte Mat sie, »betroffen ist nur die Satellitenverbindung. Wir können immer noch über Funk Kontakt mit der Zentrale aufnehmen.« Die Zentrale befand sich in Manila, im Stadtteil *Las Piñas*, und koordinierte die insgesamt sechs *Bathos*-Stationen. Wenn Svea nicht in der Unterwasserstation arbeitete, würde sie dort zusammen mit ihrem Team die gewonnenen Daten aufbereiten und katalogisieren. Zurzeit befand sich Huang mit seinen Kollegen vor Ort und würde das Problem an die zuständigen Techniker weiterleiten.

»In Ordnung.« Svea atmete tief ein, um die aufkommende Beklemmung zu verscheuchen. »Als ich auf der *Aquino I* ankam, haben alle von einem Sturm gesprochen. Vielleicht ist da etwas kaputtgegangen.«

Mat nickte. »Daran habe ich auch schon gedacht. Muss ein richtiger Orkan gewesen sein, ich hatte gestern auch einen Hinweis von der Basis erhalten. Ich werde mich direkt mit denen in Verbindung setzen und ein Reparaturteam anfordern.«

Svea erinnerte sich an den Wind und die hohen Wellen, als sie auf dem Deck der *Aquino* in die Kapsel eingestiegen war. Das waren lediglich die Vorboten des Sturms gewesen. Der Orkan war als dermaßen gefährlich eingestuft worden, dass selbst der Seewolf Farlander das Weite gesucht hatte. Svea hatte den Sturm vergessen, schon kurz nachdem sie abgetaucht war. Die absolute Ruhe unter Wasser verdrängte jeden Gedanken an einen ausgewachsenen Orkan 500 Meter über ihr.

Mayari zuckte mit den Schultern. »Arbeiten können wir ja trotzdem.«

Mat nickte erneut. »Der Orkan ist auch schon vorbei. Sollte nicht allzu lange dauern, bis die ein Schiff schicken. Die Reparatur an sich sollte auch einfach sein. Ist nur eine Flachantenne, die ausgetauscht werden muss.«

Der Vibrationsalarm von Sveas Pager schaltete sich ein, und sie kramte ihn hastig aus ihrer Hosentasche hervor. Ein kurzer Blick auf das kleine Display verriet ihr, dass die Sensoren der Drohne Biomasse entdeckt hatten.

»Eine Sichtung?« Mat sah sie neugierig an. Svea zuckte mit den Schultern.

»Könnte sein. Ich sollte mir das ansehen.« Svea verließ die Werkstatt und ging zurück zum Labor. Vielleicht würde sie Huang schon an ihrem ersten Arbeitstag einen neuen Ausdruck erstellen können.

• • •

Die Drohne schwebte regungslos im Dunkeln. Die KI war darauf programmiert, bei Kontakt mit Biomasse die Fahrt zum Bestimmungspunkt zu unterbrechen und auf »manuell« umzustellen. Svea loggte sich ein und übernahm die Steuerung der BT-1. Zunächst überprüfte sie die Sensordaten. Der Elektromyograf zeigte zwei Dutzend Organismen in etwa 500 Meter Entfernung an, die sich nur langsam bewegten. Zu langsam für Fische.

Ohne die Scheinwerfer einzuschalten, bewegte sie die Drohne mit minimaler Fahrt auf die Organismen zu. Die Außenwand der BT-1 war schallisoliert und erlaubte es den Piloten, das Gefährt dank zweier Wasserstrahldüsen nahezu geräuschlos fortzubewegen. Das Echolot nutzten die Aquanauten der Tiefseestationen nur noch in Ausnahmefällen, um empfindliche Tiere nicht zu verschrecken. Svea schürzte enttäuscht die Lippen. Der geringe Bewegungsvektor und das Ausbleiben eines Hydrofonausschlags deuteten ebenfalls darauf hin, dass sie es nicht mit Fischen zu tun hatte. Die Wahrscheinlichkeit war groß, dass die Sensoren einen Quallenschwarm entdeckt hatten.

Schon zu Beginn des Jahrhunderts hatte die Wissenschaft festgestellt, dass Quallen überall dort in großer Anzahl erschienen, wo das empfindliche Ökosystem der Meere zusammengebrochen war. Die gallertartigen Lebewesen hatten sich Lebensräume auf der ganzen Welt erobert; sie tauchten zu Tausenden in Gebieten auf, in denen rücksichtslose Fischerei die heimischen Arten drastisch reduziert hatte, und gaben den geschwächten Fischbeständen den Rest. Quallen waren Raubtiere und zudem Überlebenskünstler. Selbst wenn kaum andere Lebewesen in einem Gebiet vorhanden waren, trotzten die Schwärme monatelang dem Nahrungsmangel und dominierten den neuen Lebensraum. Wenn sich die Schwärme endlich zurückzogen, hinterließen sie eine Wüste im Wasser. Bis heute hatten Meeresbiologen keine zufriedenstellende Erklärung für das Verhalten und Überleben der Medusenschwärme gefunden, was zu Teilen wahrscheinlich daran lag, dass sich kaum einer mit ihnen beschäftigte.

Svea verlangsamte die Fahrt der Drohne; die Entfernung zu den Organismen hatte sich auf fünfundzwanzig Meter reduziert. Ein blasses Schimmern zeichnete sich auf dem Kamerabild ab, mehrere unscharfe bläuliche Lichter schwebten vor der Drohne, und Svea seufzte resigniert. Wie vermutet erkannte sie kurz darauf die glockenförmigen Körper mehrerer Leuchtquallen, welche die Erkennungssoftware als *Pelagia Noctiluca* identifizierte. Der Schirm der Qualle war von schwach pulsierenden Punkten übersät, und die vier dicken Mundtentakel zeichneten sich ebenso wie die dünnen, etwa einen Meter langen Fangtentakel gegen das Tiefseeschwarz ab. Leuchtend schwebten die Tiere in der Dunkelheit, irrten scheinbar ziellos durchs Wasser. Die langsamen, wabernden Bewegungen hatten etwas Anmutiges, und Svea beobachtete die Medusen einige Zeit fasziniert. Sie wirkten wie wunderschöne Engel des Todes: Der punktierte Schirm, dessen Kranz sich in langsamen, rhythmischen Bewegungen zusammenzog, schimmerte in schwachem Blau; die langen Fangarme wurden wie Seidenschleier hinterhergezogen.

Aller Schönheit zum Trotz waren Quallen eine *invasive Art*, ein Begriff, der im vorigen Jahrhundert geprägt worden war. Ursprünglich wurden damit gebietsfremde Lebewesen bezeichnet, die in ein Ökosystem eindrangen und durch massive Ausbreitung die dort lebenden Tiere oder Pflanzen gefährdeten. Oft war der Mensch für eine solche »Invasion« verantwortlich, sei es gewollt oder ungewollt. Moderne Transportwege bargen immer schon das Risiko, dass ein gebietsfremder Organismus unbeabsichtigt eingeführt wurde, weshalb jede Nation Ministerien und Ämter zur Artenkontrolle eingerichtet hatte.

Doch der Mensch war nicht der alleinige Auslöser für solche Invasionen. Auch die natürliche Migration konnte dafür sorgen, dass eine Spezies sich in einem neuen Areal explosionsartig ausbreitete. Samen, die von starken Winden mitgerissen wurden, Insekten auf Treibholz oder Parasiten auf Zugvögeln konnten natürliche Barrieren wie Gebirge, Ozeane oder Wüsten überwinden. Über die Migrationswege der Medusen jedoch wusste man erstaunlich wenig. Man vermutete, dass sie sich von Meeresströmungen treiben ließen, doch das gebietsgenaue Aufblühen von Quallenschwärmen in überfischten Arealen stand einer Abhängigkeit von weltweiten Strömungen entgegen.

Mit einem Ruck riss sich Svea von dem hypnotischen Bild los, steuerte die Drohne durch den kleinen Schwarm hindurch und schaltete anschließend den Autopiloten wieder ein. *8 minutes 40 seconds to destination* stand auf einer kleinen Anzeige, die sich alle zehn Sekunden aktualisierte.

Die Quallen waren nicht ihre Mission. Auch wenn die Räuber durchaus nett anzusehen waren, so standen doch Fische im Mittelpunkt der Forschung auf der *Bathos*. Trotzdem notierte Svea die Koordinaten der kleinen Ansammlung im Protokoll. Ähnlich wie Krabben, Schnecken und Seesterne würden Quallen vielleicht noch fortbestehen, wenn das Meeresterben längst eine kritische Marke überschritten hatte. Vielleicht würde sie sich als Meeresbiologin eines Tages zwangsweise mit Medusen und anderen Nesseltieren auseinandersetzen müssen – einfach, weil in den Weltmeeren sonst kaum mehr andere Lebewesen existierten.

Der Quadrant 245-G, den die Drohne heute untersuchen sollte, stellte sich als sandbedeckte Wüste heraus. Die Reste eines ehemaligen Tiefsee-Korallenriffs, zerstört vor Jahrzehnten von Schleppnetzen und schweren Drahtseilen, waren die einzig nennenswerte Entdeckung, die Svea an ihrem ersten Arbeitstag zu verbuchen hatte. Wie es das Protokoll erforderte, hatte sie Proben entnommen, war sich allerdings sicher, dass das Ergebnis einer Analyse keine Überraschungen bergen würde.

Es war spät geworden, Mayari und Mat waren schon schlafen gegangen. Svea hatte sich alleine in der Küche eine der widerlichen Mahlzeiten zubereitet und ins Labor getragen. Sie aß, während sie auf die Rückkehr der Drohne wartete. Laut Etikett sollte der Brei nach Linsensuppe schmecken. Tat er nicht.

Wieder ertönte der Alarm, und ein kurzer Blick auf den Monitor bestätigte Svea, dass die Drohne auf ihrem Rückweg zur Station abermals die Koordinaten des Quallenschwarms erreicht hatte. Sie schaltete den Autopiloten wieder ein und beobachtete das Kamerabild, während die Drohne erneut Fahrt aufnahm. Nach kurzer Zeit zeichnete sich das bläuliche Schimmern in der Ferne ab. Doch etwas war anders als vorher. Unwillkürlich wechselte Svea zurück in den manuellen Steuerungsmodus. Langsam bewegte sie die Drohne weiter auf den Schwarm zu.

Das Wasser erstrahlte in bläulichem Glanz. Unzählige Medusen schwebten im Wasser. Bei der Hinfahrt hatten die Sensoren zwei Dutzend Exemplare registriert, jetzt zeigte der Monitor 268 Quallenkörper an. Ihr vereintes Leuchten wurde von kleinen Partikeln im Wasser reflektiert, wodurch die sich überlagernden und dicht aneinandergedrängten Medusen von einem diffusen Schimmer umgeben waren. Eine Wolke aus Licht in der Dunkelheit der Tiefsee.

Fasziniert betrachtete Svea die Erscheinung. Sie hatte schon öfter Videos von solchen Ansammlungen gesehen, die jedoch immer in seichten, von Sonnenlicht durchfluteten Gewässern aufgenommen worden waren. Hier schwebten die Medusen in vollständiger Dunkelheit. Sie überprüfte kurz die Anzeige: Die Drohne befand sich 800 Meter unter dem Meeresspiegel. Ein solch großer Schwarm war ungewöhnlich für die Tiefe. *Gespenstisch schön*, dachte Svea.

Um die Ausmaße des Schwarms besser abschätzen zu

können, hielt sie die Drohne auf Distanz und schaltete das AR-*Data-Overlay* ein. Feine Linien überlagerten das Kamerabild auf dem Monitor und gaben ihr Informationen über das Volumen, die Breite und den Bewegungsvektor des Schwarms. Die Sensoren zählten nun 289 Organismen. Svea runzelte die Stirn. Waren es vor ein paar Minuten nicht weniger gewesen?

Ein kleines rotes Lämpchen zeigte ihr an, dass die Energiereserven der Drohne niedrig waren. In Kürze würde der Autopilot die Rückfahrt zur Station erzwingen, eine Vorsichtsmaßnahme, die garantierte, dass die Drohnen nicht auf halber Strecke manövrierunfähig wurden und unauffindbar in die Tiefen des Ozeans absanken. Seufzend fotografierte Svea den Schwarm und überließ die Drohne anschließend der Automatik. Es war zwar kein roter Kalmar, aber Huang würde sich trotzdem freuen. Die Sensoren zeigten 302 Organismen an.

• • •

Der Morgen in der Tiefsee war weniger schlimm, als man es sich vorstellte. Durch raffinierte indirekte Beleuchtung und eine sanfte, kaum merkliche Veränderung der Lichtintensität und Farbtemperatur wurden künstliche Sonnenauf- und -untergänge erzeugt. Mat hatte Svea einmal in einem einstündigen Monolog die technischen Hintergründe erklärt, aber sie hatte – wenn überhaupt – nur die Hälfte verstanden. Tatsache war jedenfalls, dass die Lichtstimmung die innere Uhr der Aquanauten beeinflusste und somit ihr Zeitgefühl auch in 500 Meter Tiefe nicht in der ewigen Dunkelheit verloren ging.

Um 07:30 Uhr stand Svea auf und begab sich ins Depot.

Es war einer der geräumigsten Bereiche auf der *Bathos* IV, und Svea hatte beschlossen, es als ein improvisiertes Fitnessstudio zu benutzen. Die stabilen Eisenregale und einige Kisten aus Aluminium zusammen mit den unterschiedlich großen Probenbehältern aus Stahl verwandelten sich in Hantelbänke, Sprossenwand und Rückentrainer. Nicht unbedingt elegant, aber erstaunlich wirkungsvoll. *Mal sehen, wie sich das Zirkeltraining auf einer Unterwasserstation anfühlt.*

Schwer atmend arbeitete sie ihr Programm ab und trotzte der Versuchung, die Übungen zu vereinfachen oder gar abzukürzen. Pünktlich um 08:15 Uhr saß sie in der Bordküche und löffelte einen Protein-Vitamin-Brei, der entfernt nach Rührei mit Schinken schmeckte. Mayari trank einen Tee und gähnte.

»Hab ich das richtig gesehen, oder habe ich noch geträumt? Du hast schon Sport gemacht? Im Depot?«

Svea lächelte. »Ich dachte, ich probier das mal. Die Kajüte ist dann doch etwas eng.«

»Ich weiß nicht, wie du so früh schon trainieren kannst.«

Svea zuckte mit den Schultern. »Es macht mich wach. Danach kann ich gut auf Monitore starren.«

Mayari rollte grinsend mit den Augen. »Ich habe schon gesehen, dass die BT-1 wieder neue Daten und einige Proben nach Hause gebracht hat. Da werde ich wohl heute draufstarren. Irgendwas Interessantes?« Mayari war unter anderem für das Abscannen von Arealen zuständig, die Svea bei ihren Expeditionen entdeckte und als biologisch interessant markierte. Nur solche Areale wurden einer detaillierten geologischen Untersuchung unterzogen und mit mehrfachen Scans genauer dokumentiert.

»Ein Gefälle auf der Nordseite, wie zu erwarten. Im Zentrum waren Überreste eines Riffs. Irreparabel«, sagte Svea, die den Hoffnungsschimmer in Mayaris Augen gesehen hatte.

»Ach, verflucht.« Die schmächtige Filipina schlürfte enttäuscht ihren Tee, und Svea stellte wieder einmal fest, wie froh sie war, Mayari als Kollegin zu haben. Sie war klug, immer gut gelaunt und hatte eine ebenso starke Bindung zum Meer wie sie selbst. Svea vertraute ihr. Während des Vorbereitungsseminars war ihr Mayari, die sich hervorragend mit der Drohnensteuerung auskannte und auch mit der 3-D-Software bestens vertraut war, oft erklärend zur Seite gestanden. Ihre beiden Fachgebiete ergänzten sich bestens, und die Zusammenarbeit war mehr als angenehm. Svea hoffte, noch viele Tauchgänge mit ihr erleben zu dürfen.

»Immerhin, auf dem Weg musste ich einen Quallenschwarm passieren. Ungewöhnlich viele Quallen, alle haben geleuchtet, sah gespenstisch aus. Ich habe ein Foto gemacht.«

»Schick's mir!« Mayari sah Svea mit Nachdruck an. Svea lächelte und nickte.

Mat kam durch das Schott und gähnte ausgiebig. Mayari grinste. »Lange Nacht?«

Mat nickte. »Ich habe die Käfige fertiggestellt. Ihr könntet mir später beim Platzieren helfen.«

»Großartig!«, sagte Svea. Sie hatte Mats Idee angenommen. Wie in einem Schrebergarten würden sie die Jungpflanzen vor Schädlingen beschützen müssen. Svea hatte den Ingenieur veranlasst, eine Drahtkonstruktion mit einem feinmaschigen Stahlnetz zu überziehen, denn die langen, dünnen Arme der Krabben würden durch einen grobmaschigen Käfig mit Leichtigkeit hindurchgreifen. Erst wenn die Algen eine gewisse Größe erreicht hatten, würde Mat den Schutz wieder entfernen.

Svea schüttelte lächelnd den Kopf. Sie durfte sich jetzt als Tiefsee-Kleingärtnerin bezeichnen.

• • •

Kurz darauf saß Svea an ihrem Tisch und untersuchte die am Vortag entnommenen Proben. Wie zu erwarten, waren sie – abgesehen vielleicht von der Konzentration an Mikroplastik – allesamt biologisch uninteressant, also überließ sie die Sediment-Häufchen ihrer Kollegin zur Bestimmung der Gesteinszusammensetzung. Die BT-1 befand sich, wie jede Drohne nach einer Expedition, in der Wartung, und somit startete Svea das Sicherheitsprotokoll der BT-2. Sie setzte die Zielkoordinaten für den Quadranten 245-H und überließ die Drohne dem Autopiloten. Zeit für einen Tee.

Als sie kurz darauf mit einer dampfenden Tasse zurückkam, hatte die Drohne knapp die Hälfte des Weges zurückgelegt. Svea schaltete die Kamera ein, die, wie zu erwarten, nur allumfassende Schwärze übertrug. Ein kurzer Blick auf den Navigationsassistenten zeigte ihr, dass die Drohne nicht die Position des Schwarms passieren, sondern westlich an ihm vorbeifahren würde. Nachdenklich tippte sie mit den Fingern auf den Tisch.

Kurzerhand veränderte sie die Zielkoordinaten. Letztendlich waren Quallen in so großer Anzahl und in dieser Tiefe eine biologische Anomalie; sie würde den kleinen Umweg also irgendwie rechtfertigen können. Die Wissenschaft schenkte den Nesseltieren wenig Beachtung, ein Schwarm Tiefseeaale oder eine Kompanie von Krabben gäben eine weitaus bessere Begründung ab, aber sei's drum. Svea wollte das blaue Leuchten noch einmal sehen.

Der Schwarm befand sich tatsächlich immer noch an derselben Position. Das alleine war schon ungewöhnlich genug, doch Svea beachtete dieses Detail kaum. Fassungslos starrte sie auf die Monitore, auf denen Zahlen flimmerten, die sie kaum glauben konnte: Laut Anzeige drängten sich 2409 Quallen in einer wabernden Wolke, deren Konturen von einzelnen Ausreißern umspielt wurden. Die Körper überlagerten sich im Kamerabild, sodass einzelne Tiere nur schwer auszumachen waren. Abertausende leuchtende Linien flirrten und flimmerten schwerelos in der schwarzen Leere der Tiefsee, pulsierend und lebendig.

Svea konnte sich nicht erinnern, jemals etwas Ähnliches gesehen zu haben. Die vereinte Leuchtkraft der Medusen war so stark, dass der Schein schon aus 300 Meter Entfernung zu sehen war. Und je näher die Drohne dem Schwarm kam, desto stärker hatte Svea das Gefühl, dass auch jede einzelne Qualle ungewöhnlich hell pulsierte. Sie hatte Biolumineszenz schon öfter beobachten können, doch nichts schien an die Leuchtkraft dieser Medusen heranzukommen.

»Was zur ...?« Mat stand plötzlich neben ihr und blickte fasziniert auf die Monitore. Svea zuckte zusammen.

»Hast du mich erschreckt!«

Er legte Svea entschuldigend eine Hand auf die Schulter, ohne jedoch den Blick von dem Kamerabild abzuwenden. »Es ist wunderschön.«

Svea nickte nur stumm. Sie steuerte die Drohne in den Schwarm hinein, darauf bedacht, keine der Quallen zu berühren. Mit langsamen, rhythmischen Bewegungen öffneten die Tiere der BT-2 einen Durchgang, und bald schon war die Drohne auf allen Seiten von leuchtenden Konturen umgeben. Immer wieder umspielten die fadenartigen Fangarme einzelner Tiere das Gefährt und erschienen als gleißende Linien auf den Bildschirmen.

»Ich habe so was noch nie gesehen«, murmelte Mat leise. »Normal ist das nicht, oder?«

»Nein, nicht in dieser Tiefe«, stimmte Svea nachdenklich zu. »Diese Quallenart hält sich eher in flachen Gewässern auf. Aber da ist noch mehr, was ungewöhnlich ist. Der Schwarm hat seine Position seit gestern nicht verändert. Quallen lassen sich für gewöhnlich von der Strömung treiben.« Svea schaltete die Ansicht auf einem Monitor um. Durch animierte Linien wurden Bewegung und Flussrichtung des Wassers dargestellt. »Die Strömung hier ist schwach, aber doch stark genug, dass sie den Schwarm über Nacht etwa zehn Kilometer nach Osten hätte tragen müssen.«

Mat runzelte die Stirn. »Quallen, die gegen den Strom schwimmen?«

Svea schüttelte den Kopf. Das ergab alles keinen Sinn! Doch gleichzeitig spürte sie die wachsende Aufregung. Das Meer war voller toter Quadranten, Huang selbst hatte in einem Protokoll frustriert von »weitflächig lebensfreien Arealen« geschrieben. Das vorige Team hatte in 25 untersuchten Quadranten keine einzige nennenswerte Konzentration an Biomasse entdeckt. Weder koloniebildende Polypen noch Korallen oder Krebsansammlungen an schwarzen Schloten, geschweige denn Tiefseefische. Aber das hier war etwas, das ihre Neugierde weckte.

Ihr ganzes Leben schon hatte sie einen unstillbaren Forschungsdrang gehabt. Als Kind war sie hinter dem Haus ihrer Eltern im Wald herumgekrochen, hatte mit einer Lupe Insekten inspiziert, hatte Pilze und Blätter gesammelt, getrocknet und in kleine Heftchen geklebt. Auch die Wanderungen mit Ruppe, an die ihr Vater sie erinnert hatte, waren ausgiebige Erkundungstrips gewesen. Die Neugierde auf die Welt hatte sie zur Biologin gemacht. Sie hatte sich für die Arbeit auf der Tiefseestation entschieden, weil sie hier in Gebiete vordringen konnte, die für sie bisher unerreichbar gewesen waren.

Sie hatte in Quadrant 245-G etwas Außergewöhnliches entdeckt. Etwas, das es zu erforschen galt und das vielleicht ein weiteres Geheimnis der Tiefsee preisgeben würde. Letztendlich hatte sie genau deswegen das Studium gemeistert, auf der *Bathos* IV angeheuert und all die Entbehrungen der letzten Jahre auf sich genommen, war bereit gewesen, Freunde und Familie gegen ein Tiefseelabor einzutauschen und den Proteinbrei sowie künstliche Sonnenuntergänge zu ertragen. Es musste einen Grund dafür geben, dass sich die Quallen genau hier ansammelten. Und sie würde diesen Grund herausfinden.

Sie begann mit der systematischen Erfassung der Daten. Mayari, die Mat auf Sveas Bitte hin ins Labor schickte, half ihr dabei. Mit mehreren *Leuchtkäfern*, wie sie die kleinen Miniatur-Sonden nannten und welche die Drohne mitführte, fertigten sie ein genaues Strömungsbild an und ermittelten die Ausmaße der Wolke, die Zusammensetzung des Wassers sowie Umgebungstemperatur und Planktonkonzentration. Mit den eingebauten Kameras erstellten sie photometrische Aufnahmen und filmten den Schwarm als Ganzes sowie einige Details der Tiere. Anschließend nahm Svea vorsichtig Proben einiger Quallen, untersuchte morphologische Besonderheiten und glich die Ergebnisse mit der Datenbank des DDMR ab.

Doch auch nach vier Stunden hatten Svea und Mayari

keine Hinweise auf die Ursache der Ansammlung finden können. Nach wie vor war die Bildung des Schwarms, der inzwischen um weitere 300 Exemplare angewachsen war, ungeklärt. Um eine durchgehende Beobachtung sicherzustellen, schickte Svea die letzte ihr zur Verfügung stehende Drohne auf den Weg. Die Batterie der BT-2 würde für eine weitere Stunde ausreichen, bevor die Sicherheitsautomatik den Rückweg erzwingen würde.

Mat kam immer wieder im Labor vorbei. »Gruselig. Aber irgendwie auch schön«, sagte er ein ums andere Mal und löcherte Svea begeistert mit Fragen, die – für einen Ingenieur – erstaunliche biologische Kenntnisse durchscheinen ließen. Gleichzeitig kümmerte er sich pflichtbewusst um die Wartungsarbeiten der BT-1 und hielt Svea bei seinen Besuchen über seine Fortschritte auf dem Laufenden. Sie würden die Drohne wahrscheinlich eher früher als später wieder benötigen. Mat hatte das sofort verstanden.

Die gesamte Besatzung der *Bathos* IV war vom Forschungseifer infiziert. Konzentriert arbeiteten sie die Daten auf, die von der Drohne zur Station übertragen wurden. Stunde um Stunde verging, während der Schwarm langsam weiter anwuchs, sich aber nicht von der Stelle bewegte. Die BT-2 kehrte zur Station zurück, und Svea widmete sich der genauen Untersuchung der entnommenen Gewebeproben. Ihre Hoffnung war, eine neue Unterart der Leuchtqualle zu entdecken, eine Art, die vielleicht bisher in den Tiefen des Ozeans noch nicht registriert worden war. Doch als sie die Ergebnisse der DNA-Untersuchung auf dem Bildschirm sah, konnte sie auch hier nichts Bemerkenswertes feststellen; lediglich die Konzentration des Photoproteins *Aequorin* war selbst für eine Leuchtqualle ungewöhnlich hoch.

Müde und frustriert lehnte sich Svea auf ihrem Stuhl zurück. Es war 02:27 Uhr. Eigentlich hätte sie schon längst in ihrer Koje liegen müssen, aber sie wollte das Phänomen nicht einfach sich selbst überlassen. Irgendetwas war ihr bisher entgangen. Mayari war auf ihrem Tisch zusammengesunken und eingeschlafen. Sie schnarchte leise. Das blaue Leuchten der Bildschirme reflektierte auf ihrer Haut und zeichnete ihre Konturen nach. Seufzend stand Svea auf und ging zu den Steuerungsmonitoren hinüber. Die BT-3 war nun ebenfalls seit sieben Stunden im Einsatz. Svea überprüfte kurz, ob Mat seine Wartungsarbeiten abgeschlossen hatte, und schickte anschließend die wieder aufgeladene BT-1 los. Die Drohnen liefen nun im Schichtbetrieb, und Svea sorgte dafür, dass sich immer mindestens eine Drohne bei dem Schwarm befand.

Sie begab sich kurz zu ihrer Kajüte, schnappte sich zwei Schokoriegel und eine Decke, die sie über der schlafenden Mayari ausbreitete. Dann setzte sie sich wieder an den Steuerungstisch und aß genüsslich die Süßigkeiten. Es würde eine lange Nacht werden.

Der Alarm der BT-1 leuchtete auf. Die Drohne war noch gut fünfzehn Minuten von den Koordinaten des Schwarms entfernt. Zu weit, als dass die Quallen der Auslöser für den Alarm sein konnten. *Merkwürdig.* Svea wechselte die Monitoransicht und erkannte, dass die Sensoren abermals Biomasse entdeckt hatten. Dieses Mal allerdings waren es Verdichtungen, die sich in Größe und Geschwindigkeit von den Quallen unterschieden. Es war durchaus möglich, dass die Drohne jetzt Fische aufgespürt hatte.

Ohne zu zögern, schaltete sie den Verfolgermodus ein; mit einem simplen Knopfdruck gab sie so der Drohne den Befehl, sich den Verdichtungen bis auf wenige Meter zu nähern und dann den Bewegungsvektor zu halten. Die BT-1 nahm sofort Fahrt auf. Die Organismen bewegten sich ihrerseits mit gut 30 km/h fort. Sveas Herz schlug schneller. Dies waren definitiv keine Quallen.

Als die Drohne auf wenige Meter herangekommen war, schaltete Svea die Scheinwerfer ein. Die Schwärze auf den Monitoren wurde von zuckenden Fischleibern verdrängt. Unzählige silbrige Schuppen blitzten im kühlen Licht der Drohne auf. Hunderte Fische – jeder etwa einen Meter lang – jagten durch das Dunkel und beachteten das Gefährt neben sich kaum.

»Mayari!« Svea sah aus den Augenwinkeln, wie ihre Kollegin hochschreckte und anschließend mit dem Stuhl zu ihr herüberrollte. »Schellfische! Ein ganzer Schwarm Schellfische!«

Mayari starrte mit offenem Mund auf die Tiere. »Ich geb Mat Bescheid.«

KAPITEL 8

Kurz darauf saßen sie zu dritt vor den Bildschirmen. Mat hatte die BT-2 überprüft und wartete nun darauf, dass sich die Batterien der Drohne wieder vollständig aufluden. In der Werkstatt gab es zurzeit nichts für ihn zu tun, also war er ins Labor gekommen. Svea hatte ihn angewiesen, die Sensoren der Drohnen zu überwachen, auf Anomalien zu achten und dafür zu sorgen, dass die Verbindung zu den Tauchrobotern nicht abbrach. Mayari hielt die BT-3 auf Position und gab regelmäßig die vom Elektromyografen gezählte Menge an Quallen weiter. Immer noch erhöhte sich die Anzahl der Tiere.

Svea hatte inzwischen den Kurs der Schellfische extrapoliert und erstaunt festgestellt, dass sie direkt auf den Quallenschwarm zuhielten. Ob das Zufall war? Oder gab es eine Korrelation zwischen den Fischen und den Quallen? War die Anwesenheit der beiden Spezies intentional? Waren womöglich die Quallen der Grund für die Route der Fische? Es klang absurd. Sie wusste, dass sich Schellfische von Würmern, Muscheln, Krebsen und vor allem vom Laich anderer Fischarten ernährten. Aber von Quallen?

In wenigen Minuten würden sie vielleicht eine Antwort bekommen. Die BT-1 konnte den Fischen mühelos folgen. Svea warf einen Blick auf Mayaris Monitor, auf dem der pulsierende Quallenschwarm zu sehen war. Stirnrunzelnd beobachtete sie die leuchtende Wolke. *Irgendetwas ist anders,* dachte sie, aber sie brauchte einen Moment, um zu verstehen, was sich verändert hatte.

Es war das Bewegungsmuster der Tiere. Es schien nun nicht mehr zufällig, die Quallen mäanderten nicht mehr ziellos umher, vielmehr hatte man den Eindruck, dass jede Qualle eine bestimmte Position ansteuerte. Das war zunächst nur eine Vermutung, doch dann entstanden Freiräume, die sich zu größeren dunklen Flecken innerhalb der Wolke verbanden. Die Konturen des Schwarms glätteten sich, und schließlich manifestierte sich eine erkennbare Ordnung im Chaos, eine geometrische Form, die allem widersprach, was Svea über natürliches Schwarmverhalten gelernt hatte.

»Seht ihr das auch, oder ist das die Müdigkeit?«, fragte Svea leise, während sie aufstand und auf das Kamerabild der BT-3 zeigte. Die Medusen formierten sich zu einem Ring, in dessen Mitte das schwarze Nichts der Tiefsee. Ungläubig starrten die Wissenschaftler auf den Kreis, der von Sekunde zu Sekunde deutlicher zu erkennen war. Die Sensoren zählten 4145 Quallen, und alle ordneten sich in mehreren konzentrischen Ringen an, sodass ein mandala-ähnliches Muster entstand.

»Ich habe so etwas noch nie gesehen«, flüsterte Mayari. Svea nickte stumm. Das Verhalten der Quallen war ungewöhnlich, denn Bewegung war ein grundlegendes Merkmal von Schwärmen. Oft wurde der Schutz vor Raubtieren als Hauptgrund für die Schwarmbildung genannt, doch konnten auch Nahrungssuche oder eine energiesparende Möglichkeit, große Distanzen zurückzulegen, eine Rolle spielen. Außer Frage stand jedoch, dass sich der Schwarm dabei immer in Bewegung befand. Diese Quallen jedoch verharrten auf ihren Positionen.

»Die Schellfische sind gleich da!« Mat zeigte aufgeregt auf das Bild der BT-1, auf dem nun in der Ferne ebenfalls das Leuchten der Medusen zu erkennen war. Die Schellfische hielten direkt darauf zu, und kurze Zeit später reflektierte der blaue Schein auf den Schuppen.

»Das ist nicht möglich …«, murmelte Svea zitternd. In der Finsternis der Tiefsee schwebte ein riesiger, irisierender Ring aus Quallen, geometrisch makellos. Nicht eine der Medusen durchbrach das Muster, jede Einzelne war an ihrem Platz und hielt die Position. Svea fiel noch etwas auf: Der Leuchtrhythmus der Tiere hatte sich synchronisiert. Der gesamte Schwarm pulsierte mit derselben Frequenz.

Mit einem Mal flammten die Quallen im äußeren Ring strahlend hell auf, kurz darauf folgten die anderen Ringe in einer Kettenreaktion bis zum innersten. Blitze zuckten durch das Wasser. Wie bei einer Teslaspule breiteten sich gezackte Lichtbögen von den Quallen zum Zentrum des Mandalas hin aus und vereinten sich dort in einer grellen Kugel. Immer wieder zogen sich neue Adern durch die Dunkelheit und schlugen im Zentrum ein.

Wie in Trance schaltete Svea das Hydrofon ein, und mit einem Mal drang ein scharfes Zischen und Knistern aus den Lautsprechern. Sinustöne mit modulierenden Frequenzen erinnerten an Walgesänge, dagegen setzten sich lautes Klicken und Schnarren ab. Unter allem lag ein resonierender, anhaltender, tiefer Ton, dessen Höhe sich nicht veränderte, der aber trotzdem in der Lautstärke variierte. Das Leuchten der Quallen schien damit synchronisiert zu sein.

Mit einem düsteren Grollen öffnete sich die gleißende Kugel zu einem weiteren Ring, der weiß strahlte und langsam größer wurde. Während immer mehr Blitze zwischen den Quallen und dem Ring im Zentrum hin und her zuckten, erkannte Svea ein sanftes blaues Schimmern in seinem Inneren.

Die Schellfische, die inzwischen die Quallen erreicht hatten, beschleunigten und jagten auf das Zentrum zu. Mit einem Aufschrei zeigte Mayari auf das Kamerabild der BT-3, auf dem nun neben dem gesamten Ring auch die Spitze des Schellfischschwarms zu erkennen war. Doch Svea sah nicht nur Schellfische. Noch bevor sie allerdings die anderen silbrigen Schemen identifizieren konnte, erzitterte das Bild und wurde für einen Moment unscharf. Dicht an der Kamera jagten noch andere Fische vorbei, sodass Mayari hastig die Drohne neu positionierte, außerhalb der Bewegungsbahn der Tiere. Svea erkannte Barrakudas, Thunfische, Haie und noch weitere Arten, die ihr nicht geläufig waren. Aus allen Richtungen jagten Tiere auf den blauen Kreis in der Mitte des Quallenringes zu. Svea suchte auf dem Bildschirm die Anzahl der registrierten Organismen und schüttelte ungläubig den Kopf: Laut Anzeige befanden sich 25 845 Organismen in der Umgebung.

»Was, verdammt noch mal, ist das?«, schrie Mat über den Lärm hinweg. Keiner hatte daran gedacht, die Lautstärke der Übertragung herunterzuregeln, alle starrten wie gebannt auf die Bildschirme. *Es sieht aus wie ein Tor zu einer anderen Welt*, dachte Svea unwillkürlich. Die Mitte erinnerte tatsächlich an ein riesiges Portal, gesäumt von hellen Leuchtquallen und merkwürdig flimmernden Konturen. Das sanfte Blau im Inneren erinnerte Svea an ihre ersten Tauchgänge in den Fjorden Norwegens. Wie sie nach oben geblickt und fasziniert die gebrochenen Sonnenstrahlen in der Wellenbewegung betrachtet hatte. Das Wasser war glasklar gewesen.

Die ersten Fische erreichten den blauen Kreis und

schwammen hindurch. Die BT-3 hatte sich seitlich positioniert, sodass sie schräg auf den Quallenkranz blickte. Die Fische erschienen jedoch nicht auf der anderen Seite des Kranzes. Trotzdem konnte Svea sie immer noch im blauen Kreis erkennen. Weitere Schwärme verschwanden darin, und parallel dazu verkleinerte sich die Anzahl der registrierten Organismen auf der Anzeige rasant.

»Achte auf die BT-1!«, rief Mat. Er hatte recht. Die Drohne war immer noch im Verfolgermodus und raste nun zusammen mit dem Schellfischschwarm auf den blauen Kreis zu. Svea zuckte zusammen und lief zu ihrem Computer zurück, doch bevor sie auf manuell umschalten konnte, hatte die Drohne das Zentrum passiert. Das Kamerabild änderte sich schlagartig, ebenso verstummte das laute Knistern und Brummen. Die Fahrt der Drohne verlangsamte sich. Statt der Finsternis der Tiefsee dominierte plötzlich sattes, leuchtendes Blau. Hinter der Drohne befand sich ein schwarzer Kreis, aus dem weitere Fische sprudelten. Die Quallen bildeten weiterhin einen Kreis um das schwarze Loch, aber sie schienen auf dieser Seite kaum zu leuchten.

»Die Anzeigen spielen verrückt. Die Hälfte der Sensoren ist ausgefallen. Vom Rest kommt nur noch Unsinn an.« Mat deutete auf die Kontrollanzeige der BT-1. Laut dieser befand sich die Drohne in 20 Meter Tiefe und lediglich 5 Meter über dem Meeresboden. Das Wasser war mit 18 Grad viel zu warm für die Tiefsee.

»Scheiß auf die Sensoren! Seht euch das an!« Mayari hatte Tränen in den Augen.

Die Kameras der BT-1 zeigten ein atemberaubendes Bild. Blaues Wasser, Sonnenstrahlen, weißer Sand und bunt schillernde Felsen. Der Meeresboden schien zum Greifen nahe, Lichtreflexe tanzten darüber hinweg. Erst jetzt erkannte

Svea ein Riff. In satten Farben leuchteten Seesterne, Fische, Seeanemonen, Krebse und Krabben im warmen Licht der Sonnenstrahlen. Es war eine Unterwasserwelt, wie sie seit Jahrzehnten nicht mehr gesehen worden war und die Svea nur aus alten Dokumentationen kannte. Das gesamte Riff wiegte sich im Wellengang, und unzählige Fische jagten einander oder suchten Schutz in algenbewachsenen Spalten und kleinen, muschelbesetzten Höhlen. Schwärme von fingerlangen silbernen Fischen tanzten synchron durch das Wasser, zuckten von einer Seite zur anderen und wirkten wie glänzende Tücher im Wind. Svea entdeckte Haie, die stoisch über dem Riff kreisten und die Nacht abwarteten, um auf die Jagd zu gehen. Überall blitzte bunte Vielfalt wie Farbkleckse in einem impressionistischen Gemälde. Moränen reckten ihre grimmigen Köpfe aus ihren Verstecken, und in den oberen Schichten glaubte Svea, Fächerfische zu erkennen, wie sie mit kräftigen Flossenschlägen die Wasseroberfläche durchbrachen.

Still saßen die drei Wissenschaftler vor den Monitoren. Die Bilder erschienen Svea wie aus einem Traum, wie eine Erinnerung an ein verloren geglaubtes Paradies, das zeit ihres Lebens unerreichbar gewesen war. Sie hatte sich danach gesehnt, davon geträumt und gehofft, ein solches Wunder einmal mit eigenen Augen sehen zu können. Obwohl das Bild nur eine Übertragung war, wirkte es so echt, so plastisch, voller Leben und wunderbar. Ein tiefes Verlangen ergriff Svea. Sie wollte dort sein, mit den Tieren schwimmen, die Schönheit in sich aufnehmen, studieren, bewahren.

Dann ging alles sehr schnell. Die letzten Fische hatten den Ring durchquert, und das Leuchten der Quallen nahm ab. Der blaue Kreis in der Mitte verkleinerte sich. In wenigen Sekunden schrumpfte das Portal zusammen, bis es schließlich ganz erlosch. Im selben Moment brach das Kamerabild der BT-1 zusammen, und auf den Monitoren blinkte ein roter Schriftzug: *Connection lost!* Die Formation der Quallen brach auseinander, und die Tiere schwammen in alle Richtungen davon.

Wie vom Donner gerührt saßen Svea, Mayari und Mat vor den Monitoren. Allein die zurückgebliebene Drohne BT-3 schwebte inmitten eines schwach leuchtenden Medusenschwarms, der sich langsam von der Strömung forttragen ließ.

• • •

Die Bilder hatten sich in ihr Gedächtnis gebrannt. Die wenigen Sekunden, in denen die Kamera der BT-1 das Riff übertragen hatte, zogen ein ums andere Mal vor ihrem inneren Auge vorbei. Türkisblaues Wasser, glänzende Fischkörper, schimmernde Farbtupfen über algenbewachsenen Felsbrocken, dazwischen helle Korallen, dürre Verzweigungen, die in winzigen, weichen Kronen endeten. Alles hatte geatmet und sich im Rhythmus der sanften Wellen bewegt. Auf den ersten Blick chaotisch und doch einer natürlichen Ordnung folgend. *Ich muss diesen Ort finden.*

Svea saß mit Mayari in der Küche und hielt sich an einer Tasse Tee fest. Die BT-3 befand sich auf dem Rückweg zur Station, und Mat versuchte unterdessen in der Werkstatt, die Verbindung zur verschollenen BT-1 wiederherzustellen. Es war inzwischen 03:27 Uhr, doch Svea dachte nicht daran, schlafen zu gehen. Sie war zu aufgewühlt, und den anderen ging es anscheinend ähnlich. Viel gesprochen hatten sie bisher nicht. Niemand verstand, was vorgefallen war, und keiner der drei wagte es, als Erster eine Vermutung zu äußern.

Stumm hatten Svea und Mayari sich einen Tee gemacht – dieses Mal einen starken Ingwertee – und sich in die Küche gesetzt. Es war erstaunlich, wie heißes Wasser in einer Tasse ein Gefühl der Geborgenheit hervorrufen konnte.

Mat betrat die Küche. »Die BT-1 ist unauffindbar.« Er schüttelte leicht den Kopf, zuckte mit den Schultern und nahm sich ebenfalls eine Tasse. »Was wirklich … merkwürdig ist.«

Svea lachte trocken auf. »Merkwürdiger als Tausende Quallen, die in Formation schwimmen? Oder die Tatsache, dass unterschiedliche Fischarten davon angezogen werden?« *Und merkwürdiger als ein verfluchtes Portal, das sich in der Tiefsee öffnet?*

Mat warf ihr einen Blick zu und lächelte schief. Er goss sich heißes Wasser in seine Tasse und setzte sich zu ihnen. »Du hast recht. Da ist vieles, was wir nicht verstehen. Aber ich versuche, mich zuerst um die … Merkwürdigkeiten zu kümmern, bei denen ich Chancen sehe, dass wir zumindest Teile davon entwirren können. Der Verbindungsabbruch zu einer Drohne ist etwas, das ich analysieren kann, etwas, bei dem es mir möglich ist, eine Theorie zu entwickeln, weil ich mich gut genug damit auskenne. Auch wenn die Schlussfolgerung dann trotzdem … verrückt klingt …«

»Wovon sprichst du?«, fragte Svea.

Mat ließ den Teebeutel einige Male in der Tasse auf- und abtauchen, um ihn anschließend ganz herauszuziehen. Er atmete tief durch und wusste anscheinend nicht so recht, wie er fortfahren sollte. Schließlich sagte er: »Die Drohnen sind darauf angelegt, nicht verloren zu gehen. Jeder dieser Apparate kostet einen Haufen Geld, und niemand ist daran interessiert, dass eine solche Investition in den Ozeanen verschüttgeht. Die Drohnen sind mit unzähligen Sicherheitsprotokollen ausgestattet. Zum Beispiel senden sie bei einem Verbindungsabbruch zur Station automatisch ein Signal an die Zentrale und übertragen ihren Standort. Dafür wurden sogar zwei Ersatzakkus eingebaut, die nur im Notfall genutzt werden und jahrelang ein Signal senden können. Egal von wo auf der Erde, das Positionssignal wird per Satellit an die Zentrale weitergeleitet.«

Mat nippte an seinem Tee und verzog das Gesicht. Zu heiß. »Die Drohnen benutzen ein militärisches Satelliten-Netzwerk, das auch für U-Boote, Flugzeuge und Ähnliches verwendet wird. Seit 2048 gibt es keinen Ort auf der Erde, von dem kein solches Signal gesendet werden könnte.« Er hielt inne und blickte die beiden Frauen abwartend an. Zwar bemühte er sich darum, nüchtern und sachlich zu klingen, konnte jedoch seine Aufregung nicht ganz verstecken.

»Und?«, fragte Svea. »Hat die Zentrale so ein Signal erhalten?«

Mat schüttelte den Kopf. »Nein. Ich habe schon über Funk nachgefragt. In der Zentrale ist nichts angekommen.« Svea verstand plötzlich, dass die Verantwortung für die Drohnen bei ihm lag. Sollte eines dieser wertvollen Geräte spurlos verschwinden, würde das vermutlich eine Untersuchung nach sich ziehen. Konnte Mat in Schwierigkeiten geraten? Er wirkte allerdings nicht sonderlich besorgt, vielmehr schien er freudig erregt. Seine Wangen waren leicht gerötet, und er blickte immer wieder aufgeregt von der einen zur anderen.

»Ich kann dir nicht folgen«, gab Mayari zu. »Ist die Drohne nun verschollen oder nicht?«

»Sie ist verschollen. Unauffindbar. Kein Kontakt mehr.« Mat grinste. Svea warf Mayari einen Blick zu, die hilflos mit den Schultern zuckte.

»Das scheint dich ja nicht sonderlich zu bekümmern ...«

»Es existiert für mich nur eine einzige logische Schlussfolgerung: Wenn die BT-1 kein Signal mehr sendet ...«, er machte eine kurze Pause und blickte wieder von Mayari zu Svea, »... ist sie nicht mehr auf unserem Planeten.«

Svea lachte auf. »Das ist nicht dein Ernst!«

»Das System ist so gut wie unfehlbar, Svea. Ich habe die Entwicklung über Monate verfolgt, es baut auf bewährter Technologie auf und würde uns verlässlich die Position unserer BT-1 verraten – vorausgesetzt sie befindet sich auf der Erde. Die Sicherheitsprotokolle sind redundant, mit mehreren Fallback-Stufen. Fehlfunktionen von Satelliten gibt es zurzeit keine, ich habe alles überprüft. Fehlfunktionen der Drohne selbst wären im Vorfeld von Algorithmen erkannt und an uns übertragen worden.«

Svea und Mayari sahen Mat verblüfft an, während er wieder die Tasse hob und mit einem schlürfenden Geräusch einen Schluck nahm. *Das ist absurd*, dachte Svea. *Mat ist Ingenieur. Wissenschaftler. Wie kann er die Existenz eines Portals, das auch noch zu einem anderen Planeten führt, einfach so akzeptieren?* Aber sie hatte dieses Portal – oder was auch immer das gewesen war – mit eigenen Augen gesehen. Fische, die in das Mandala geschwommen und auf der anderen Seite nicht wieder herausgekommen waren. Sie hatten etwas beobachtet, für das es nach dem aktuellen wissenschaftlichen Stand keine Erklärung gab. Vielleicht war es tatsächlich an der Zeit, gewagtere Theorien aufzustellen.

»Du glaubst also, die Drohne – und all die Fische – sind durch ein Portal in der Tiefsee zu einem anderen Planeten geschwommen? Die Quallen haben tatsächlich ein ... eine Art ... Wurmloch erschaffen? Wie soll das gehen?«

»Weiß ich nicht«, antwortete Mat. »Das müssen andere

klären. Aber wenn wir akzeptieren, dass das, was wir dort gesehen haben, eine Art Portal war … dann wird das Ganze doch nicht unglaubwürdiger, wenn wir annehmen, dass dieses Portal zu einem anderen Planeten führt und nicht zu einem beliebigen Ort auf der Erde.«

»Einem Ort, der für uns unerreichbar wäre«, murmelte Mayari. Nachdenklich spielte sie mit einer Haarsträhne, die sich aus dem Pferdeschwanz gelöst hatte.

Mats Augen funkelten. »Zumindest noch! Das Meer auf der anderen Seite war voller Leben! Wenn wir einen Zugang zu dieser Welt finden würden … vielleicht mithilfe der Quallen … Stellt euch nur vor, was das für unsere Ozeane bedeuten könnte! Wir haben vielleicht nicht nur den Grund für das Meeressterben gefunden, sondern auch eine Möglichkeit, es zu stoppen und vielleicht sogar, den Prozess umzukehren.«

In seinen Augen war die Begeisterung zu sehen, und Svea konnte nicht umhin, zu lächeln. Seine Freude war ansteckend, auch wenn ihr Verstand sich immer noch gegen die abstruse Theorie eines Portals zu einem anderen Planeten wehrte. Die Wissenschaftlerin in ihr forderte Beweise. Sie wollte zuerst die Daten überprüfen, die von der BT-3 aufgezeichnet worden waren. Noch einmal die Videoaufzeichnung ansehen. Sie wollte recherchieren, nach wissenschaftlichen Berichten über ähnliche Phänomene suchen und eine solide Basis für eine eigene Beurteilung des Erlebten herausbilden.

Mehr als einmal war sie während ihres Studiums über Aussagen oder Fakten gestolpert, die unwahrscheinlich, manchmal sogar fantastisch anmuteten und bisherigen wissenschaftlichen Erkenntnissen widersprachen. Die Tiefsee war ein befremdlicher Ort, an dem die Gesetze der

Biologie manchmal aufgehoben wurden – zumindest scheinbar. Sie erinnerte sich an *Chrysomallon squamiferum*, eine Schneckenart, die im Indischen Ozean entdeckt worden war. Sie lebte in der Nähe von vulkanischen Schloten in bis zu drei Kilometer Tiefe und kochend heißem Wasser. Aufgrund der harschen Bedingungen und der hohen Temperaturen hatte die Schneckenart einen ungewöhnlichen Schutzpanzer entwickelt: Die äußere Schicht bestand aus Eisen. Ebenso ungewöhnlich war der Teil des Weichtieres, der aus dem Panzer herausragte und von fransenähnlichen, ebenfalls aus Eisen bestehenden Lappen bedeckt war. Die Schnecke hatte eine Art Kettenhemd entwickelt. Sie war der einzige Organismus auf der Erde, der Eisensulfate in seinem Exoskelett aufwies, der Körperteile aus Pyrit und Greigit *wachsen* lassen konnte. Die *Chrysomallon squamiferum* wirkte wie eine Kreatur aus einem fantastischen Roman, war aber trotz allem real.

»Funktioniert das Internet wieder?«, fragte Svea. Die bordeigene Datenbank war zwar nicht schlecht, aber neue wissenschaftliche Erkenntnisse konnte sie besser auf den jeweiligen Websites der Universitäten abfragen. Mat schüttelte jedoch den Kopf.

»Noch nicht. Die Zentrale hat aber schon ein Schiff organisiert. Das Team wird morgen im Laufe des Tages ankommen und die Antenne auswechseln. Dann muss ich nur noch die Systeme neu starten.«

»Dann schlage ich vor, dass wir abwarten, bis wir die Daten analysiert und die relevanten Datenbanken nach Erklärungen abgesucht haben, bevor wir irgendwelche Pferde scheu machen. Uns wird ohne eine einigermaßen schlüssige Theorie sowieso keiner glauben.« Sie blickte fragend von Mat zu Mayari. Mat brummte zustimmend, Mayari schien jedoch in ihren Gedanken verloren und nickte erst, als Svea sie an der Hand berührte.

»In Ordnung«, antwortete Mat. »Sobald wir Internet haben, kümmere ich mich um den Upload des Back-ups. Das wird ein paar Stunden dauern, so lange können wir einen Bericht erarbeiten. Anschließend gebe ich dem Konsortium Bescheid. Und ich will die anderen Stationen informieren, sie sollen nach ähnlichen Phänomenen Ausschau halten. Mit unseren Daten könnte es sogar möglich sein, eine Art Frühwarnsystem einzurichten. Wenn wir Quallenkonzentrationen automatisiert erfassen, könnten wir ein Portal voraussagen und gezielte Messungen durchführen.« Er schob vor Aufregung die Tasse hin und her, sodass Tee links und rechts über den Rand schwappte. »Das könnte unsere Rettung sein! Wir werden die Ozeane retten!«

Mat griff in seine Hosentasche und holte einen Minipager hervor. Eine kleine LED blinkte hektisch. »Die BT-3 ist wieder da. Ich werde die Daten auf unser NAS übertragen.« Er stand auf und verschwand durch das Schott, seine Tasse Tee ließ er fast voll zurück.

Svea atmete tief durch. Könnte Mat recht haben? War das System wirklich so unfehlbar, wie er behauptete? Svea kannte sich mit der Technologie der *Bathos* nicht gut genug aus, um so etwas zu beurteilen. Mat hingegen war Ingenieur, ein wirklich guter dazu. Er hatte diese Systeme mit entwickelt, unter der wachsamen Aufsicht eines wissenschaftlichen Konsortiums; Spezialisten, die in Sachen Kommunikation, Sicherheit und Tiefseetechnologie absolute Weltspitze waren. Die *Deepsea Dependent Marine Repopulation* war vielleicht das wichtigste Projekt der Gegenwart, jede Entscheidung wurde mehrfach von unabhängigen Teams überprüft.

Wenn Mat behauptete, dass ein Sicherungssystem unfehlbar sei, dann war sie geneigt, ihm zu glauben.

Doch die Implikationen waren beängstigend. Sollte sich die Drohne wirklich nicht mehr auf der Erde befinden, ergaben sich daraus andere, noch viel unglaublichere Folgerungen. In der Konsequenz musste man einen bisher unentdeckten Planeten annehmen, auf dem es Leben gab. Und mehr noch: Er wäre erreichbar, aber nicht auf die herkömmliche Art und Weise der interstellaren Raumfahrt. Astrophysikalische Modelle, das Raum-Zeit-Kontinuum, das Fermi-Paradoxon – alles würde man überdenken müssen. Vielleicht konnte das Verhalten der Quallen, die bisher von der Wissenschaft als zu »uninteressant« angesehen worden waren, einen vollkommen neuen Ansatz zur Entstehung des Lebens auf der Erde bieten. Ihr war schwindlig.

Fast Hilfe suchend blickte sie zu Mayari und stutzte. Die sonst so fröhliche Filipina saß ihr mit finsterer Miene gegenüber und starrte ins Nichts. Krampfhaft hielt sie ihre Tasse umschlossen, und Svea glaubte, ein leichtes Zittern zu bemerken. Behutsam beugte sie sich vor und legte ihrer Kollegin eine Hand auf den Arm. Mayari zuckte zusammen, und es schien, als würde sie aus einem Tagtraum wieder zurück in die Gegenwart gerissen. Sie blinzelte, und ihre Augen fokussierten sich auf Sveas Gesicht. *Ist es das Licht, oder wirkt sie bleicher als sonst?*

»Alles in Ordnung?«, erkundigte sich Svea.

Mayari sagte zunächst nichts, sondern blickte sie nur an. Sie verzog leicht das Gesicht, die Augen glänzend, glasig. Erst als Svea besorgt über ihren Arm strich, fragte sie: »Wunderst du dich denn gar nicht?«

Svea runzelte die Stirn. »Ich wundere mich über fast alles. Was genau meinst du?«

»Ich meine, wunderst du dich gar nicht über das ›Warum‹? Keiner spricht über die Motivation. Portal oder nicht, fremder Planet oder nicht – ich finde das zweitrangig. Viel wichtiger ist doch, warum das alles passiert.« Mayari sprach langsam, mit langen Pausen zwischen den Sätzen, als müsste sie sich die Worte erst zurechtlegen.

»Ich weiß wenig über Quallen, und heute habe ich das Gefühl, überhaupt nichts über sie zu wissen. Aber ich kann deuten, was ich gesehen habe, nicht physikalisch oder technologisch, sondern aus der Sicht der Verhaltensbiologie. Ich kenne ein paar wissenschaftliche Papers über Quallenschwärme, meine Mutter hat mal dazu recherchiert. Wirtschaftlicher Schaden, verschleimte Fischnetze, verstopfte Kühlanlagen und Ähnliches. Menschen setzen das Verhalten von anderen Spezies fast immer in Relation zu den eigenen Bedürfnissen. Es geht immer darum, was die Menschen daraus für einen Nutzen ziehen können oder was für ein Schaden für uns entsteht.«

Sie sprach nun schneller, ein Wortschwall brach aus ihr heraus. »Du selbst hast gesagt, kein Wissenschaftler hält es für möglich, dass Quallen in Formation schwimmen, geschweige denn ein Portal öffnen! Und auch das Verhalten der Fische ist für uns unerklärlich. Aber die Schellfische wussten genau, wohin sie wollten. Ich frage mich, *warum* Tausende Fische – unterschiedliche Arten – durch das Portal geschwommen sind. *Warum* hat sich ein Schwarm Quallen gebildet, *warum* haben sie ein Portal geöffnet? Es ist doch viel wichtiger zu fragen, *warum* das alles passiert ist, und nicht *wie*.«

Mayari sah sie durchdringend an. »Vor fünf Jahren war ich bei dem Tsunami vor Palau dabei. Und ich sehe zu viele Ähnlichkeiten, Svea. Menschen haben verzweifelt versucht, die Helikopter zu erreichen, um den Fluten zu entkommen. In so einem Moment kümmert man sich nicht um die anderen – jeder kämpft für sich – man muss sich erst einmal selbst in Sicherheit bringen. Alle drängen zu den Fluchtpunkten, seien es Schiffe, Helikopter ... oder eben Portale in der Tiefsee.«

Mayari schüttelte sachte den Kopf. Ihre Hände zitterten leicht, und sie sah Svea mit großen Augen an. In ihrem Blick erkannte Svea eine Angst, die sich tief in das Bewusstsein der Filipina gegraben haben musste. Eine alte Angst, die durch die Ereignisse in dieser Nacht neu geweckt worden war. Sie hatte ihre Kollegin noch nie so erlebt. Mayaris Stimme war gebrochen. »Das war eine Evakuierung, Svea. Das Meeressterben ... Die Fische auf der ganzen Welt sterben nicht aus, sie fliehen. Das Meeressterben ist keine globale Katastrophe, es ist ein Rettungsversuch.«

Svea öffnete den Mund, doch sie sagte nichts. Sie wusste nicht, was. Wieder sehnte sie sich danach, die aufgenommenen Daten durchzugehen, sich eingehend damit zu beschäftigen, zu recherchieren, nachzulesen. Sie wollte verstehen, nicht vermuten. Mat hatte das Phänomen aus technischer Sicht nüchtern beurteilt, Mayari interpretierte emotional. Svea wollte sich *wissenschaftlich* herantasten, vorsichtig, langsam. Sie befürchtete, etwas zu übersehen, Zusammenhänge nicht zu verstehen.

Fische, die sich zu Tausenden auf die Flucht begaben? Svea kannte Filmaufnahmen von Evakuierungen bei Dürren, Waldbränden und Überschwemmungen. Eine gewisse Ähnlichkeit zu dem, was sie heute Nacht erlebt hatten, war durchaus vorhanden. Und Fische – solange man die Existenz eines kollektiven Verstehens voraussetzte – hatten gute Gründe, von der Erde zu fliehen. Der Mensch hatte seit Mitte des 20. Jahrhunderts seinen Feldzug gegen die Ozeane geführt, mit verheerenden Folgen.

Massive Überfischung hatte Arten zu Hunderten aussterben und ganze Ökosysteme zusammenbrechen lassen. Bis zuletzt – nachdem viele Nationen schon 100 Prozent ihrer Meeresterritorien zu Schutzzonen erklärt hatten – waren Länder wie China, USA und Russland aggressiv in die Fischgründe anderer vorgestoßen. Ganze Flotten – Verbände von bis zu 100 teils bewaffneten Schiffen – drangen über Nacht in geschützte Gewässer ein, um dem Meer tonnenweise Fisch zu entreißen. Die industriellen Trawler waren Fabriken des Todes, ein hocheffizientes System, dem die Ozeane nichts entgegenzusetzen hatten. Viel zu spät war ein internationales Abkommen getroffen worden, das die schwimmenden Schlachthäuser verbot.

Die daraus resultierende Nahrungsknappheit führte zu Hungersnöten. Millionen Menschen, die in Armut lebten, sahen sich ihrer wichtigsten Einnahmequelle beraubt. Private Fischerboote fuhren deshalb trotz der weltweiten Verbote zu Hunderttausenden hinaus und machten Jagd auf die letzten Reste der schwindenden Bestände, um die Beute anschließend auf dem Schwarzmarkt zu verkaufen. Flächendeckende Kontrollen durch die Marine waren nicht machbar.

Zudem wurde der Lebensraum Ozean durch Übersäuerung, Mikropartikel aus Plastik und Schwermetalle vergiftet. Hormone, die allein für den Menschen gedacht waren, gelangten über den Urin und die Kanalisation in die Ozeane. Umweltgifte, Agrar- und Industriechemikalien verursachten Fruchtbarkeitsstörungen, Verhaltensänderungen oder Missbildungen bei den Meerestieren. Führte man sich diese Fakten vor Augen, schien Mayaris These nicht mehr so abwegig.

Svea seufzte. Sie fühlte sich unfähig, einen klaren Gedanken zu fassen, war erschöpft und unendlich müde. »Morgen finden wir mehr heraus. Mit Sicherheit. Wir lassen Huang und sein Team auch auf die Daten gucken, vielleicht auch die Crews der anderen Stationen.«

Ein schmerzhafter Ausdruck huschte über Mayaris Gesicht. Schließlich stand sie auf und ging zum Schott. »Ich muss aufs Klo«, murmelte sie.

Svea blieb allein in der Küche zurück. Plötzlich sehnte sie sich nach ihrer Koje, nach einer weichen Matratze und einer warmen Bettdecke. *Ich muss zur Ruhe kommen, um wieder klar denken zu können.* Müde nahm sie ihr *rPad* und schaltete es ein. Sie wollte noch einmal die Bilder der BT-1 sehen, das Paradies auf der anderen Seite des Portals. *Was würde ich dafür geben, so eine Unterwasserwelt auf der Erde wiederherzustellen!* Sie öffnete den Netzwerkordner, auf dem alle Daten automatisiert gespeichert wurden, sodass jeder auf der Station darauf zugreifen konnte. Mat hatte die BT-3 Daten schon übertragen. Svea klickte auf den zuletzt erstellten Ordner. Eine Fehlermeldung erschien auf dem Display.

Error accessing selected folder. Authorized deletion in progress …

Irritiert versuchte sie es erneut. Doch auch beim zweiten und dritten Mal konnte sie nicht auf den Ordner zugreifen. Ein leiser Verdacht machte sich in ihrem Bewusstsein breit. Sie versuchte, einen anderen Pfad zu öffnen, wieder mit dem gleichen Ergebnis. *Authorized deletion in progress.* Daten wurden gelöscht, von jemandem auf der Station.

Mayari!

Svea sprang auf und rannte aus der Küche. Gedimmtes Licht im Gang, links der Vorratsraum, dann vorbei an den Schotts zu den Kojen. Mat – Svea – Mayari. Ihre Kajüte war leer, die Toilettentür offen. Weiter! Mit bloßen Füßen rannte Svea auf dem Teppichboden im Gang, ihre Schritte dumpfe Schläge in der Stille. Die Werkstatt rechts, sie jagte an dem Schott vorbei und rief nach Mat, panisch. Eine scharfe Kurve, noch ein Schott, der nächste Gang. Am Ende endlich der Eingang zum Labor, eine massive Aluminiumtür mit Drehrad, verschlossen. Die Türen auf der *Bathos* waren für Notfälle von beiden Seiten zu öffnen, aber irgendetwas blockierte den Mechanismus. Svea riss mit aller Kraft an dem Rad.

Ohne die Daten würden sie alles verlieren, würde das Paradies unerreichbar bleiben, wären die Ozeane der Welt verloren. Die Aufzeichnungen der Drohnen war das einzige Zeugnis, das von dem Phänomen existierte. Ohne diese Beweise war eine wissenschaftliche Aufarbeitung unmöglich, man würde ihren Bericht als Behauptung abtun, als Hirngespinst, im besten Falle als wahnhaftes Wunschdenken. Svea war wütend. Sie schrie, forderte, flehte, Mayari möge die Tür öffnen.

Plötzlich stand Mat neben ihr. Zusammen zerrten sie an dem Schlossrad, das langsam und ächzend nachgab. Schließlich ertönte ein Knirschen, und irgendetwas auf der anderen Seite zerbrach splitternd. Endlich ließ sich das Rad bewegen, und Svea stemmte keuchend die massive Tür auf.

In der Mitte des Labors stand Mayari vor einem der Rechner, am ganzen Körper zitternd. Mat fluchte laut, rannte zu ihr und drückte sie von der Tastatur weg. Mayari zuckte zusammen und wankte langsam zurück, die Augen weit aufgerissen. Sie wirkte kleiner als sonst, zerbrechlich und hilflos. Mats Gesicht wurde bleich, er blickte zu Svea und schüttelte leicht den Kopf.

Sveas Kehle schnürte sich zusammen, und ein gequältes

Stöhnen drang daraus hervor. Sie ging zu Mayari, packte sie an den Schultern und blickte sie mit verzerrtem Gesicht an. Mayari wirkte wie ein verängstigtes kleines Mädchen, Tränen liefen ihr die Wangen hinunter, mit großen Augen erwiderte sie Sveas zornigen Blick. Svea wollte sie anschreien, sie wollte ihrer Wut freien Lauf lassen. Mayari sollte ihre Verbitterung spüren, sollte verstehen, was für Konsequenzen ihre Tat hatte, für die Welt, für Svea, für sie selbst. Stattdessen zog sie Mayari zu sich und schloss sie in die Arme.

»Warum?«, fragte Svea mit heiserer Stimme.

»Weil wir ihre Welt schon einmal zerstört haben«, flüsterte Mayari.

MOMENTAUFNAHME, PELAYO

DONNERSTAG, 9. APRIL 2070, EL PALMAR DE VEJER, SÜDSPANIEN

Steine rieselten den Abhang hinunter, und Pelayo fluchte leise. Er war zu alt für so was. Schon bei Tageslicht war der Abstieg durch die poröse Sandsteinwand kein einfaches Unterfangen. Um drei Uhr morgens, lediglich von Mondlicht beleuchtet, grenzte die Kletterei an Wahnsinn. Zähneknirschend hielt er sich an einem knorrigen Busch fest und suchte besseren Halt für seinen linken Fuß.

Unter ihm ging es fast senkrecht hinunter, bis zu einer Gruppe von Felsen, die von Wellen überspült wurden. Im Licht des Mondes glänzte weißer Schaum auf, wenn Wasser gegen die Klippen schwappte. Die Steilwand, die Pelayo Álvarez in dieser Nacht hinunterkletterte, war gut 50 Meter hoch und ohne Erfahrung und gute Ausrüstung nicht zu bewältigen. Doch Pelayo kannte die Kletterroute im *Acantilado de Barbate* gut, er war hier schon als Jugendlicher in der Wand gegangen. Ihm fehlten nur noch ein paar Meter.

Er kontrollierte noch einmal das Seil, das durch einen Karabiner an seinem Harnisch lief, und stieß sich mit beiden Beinen ab. Routiniert ließ er sich an dem Kletterseil hinunter und nutzte den horizontalen Schwung, um in der Mitte eines großen Felsens aufzukommen. Damit hatte er den einfachen Teil seines nächtlichen Ausfluges hinter sich gebracht: zehn Kilometer Wanderung zum *Acantilado* und den Abstieg.

Ruhig lag das Meer vor ihm, und Pelayo horchte in die Nacht. Außer dem leisen Schwappen der Wellen war nichts zu hören. Zufrieden nahm Pelayo den Rucksack vom Rücken und legte den Kletterharnisch ab, ohne das Seil davon zu lösen. Er würde die Ausrüstung für den Aufstieg wieder benötigen, doch zunächst musste er ins Wasser, und ein nasser Harnisch scheuerte äußerst unangenehm auf der Haut. T-Shirt, kurze Hose und Schuhe zog er ebenfalls aus und legte sie zu den anderen Sachen. Der Felsen war groß genug und ragte so weit aus dem Wasser, dass alles trocken bleiben würde.

Mit sicheren Schritten bewegte sich Pelayo über die Steine, suchte kurz die Wasseroberfläche ab und sprang anschließend hinein. Kaltes Wasser brannte auf seiner Haut. Er kannte diese Stelle wie seine Westentasche. Eine kleine Bucht, auf der einen Seite von der Steilwand selbst geschützt, auf der anderen von großen Brocken, die vor Jahrhunderten aus der Wand gebrochen waren und eine Art natürlichen Wall gebildet hatten. Der nächste Sandstrand im Westen war einen Kilometer entfernt, im Osten drei. Hier kam niemand her. Niemand außer ihm.

Er tauchte unter. Ein Rest Mondlicht drang bis auf den Grund, und mehr brauchte Pelayo nicht. Mit zwei schnellen Schwimmzügen hatte er den Meeresboden erreicht und griff nach einem Seil, das neben einem dunklen Kanister im Sand lag und mit diesem verbunden war. Pelayo tauchte wieder auf, nahm das Seilende zwischen die Zähne und zog sich an den glitschigen Steinen aus dem Wasser.

Wieder suchte er die Wasseroberfläche ab. Kein Schiff war weit und breit zu sehen, keine Suchscheinwerfer oder Positionslichter. *Sehr gut.* Schließlich zog er den Kanister aus dem Wasser. Es war ein *Tambor*, ein großer Zylinder aus

Kunststoff, der an beiden Enden mit einem feinmaschigen Netz ausgestattet war. In der Mitte dieser Netze befand sich je eine Öffnung, etwa so groß wie eine Orange, die mit nach innen gebogenen Drähten versehen war. Die Spitzen der Drähte liefen zusammen und gaben nach, wenn sich ein Fisch durch die Öffnung in den Zylinder zwängte. War der Fisch erst einmal im *Tambor*, verhinderten die Drähte, dass das Tier wieder herauskommen konnte. Es war eine äußerst wirkungsvolle Fischfalle, die inzwischen auf der ganzen Welt verboten war. Pelayo hatte den *Tambor* selbst gebastelt, aus einem alten Abfalleimer, einem Plastiknetz und Drähten.

Er ließ das Wasser aus dem Kanister laufen und hievte ihn auf einen der Felsen. Schwer atmend holte er ein Messer aus seinem Rucksack. Durch eine Klappe an der Seite des *Tambor* konnte der Fang herausgeholt werden. Pelayo hatte Glück. Zwei Doraden, drei Meerbarben und ein Oktopus. Reiche Beute.

Nachdem er die Fische mit einem gezielten Kiemenstich getötet hatte, weidete er sie aus und legte sie in zwei verschließbare Kühltragetaschen, in denen Kältekissen lagen. Den Tintenfisch tötete er ohne Messer. Dazu packte er das Tier mit der linken Hand, sodass die Tentakel sich an seinem Unterarm festsaugten und der Kopf oben aus seinem Griff herausragte. Mit dem Daumen der rechten Hand fuhr er unter den Mantel und stülpte den Kopf wie eine Socke um, bevor der Krake Zeit hatte, zuzubeißen. Dadurch kamen die Gedärme zum Vorschein, die Pelayo mit einem Ruck herausriss. Keine zwei Minuten später erschlaffte der Tintenfisch.

Die Innereien platzierte Pelayo als neuen Köder im Kanister und warf die Falle wieder ins Wasser. Dies war *seine*

Stelle, *sein* Fischgrund, für den er die waghalsige Kletterei alle drei Nächte in Kauf nahm. Meistens fand er den Kanister leer vor und hatte die zehn Kilometer von seiner Hütte in *Palmar de Vejer* bis hierher vergeblich zurückgelegt. Doch heute nicht, heute war ein guter Tag, die Ausbeute so wertvoll, dass er davon gut zwei Wochen leben konnte.

Der Aufstieg war der schwierigste Teil seiner nächtlichen Unternehmung. Schwer atmend kämpfte er sich die Wand hinauf, den Rucksack auf dem Rücken und das Haar noch nass von seinem Tauchgang. Es war ein gefährlicher Weg nach oben, der Sandstein war brüchig und gab immer wieder unter seinem Gewicht nach. Die herunterfallenden Bruchstücke rissen weitere Steine mit, und das Klopfen, Knacken und Rieseln setzte sich deutlich von dem Rauschen der Wellen ab. Ein Passant konnte allein dadurch auf ihn aufmerksam werden.

Nach acht Minuten war Pelayo wieder oben angekommen. Vor ihm lagen jetzt noch einmal zehn Kilometer Fußmarsch. Er besaß zwar ein Auto, aber auf diesen klandestinen Ausflügen war man zu Fuß sicherer. Als einsamer Wanderer konnte er sich unbemerkt durch schlecht beleuchtete Seitenstraßen bewegen und im Schatten der Bäume verstecken. Er war damit für die *Policía Local* so gut wie unsichtbar. Mehr als einmal hatte er sich in den Schatten vor den Polizeiwagen verborgen.

Er trug etwa fünf Kilo Fisch in seinem Rucksack – ein kleines Vermögen und zugleich illegale Ware, die ihm mehrere Monate Gefängnis einbringen konnte. Fisch war das neue Elfenbein: wertvoll, illegal, gefragt. Behörden auf der ganzen Welt versuchten, den illegalen Handel mit Fischfleisch einzudämmen, doch der Schwarzmarkt florierte. Das *Meeressterben*, das laut neuesten Gerüchten gar keines war, hatte die Ozeane in riesige Wasserwüsten verwandelt. Einige wenige Bestände in Küstennähe waren übrig geblieben, und Wissenschaftler versuchten verzweifelt, diese letzten Arten vor dem Aussterben zu bewahren.

Pelayo hatte immer schon an der Küste gelebt. Fischen gehörte zu seinem Leben wie das Einatmen der salzigen Meeresluft. Er war kein Fischer, sondern gelernter Maurer, aber wie alle anderen hier im Süden Spaniens hatte auch er in seiner Freizeit geangelt, Krebse gefangen und Tintenfische gejagt. Auch als erste Berichte über das Meeressterben Andalusien erreichten, hatte er weiterhin die Abende mit dem Grillen von selbst gefangenen Meerestieren am Strand verbracht. Es war einfach *normal* gewesen. Freunde und Familie, *alle* waren dabei gewesen.

Pelayo konnte sich nicht mehr daran erinnern, wann genau die Stimmung gekippt war. Plötzlich hatte die *Policía Local* Geldstrafen verhängt, wenn man mit einer Harpune und Taucherbrille ins Wasser stieg. Die Grillabende wurden von regelrechten Razzien heimgesucht, und das, was sein ganzes Leben lang selbstverständlich gewesen war, rutschte in die Illegalität ab. Toten Fisch mit sich zu führen, wurde ähnlich streng geahndet wie Drogenbesitz.

Doch diese Wissenschaftler und Politiker, die den sofortigen Stopp der Fischerei gefordert hatten, verstanden die Lage der Menschen nicht, die in *Palmar de Vejer* oder ähnlichen Küstenorten lebten. Solange Pelayo mit seinen Freunden den Fisch aus dem Meer holen, grillen und essen konnte, hatte er niedrige Löhne und sogar Arbeitslosigkeit ertragen können. Jeder Grillabend war ein kostenloses Abendessen gewesen, auf den Monat verteilt hatte er so hundert, vielleicht zweihundert Euro gespart.

Pelayo hatte vor fünf Jahren seine Arbeit verloren, mit

35 Jahren. Er hatte sich schwer damit getan, eine neue Anstellung zu finden, und seine Frau war damals mit dem zweiten Kind schwanger gewesen. Der Süden Spaniens hatte seit jeher mit hoher Arbeitslosigkeit zu kämpfen. Durch die neuen elektrischen Maschinen waren selbst die Jobs als Erntehelfer auf den Erdbeer-, Zitronen- und Orangenplantagen weggefallen. Sein alter Freund Nael hatte ihm schließlich einen Deal angeboten, den er sofort angenommen hatte. Das war seine Rettung gewesen.

Der Mond wurde immer wieder von Pinien verdeckt, während Pelayo über den sandigen Boden marschierte. Er bewegte sich durch den Wald, hielt sich abseits der Straßen. Im Gehen nahm er eine Wasserflasche aus der Seitentasche seines Rucksacks und trank einen Schluck. Die Hälfte des Weges hatte er hinter sich. Je schneller er die Fische ablieferte, desto besser.

Viele von der alten Gruppe arbeiteten jetzt für Nael. Curro, Diégo, Mauro, sogar Carmen und Rocío. Alle hatten einen eigenen, geheimen Ort, an dem sie Fallen auslegten, im Schutze der Dunkelheit, illegal. Pelayo hatte seinen *Tambor* ganz bewusst an einem schwer zugänglichen Ort versenkt. Die Wahrscheinlichkeit, erwischt zu werden, war wesentlich geringer. Klar, er hätte auch mit einem Boot zur Stelle fahren können, aber selbst ein Einmannkanu im Wasser war für die Küstenwache leichter auszumachen als ein Fußgänger an Land. Ganz abgesehen davon gab es auf dem Meer im Falle des Falles keine Fluchtmöglichkeit. In den Pinienwäldern an der Küste hingegen konnte er einer Streife mit etwas Glück entwischen.

Pelayo blieb stehen und wartete in der Stille. Vor ihm, noch etwa 20 Schritte entfernt, lag eine Landstraße, und er wollte sichergehen, dass sich kein Auto näherte. Doch es blieb still. Keine Reifen auf Asphalt, kein Summen eines Elektromotors. Schließlich trat er aus dem Schatten der Bäume und überquerte hastig die Straße. Pelayo war vorsichtig, er hatte seine Routen tagsüber ausgekundschaftet und sich genau überlegt, wohin er im Notfall fliehen konnte. Viel befahrene Straßen, auf denen die Wagen der *Policía Local* patrouillierten, hatte er, so gut es ging, vermieden.

Die ersten grauen Zementmauern von *Zahora* tauchten vor ihm auf. An der Küste selbst standen kleine Hotels und Ferienappartements, die alle schön geweißte Wände und Mäuerchen aufwiesen. Etwas weiter im Landesinneren blieben die grauen Betonblöcke unbehandelt. Alle Dörfer an der Küste waren so aufgebaut. An den Stränden die hübschen Gebäude für die Touristen, weiter hinten, wo Menschen wie Pelayo lebten, billige graue Behausungen, einfache Lager- und Fabrikhallen. Eine dieser Hallen gehörte Nael.

Hunde schlugen an, aber das störte Pelayo nicht. Hunde bellten ständig in Andalusien, sie würden ihn nicht verraten, selbst wenn ihn tatsächlich einer der Köter bemerkte. Pelayo sah sich um und zog sein Smartphone hervor. Rasch tippte er eine Nachricht – ein Codewort, damit Nael wusste, dass er in zwei Minuten ankommen würde. Nach dem Versenden steckte er das Smartphone rasch wieder in die Tasche. Der beleuchtete Bildschirm war in der Dunkelheit zu auffällig.

Wieder blickte er sich um. Die elektrischen Autos der *Policía* waren schwer zu hören, wenn sie langsam durch die Straßen rollten. Er wartete ein paar Sekunden versteckt im Schatten eines überstehenden Dachs. Erst als er sich sicher war, alleine zu sein, öffnete er ein Tor zu einem der hässlichen Fabrikgebäude, ein einfacher Quader mit einem flachen Giebeldach. *Conservas Hacinto* stand in großen Buchstaben auf einem großen Tor, die Farbe blätterte an mehreren Stellen ab. Nael stellte tagsüber Oliven-, Bohnen- und Pfirsichkonserven her. Nachts eingelegten Fisch.

Eine kleine Seitentür war nicht abgeschlossen. Leise drückte Pelayo die Klinke herunter und betrat die Halle. Nael stand an ein Förderband gelehnt da und lächelte ihn an. »*Qué pasó, muchacho?*« Pelayo grinste und umarmte ihn zur Begrüßung. Nael schloss die kleine Tür mit seinem Schlüssel ab.

»Hattest du Glück heute?« Nael forderte ihn mit einer Handbewegung auf, ihm zu folgen.

»Könnte man sagen. Zwei Doraden, drei Meerbarben und ein *Pulpo*«, sagte Pelayo stolz.

»*Dios!* Nicht schlecht!«

Nael führte ihn in den hinteren Teil der Halle und durch einen Seitengang, der in einer Treppe nach unten endete. Den Fisch verarbeitete Nael im Keller, Pelayo war schon unzählige Male hier gewesen. Wenn er Fische im *Tambor* vorfand, brachte er sie umgehend zur Fabrik. Fischfleisch musste rasch verarbeitet werden, sonst wurde es schlecht.

In einem fensterlosen Raum arbeitete Chari, Naels Schwester. Mehrere Filets lagen auf einem Tisch, in einer Pfanne auf einem Elektroherd brodelte Öl. Es roch nach frittiertem Fisch, und Pelayo sog genüsslich die Luft ein. Er hatte schon seit Jahren keinen Fisch mehr gegessen – die Filets waren viel zu wertvoll, als dass er sie selber verzehren würde. Es war lohnender, sie an Nael zu verkaufen. Trotzdem lief ihm das Wasser im Mund zusammen, und er wusste, dass es Chari und Nael ähnlich ging.

Mehrere Dosen standen in einem Regal, einige schon mit Olivenöl und kleinen Filets gefüllt, aber noch ohne Deckel.

Nael benutzte die Konserven, die oben tagsüber verarbeitet wurden, auch für eingelegten, frittierten oder rohen Fisch. Über dem Herd hing eine Abzugshaube, und der eingebaute Ventilator lief auf Hochtouren. Nael hatte ein ausgeklügeltes Filtersystem eingebaut, das den Fischgeruch neutralisierte, bevor die Abluft durch einen Schornstein nach draußen geleitet wurde – eine von vielen Vorsichtsmaßnahmen, die seine illegale Produktion absicherten.

»Hatten die anderen auch Glück?«, fragte Pelayo, nachdem er Chari mit einem Kuss auf die Wange begrüßt hatte. Er nahm die Kühltüten aus dem Rucksack und gab sie ihr.

»Aber nicht so viel Glück wie du!«, rief Nael. »*Joder*, sieh dir die Dorade an, was für ein Prachtexemplar!« Tatsächlich wäre die Dorade früher kaum der Rede wert gewesen, aber heutzutage waren kleine Fische besser als gar kein Fisch. »Gute Arbeit, Pelayo.«

Nael überließ die Fische seiner Schwester, die mit geübten Fingern begann, die Barben zu filetieren. *Conservas Hacinto* war ein Familienunternehmen. Tagsüber überwachten Naels kleiner Bruder und seine Mutter die legale Produktion und die vier Angestellten, während Nael mit seiner Schwester nachts Fisch verarbeitete, der ihm von seinen Zulieferern, die sich allesamt aus alten Bekannten wie Pelayo rekrutierten, im Schutze der Dunkelheit gebracht wurde.

Alle verdienten gut an der Unternehmung. Und Nael verdiente am meisten, er war im Laufe der fünf Jahre sichtlich dicker geworden, hatte sich ein neues Auto gekauft und in neue Technik investiert. Niemand neidete ihm das Geld, denn er war der Kopf der Truppe. Er hatte die Idee gehabt – ohne ihn würden sie alle von Sozialhilfe leben oder sich mit Gelegenheitsjobs im Tourismus über Wasser halten müssen. Zudem trug Nael das größte Risiko. Er warb Leute an, stellte die Produktionsstätte und kümmerte sich auch um Verkauf und Lieferung der Ware.

Nael winkte ihm abermals und verließ die kleine Küche. Im Nebenraum standen einige einfache Holzstühle und ein Schreibtisch, darauf drei Bildschirme. Er nahm hinter dem Tisch Platz und bedeutete Pelayo, sich ebenfalls zu setzen. Während er die Monitore anstarrte und gleichzeitig auf der Tastatur tippte, sagte er: »Wir haben jetzt ein paar Solarpanels auf dem Dach, die sich tagsüber aufladen. Damit können wir nachts den Rechner und den Herd nebenan betreiben. Wenn die sich den Energieverbrauch ansehen, finden sie hier nichts mehr.« Nael sprach von der Polizei. »Nach 21 Uhr wird hier offiziell kein Strom mehr verbraucht«, fügte er lachend hinzu.

Nael wickelte den Verkauf der eingelegten Fischfilets über das Internet ab. Nicht über das normale Internet, sondern über einen Bereich, den man nur mit bestimmter Software erreichen konnte. *Red oscura* nannte er es. Das *Darknet*. Pelayo kannte sich damit nicht aus, er wusste nur, dass dort alle möglichen illegalen Geschäfte abgewickelt wurden: Drogen, Waffen, sogar Menschenhandel. Nael bot den Fisch in spezialisierten Foren an, und anscheinend war es für die Polizei unmöglich, ihn darüber aufzuspüren. Pelayo vertraute darauf, dass Nael wusste, was er tat. Ihm blieb gar nichts anderes übrig.

Die Kunden kamen aus aller Welt. Viele saßen in Europa, einige in Amerika, selten China. Und sie zahlten gut. Nael verschickte den Fisch, luftdicht verpackt, entweder in Konserven oder in Vakuumbeuteln auf dem normalen Postweg. Das Ziel waren immer Abholstationen oder anonyme Depots. Frühmorgens machte Nael sich auf den Weg und verteilte seine Sendungen auf die Briefkästen und Paketstationen der umliegenden Dörfer.

»Sieht gut aus«, sagte er mit einem Augenzwinkern zu Pelayo. »Für den Tintenfisch habe ich schon einen Käufer, bei den Doraden und den Barben muss ich erst abwarten, wie viele Konserven wir da rausbekommen. Aber ich denke, zehn mindestens. Ich gebe dir 500 Euro für alles. Falls Chari mehr als zehn Konserven füllen kann, bekommst du beim nächsten Mal den Rest.«

Pelayo nickte zufrieden. 500 Euro für eine Nacht Arbeit war ein guter Schnitt. Nael holte eine grüne Geldkassette hervor, öffnete sie und nahm ein Bündel Geldscheine heraus. Schnell zählte er den vereinbarten Betrag ab und reichte Pelayo das Geld. Nael würde wahrscheinlich das Fünffache im Darknet verdienen, aber das war Pelayo egal. Er musste ja nur den Fisch aus dem Wasser holen, durch den Wald schleichen und zur Fabrik bringen.

Nael musste als Tarnung für die Produktion der wertvollen Fischkonserven eine ganze Fabrik betreiben. Er musste auf so vieles achten, denn alles konnte ihm zum Verhängnis werden: Stromverbrauch, eine zu hohe Anzahl an verschickten Paketen, Geruch nach frittiertem Fisch, verdächtige Geldströme. Nael musste die Kryptowährungen, mit denen im Darknet bezahlt wurde, unauffällig in Bargeld umwandeln. Er hatte sich den Löwenanteil am Gewinn verdient.

Pelayo umarmte Nael zum Abschied und warf Chari noch einen Kuss zu. Er kannte die beiden jetzt schon über 30 Jahre, und sie waren so etwas wie Familie für ihn. Er kontrollierte schnell die Uhrzeit: 05:14 Uhr. Bald schon würden die ersten Frühaufsteher zur Arbeit pendeln. Autos würden die Straßen beleben, und Pelayo wollte dann schon in seinem Bett liegen. Mit raschen Schritten verließ er das Gelände der *Conservas Hacinto*.

Heute war eine gute Nacht gewesen. Zwei oder drei solcher Ausbeuten im Monat reichten aus, um ihn und seine Familie zu ernähren. Alles, was er darüber hinaus fangen konnte, ermöglichte ihm den einen oder anderen Luxus. Ein neuer Grill. Eine fällige Reparatur. Oder ein Ausflug in die Stadt, nach Cádiz oder Sevilla. Solange sein *Tambor* unentdeckt blieb und sich immer mal wieder Fische darin verfingen, war alles gut. Er verdiente jetzt mehr als je zuvor.

Das Meeressterben war für ihn die beste Katastrophe gewesen, die er sich denken konnte.

TEIL 3
MAT

KAPITEL 9

MITTWOCH, 9. MÄRZ 2071,
RICHMOND, KALIFORNIEN

Sonnenstrahlen fielen durch die Lamellen an den Fenstern. Staubpartikel hingen in der Luft, glänzten, wenn sie von den Strahlen erfasst wurden, und verschwanden kurz darauf wieder im Schatten. Es war warm. Mat blinzelte und schlug die Bettdecke zur Seite.

Er fühlte sich erschöpft, ausgelaugt. Es war eine dieser Nächte gewesen, in denen er von einem immer gleichen Traum heimgesucht worden war. Eine drückende Dunkelheit, in der er hilflos umhertrieb. Ein Gefühl des Erstickens. Und dann das Licht. Quallenschwärme, die in changierenden Mustern riesige Mandalas bildeten. Weiche, wabernde Flecken, die stetig näher kamen und farbige Fäden hinter sich herzogen. Sie hüllten ihn ein, verdrängten die Dunkelheit, und doch war etwas Bedrohliches an ihnen. Die dünnen Fäden wuchsen zu fleischigen Tentakeln, blähten sich wie längliche Luftballons und wurden zu violett pulsierenden Strängen, verziert mit wallenden karminroten Rüschen, atemberaubend schön und zugleich unheimlich. Sie griffen nach ihm, legten sich um seinen Hals, seine Arme, Beine und den Oberkörper. Sie umgaben ihn ganz, zogen ihn durch kaltes Wasser, ohne dass er sich wehren konnte.

Immer fester schnürten sich die Tentakel um seinen Leib, bis er glaubte, dem Druck nicht mehr standhalten zu können, und befürchtete, zerquetscht zu werden. Doch plötzlich veränderte sich alles, als hätte jemand mit einem Ruck einen Vorhang zur Seite gezogen. Er befand sich immer noch unter Wasser, doch die Quallen waren fort und mit ihnen die beklemmende Hilflosigkeit. Lichtreflexe zitterten auf sandigem Grund. Er konnte sich ungehindert bewegen, jagte wie ein Fisch durch klares, warmes Wasser. Er atmete. Er war frei. Er wachte auf.

Mat stieg seufzend aus dem Bett. Sein T-Shirt war nassgeschwitzt. Er hatte vor neun Monaten das erste Mal von den Quallen geträumt, kurz nachdem er nach Richmond gezogen war. Die Zeit auf der *Bathos* IV lag nun schon fast ein Jahr zurück, und doch war seine Erinnerung an das Phänomen immer noch so klar und lebendig, als hätte sich das Ganze erst vor ein paar Tagen abgespielt. Nachts verfolgten ihn die Medusen im Traum, und tagsüber ertappte er sich ein ums andere Mal dabei, wie er über das seltsame Ereignis sinnierte. Fast sehnsüchtig dachte er daran zurück.

Im Bad drehte er die Dusche auf und ließ lauwarmes Wasser an sich hinunterlaufen. Vielleicht lag es an der Tatsache, dass er niemandem davon erzählen konnte. Vielleicht war es ihm deswegen unmöglich, sich von dem Vorfall zu lösen und das Ganze eventuell sogar zu vergessen. Alle Beweise waren unwiderruflich gelöscht worden, Mayari hatte damals Maßnahmen ergriffen, damit die Daten nicht wiederhergestellt werden konnten. Mat hatte alles versucht. Vergebens.

Und so verkam jeder Bericht zu einer fantastischen Erzählung; niemand hätte Svea oder ihm geglaubt. Mayari hatte ihnen klargemacht, dass sie alles leugnen würde, sollten er oder Svea an die Öffentlichkeit gehen. Er hatte gehofft, dass sie eine weitere Anomalie aufspüren würden, um neue Daten aufzuzeichnen, Videobeweise für etwas, das er nicht erklären konnte. Doch im gesamten Areal, das sie in den folgenden sechs Monaten auf der *Bathos* IV kartografierten, hatten sie nicht *eine* weitere Qualle gefunden. Es war ein ungelöstes Rätsel geblieben, ein Stachel, der sich tief in sein Inneres gegraben hatte. Außer mit Svea hatte er mit niemandem darüber gesprochen.

Als er aus der Dusche kam, klingelte das Smartphone. Er nahm ab und stellte auf laut.

»Hi, Mom.«

»Mat, Liebling, habe ich dich geweckt?«

»Nein. Alles gut.«

»Na, ist ja eh schon fast acht. Hör zu, ich bin nächsten Monat in einer Artist Residency in Willapa Bay. Das ist in der Nähe von Portland, an der Küste, gar nicht so weit weg von dir.«

»Das ist … toll.« Mat verzog das Gesicht, während er sich mit dem Handtuch abtrocknete und sein Spiegelbild über dem Waschbecken betrachtete. Er wusste schon, worauf der Anruf hinauslief. Er mochte seine Mutter, aber er konnte sie immer nur für kurze Zeit ertragen. In ihrer Gegenwart fühlte er sich in seine chaotische Jugend zurückversetzt. Künstlerhaushalt. Sein Vater, Garfield Bertrand, ein schöngeistiger Gedichteschreiber mit einer Vorliebe für Absinth, und seine Mutter, Lynn Petersen, eine eigenwillige Künstlerin aus Vermont, deren Ölgemälde ebenso farbenprächtig wie ihre Kleidung waren, hatten sich 2036 auf einem Festival kennengelernt, waren nach drei Monaten zusammengezogen und keine zehn Tage später verheiratet. Neun Monate nach ihrem ersten Treffen wurde Mat geboren. Er hatte die Geschichte tausendfach erzählt bekommen.

Die Stimme seiner Mutter drang erneut aus dem kleinen Lautsprecher des Smartphones: »Und ich dachte, du könntest dir ein paar Tage freinehmen. Komm mich besuchen, und wir verbringen ein wenig Zeit miteinander. Wir haben uns schon so lange nicht mehr gesehen.«

Seine Jugend war von einem nomadischen Lebensstil geprägt gewesen, seine Eltern wechselten zwischen Artist Residencies, günstigen und oft verwahrlosten Häusern in Kleinstädten sowie Gästehäusern wohlhabender Mäzene hin und her. Eine Zeit lang waren sie sogar in einem Campingwagen unterwegs gewesen, einem Monstrum der Marke *American Coach*. Der Geruch von Ölfarbe weckte in Mat automatisch die Erinnerung an den mit unzähligen Leinwänden vollgestellten Innenraum des Campers, an die Farbflecken auf den Polstern, den Einbaumöbeln und den Armaturen. Er hatte wenig Lust, seiner Mutter in einer Artist Residency bei der Betreuung angehender Künstler zuzusehen.

»Ich weiß nicht, Mom.«

»Willapa Bay ist wunderschön! Sandstrand, Pinien, das wär wie ein Urlaub für dich.«

»Urlaub. Bist du da sicher?« *Mal sehen, ob sie mir diesmal die Wahrheit sagt.*

»Na ja, wenn du schon mal da bist, kannst du dich doch auch um die Apparate kümmern. Das macht dir doch Spaß! Ich würde das ja auch ohne Laptop und Beamer machen, aber die jungen Leute wollen nun mal diesen ganzen technischen Firlefanz, du weißt doch, wie die sind, du bist ja einer von ihnen ...«

Wusst' ich's doch. Es war nicht das erste Mal, dass Lynn versuchte, ihn als technischen Support für ihre Seminare einzuspannen. Sie fragte nie offen heraus, sondern verkaufte es immer als Urlaub, als Wellness-Wochenende oder Mutter-Sohn-Kurzausflug. Mat glaubte, dass diese Art, um Hilfe zu bitten, noch aus der Zeit stammte, bevor sie als Künstlerin bekannt und reich geworden war. Denn auf einen Schlag waren die Gemälde seiner Mutter mit fünfstelligen Summen gehandelt worden, und das Nomadenleben wurde durch eine Villa in Oakland Farms ersetzt, das kreative Schöpfungszentrum der berühmten Lynn Petersen. Plötzlich hatte Mat ein Zuhause, besuchte eine Schule, lernte Freunde kennen, die er nicht zwei Wochen später wieder vergessen musste.

Nach Hause eingeladen hatte er seine Schulkameraden trotzdem nicht. Er wusste nie, was ihn erwartete, wenn er nach der Schule in die Villa zurückkehrte. Mal war das Haus voller unbekannter Menschen, da seine Mutter spontan beschlossen hatte, ihr Wohnhaus in eine Ausstellungshalle umzufunktionieren. Ein anderes Mal überraschte er seine Mutter und seinen Vater splitternackt und mit Farbtupfern bedeckt auf einer Leinwand im Wohnzimmer liegend. Es passierte auch häufiger, dass einfach niemand zu Hause war, wenn er aus der Schule kam. Mit Glück fuhr irgendwann eine gelangweilte Assistentin vor, um ihm mitzuteilen, dass »Miss Petersen und ihr Lebensgefährte« übers Wochenende nach New York geflogen waren und Mat seine Koffer packen solle, damit sie ihn zum Flughafen bringen konnte. Er hatte es gehasst, so wenig Kontrolle über sein Leben zu haben. Vielleicht war er deshalb Ingenieur geworden. Maschinen taten genau das, wofür man sie gebaut hatte. Und wenn doch etwas Unerwartetes geschah, dann war es sein eigener Fehler, der mit ein paar Handgriffen korrigiert werden konnte.

»Mom, ich habe einfach zu viel zu tun. Der Prototyp muss fertig werden.«

»Hach, immer diese Maschinen. Das tut dir nicht gut, Mat. Das Leben ist mehr als immer nur Technik und Pläne und digitale Anzeigen. Wann hast du das letzte Mal mit einer Frau geschlafen?«

»Mom!«

»Ich mein doch nur! Mir ist es ja ganz egal, mit wem du

schläfst, Hauptsache, du schläfst mit irgendwem! Sexualität und Spiritualität sind Teil eines erfüllten Lebens, Mat! Dein Vater und ich wussten das.«

Mat verdrehte die Augen. Er kannte den Sermon auswendig. Sein Vater war vor zehn Jahren plötzlich ausgezogen, hatte ihn und Lynn wegen einer 20-jährigen Tänzerin aus Cleveland zurückgelassen. Was genau der Grund für die Trennung gewesen war, wusste Mat nicht, doch er war sich sicher, dass der andauernde Erfolg seiner Mutter und das angeknackste Ego seines Vaters eine wichtige Rolle dabei gespielt hatten. Das künstlerische Erbe seines Vaters beschränkte sich auf zwei mäßig erfolgreiche Gedichtbände und – anscheinend – auf einige spektakuläre Leistungen im Ehebett. Seine Mutter stand dem Ganzen mit einer bewundernswert positiven Einstellung gegenüber und hielt sich an den angenehmen Erinnerungen fest.

»Ich weiß, du hältst das alles für Unsinn, aber die Beziehungen zu anderen Menschen sind das Zentrum unseres Seins. Wenn wir Energien austauschen, werden wir stärker! Komm nach Willapa Bay! Da sind bestimmt auch nette Künstlerinnen in deinem Alter.«

»Mom, ich brauche wirklich nicht …«

»… oder Künstler, ganz wie du willst!«

»Nein, Mom, ich …«

»Huch, warte einen Moment, Mat, ich kriege gerade einen Anruf rein. Ich melde mich später!«

Ein kurzer Ton signalisierte, dass seine Mutter aufgelegt hatte. Mat stand nackt mit seinem Handtuch über den Schultern im Bad und blickte auf sein verärgertes Spiegelbild. Fast hatte er das Gefühl, sein 16-jähriges Ich anzustarren. Er seufzte laut, griff nach der elektrischen Zahnbürste und sehnte sich nach der Ruhe seiner Werkstatt.

Kurz darauf verließ er das Bad, ging in die kleine Küche und griff nach seinem *rPad*, das er am Abend zuvor neben einem Teller mit zwei Pizzastücken zurückgelassen hatte – den Resten seines Abendessens. Er schaltete das Pad ein. E-Mails wurden automatisch vom Server geladen und poppten als kleine rote Symbole auf. Mat öffnete die erste Mail und blickte auf ein Foto von sich selbst. Der *California Business Observer* hatte einen Artikel über ihn geschrieben. Mit Bild. Und mit der Überschrift: *Young Californian Engineer Embarks into Deep Waters*. Ein Wortspiel, das sich sowohl auf sein Projekt selbst als auch auf die Finanzierung bezog. Mat schaltete die Kaffeemaschine ein und begann, den Artikel zu lesen.

Er hatte viel erreicht, seit er die *Bathos* verlassen hatte. Die innere Unruhe trieb ihn zur Arbeit. Das *Marine Sanctuary* hatte ihn dank seiner Referenzen sofort eingestellt und ihm sogar erlaubt, neben den vergleichsweise simplen Aufgaben, die er für die Einrichtung erledigte, ein eigenes Projekt umzusetzen. Mehr noch, das *Sanctuary* hatte ein gewisses Interesse an seiner Arbeit und übernahm einen beträchtlichen Teil der Kosten. Mat baute ein U-Boot. Das schnellste, das es je gegeben hatte.

Auf dem Foto, das der Journalist des *Observer* letzte Woche von ihm geschossen hatte, stand er neben seinem Prototyp: ein drei Meter langes Einmann-U-Boot, dessen Form leicht an einen Haifisch erinnerte. Am Heck war ein Wasserstrahlantrieb mit vier synchronisierten, beweglichen Düsen angebracht. Eine Brennstoffzelle sorgte für die notwendige Energie. Die eigentliche Neuerung allerdings war die Art und Weise, wie es gelang, die Reibung bei höheren Geschwindigkeiten zu reduzieren: Superkavitation, ein Effekt, der schon länger bei der Marine Anwendung fand. In Russland hatte man schon vor der Jahrtausendwende einen Torpedo entwickelt, der auf 370 km/h beschleunigt werden konnte.

Die Superkavitation beschrieb einen Zustand, in dem ein Objekt unter Wasser von einer Blase aus Gas umgeben wurde. Dadurch verringerte sich der Strömungswiderstand drastisch und erlaubte auch größeren Körpern, mit hoher Geschwindigkeit durch das Wasser zu gleiten – zumindest in der Theorie. Das Militär forschte schon seit Jahrzehnten an einer effektiven Umsetzung für bemannte U-Boote, doch bisher war es niemandem gelungen, die Wasserdampfblase bei größeren Konstruktionen stabil zu halten.

Dass Kavitation und Superkavitation überhaupt möglich waren, verdankte man einer physikalischen Eigenschaft von Wasser: Je geringer der Druck, desto niedriger der Siedepunkt. Es war zum Beispiel möglich, Wasser auch bei Zimmertemperatur kochen zu lassen, vorausgesetzt, man stellte den notwendigen Niedrigdruck her. In der Industrie nutzte man das Verfahren, um mit geringem Energieaufwand Stoffe voneinander zu trennen – die sogenannte Vakuumdestillation. Mat hatte diesen Effekt das erste Mal auf einer *Science Fair* in seiner Heimatstadt Livonia beobachtet. Ein Mädchen namens Paula hatte Luft aus einem Reagenzglas gepumpt und dadurch das Wasser darin zum Kochen gebracht, ganz ohne Bunsenbrenner. Mat hatte auf ihr Drängen hin das Glas berührt – es war kühl gewesen, obwohl im Inneren das Wasser brodelte. Er hatte Paula eine Woche später das erste Mal geküsst.

Die Beziehung zu ihr hatte nicht lange gehalten. Paula war schon kurz darauf wieder aus seinem Leben verschwunden. Doch so flüchtig die Liebe zweier Neuntklässler auch gewesen sein mochte, das Experiment hatte ihn nachdrücklich beeindruckt. Seine Faszination für Physik war erwacht. Als er schließlich während des Studiums begann, sich für Unterwassertechnologie zu interessieren, entdeckte er in einem Buch einen Abschnitt über »Kavitation an Schiffsschrauben«. Es war dasselbe Prinzip wie bei Paulas Experiment: Hinter den Flügeln einer schnell drehenden Schiffsschraube entstand Unterdruck, der das Wasser zum Kochen brachte. Dabei bildete sich Wasserdampf in unzähligen Bläschen, die kurz darauf wieder implodierten – mit einem zum Beispiel für militärische U-Boote verräterischen und damit unerwünschten Geräusch. Die Marine hatte deswegen neue Propellerformen entwickelt, um diesen Kavitationseffekt, der zudem auch für Materialabnutzung verantwortlich war, zu vermeiden.

In der *Superkavitation* fand das Prinzip aus Paulas *Science-Fair-Experiment* schließlich eine nützliche Anwendung. Gelang es, einen Körper unter Wasser auf 180 km/h zu beschleunigen, wurde das Wasser von der Spitze des Objektes so schnell verdrängt, dass es durch den Unterdruck anfing zu sieden. Sobald die dadurch entstehende Wasserstoffblase den gesamten Körper umhüllte, sprach man von Superkavitation und der Strömungswiderstand verringerte sich dramatisch. Praktisch war es bisher allerdings nur bei kleineren Torpedos gelungen, eine Superkavitation stabil zu halten.

Doch Mat hatte sich ein verwandtes Prinzip aus der Natur abgeguckt, genauer gesagt von Pinguinen. Die Wasservögel erreichten in kurzen Schüben erstaunliche Geschwindigkeiten, um Jägern zu entkommen. Wissenschaftler hatten herausgefunden, dass die feinen und dichten Federn der Vögel zwischen ihren unzähligen Lamellen Luft einschlossen und diese auch beim Abtauchen nicht freigaben. Mehr noch, durch den Druck unter Wasser verdichteten sich die Luftbläschen. Drohte Gefahr, schwammen die Pinguine zur Wasseroberfläche und pressten dabei die komprimierte Luft aus ihren Federn. Unzählige Luftbläschen umgaben die Tiere für kurze Zeit, liefen an ihren Körpern entlang und verringerten den Strömungswiderstand. Pinguine erreichten dadurch das Dreifache ihrer normalen Schwimmgeschwindigkeit, mit bis zu 36 km/h jagten sie der Wasseroberfläche entgegen.

Mat war es gelungen, dieses Prinzip auf sein U-Boot anzuwenden. In der hydrophoben Außenhülle waren druckresistente Kleinstventile eingelassen, die aus organischem Material bestanden, fünf Ventile pro Quadratzentimeter Außenhaut. Sein U-Boot verfügte sozusagen über steuerbare Poren, durch die er Gas entweichen lassen konnte, das – ähnlich wie bei den Pinguinen – an der Außenhülle des Gefährts entlangglitt. Natürlich war die Menge an Gas, die er mitführen konnte, begrenzt, aber er musste den *Runner* – wie er das U-Boot getauft hatte – mit dieser Methode lediglich auf 180 km/h beschleunigen, da sich dann die Superkavitation einstellte. Die »Haut« der Konstruktion war damit eine der technologisch aufwendigsten und kostspieligsten Komponenten des U-Bootes, und sie sorgte für eine gewisse Aufmerksamkeit in der Fachwelt. Nicht allein deswegen war auch der *Observer* zu ihm gekommen.

Das *Sanctuary* hoffte, Mats U-Boot für seine eigenen Zwecke nutzen zu können. Es war klein, wendig, effizient und – vor allem – schnell. Eigenschaften, die es Mat erlauben würden, seinen Aktionsradius unter Wasser zu erweitern. Er hatte den *Runner* darauf ausgelegt, in bis zu 1000 Meter Tiefe tauchen zu können. Die Eigenschaften des U-Boots waren nicht zufällig gewählt, sondern dienten einem ganz bestimmten Ziel: Mat hatte noch nicht aufgegeben, eines Tages erneut eines dieser wundersamen Portale zu entdecken. Der *Runner* würde ihm das hoffentlich ermöglichen.

Er nippte an seinem Kaffee, verzog das Gesicht und griff nach dem Zuckerstreuer. Die ersten Testfahrten waren vielversprechend gewesen und hatten Zweifler verstummen lassen. Durch die Pressemeldungen des *Sanctuary* hatte Mat an Glaubwürdigkeit gewonnen – Investoren begannen, sich für das Projekt zu interessieren. Dadurch standen ihm nun Ressourcen zur Verfügung, die eine Fertigstellung in greifbare Nähe rückten. Der Kaffee war jetzt trinkbar.

Er speicherte den Artikel ab und überflog schnell die anderen E-Mails, die sich jedoch allesamt als unwichtig herausstellten. Trotzdem war Mat zufrieden. Der *California Business Observer* war eine wichtige Website, die das Projekt vielleicht sogar über die USA hinaus bekannt machen und damit neue Investoren anziehen würde. Zumindest aber erhöhte sich die Wahrscheinlichkeit, dass andere Redaktionen wie die der *Financial Times*, *USA Today* oder sogar des *Wall Street Journal* auf ihn aufmerksam wurden. Aus der Bekanntheit, die er als Ingenieur Mat Petersen dabei erlangte, machte er sich nicht viel. Ihm war nur wichtig, den *Runner* fertigzustellen und möglichst bald in die Tiefsee abzutauchen.

Ein sanftes *Ting* seines *rPads* machte ihn darauf aufmerksam, dass es Zeit war aufzubrechen. Der Weg zum *Sanctuary* war nicht weit. Mit seinem Gehalt und den Erlösen aus fünf Patenten konnte er es sich leisten, ein Einfamilienhaus in *Belding Woods* zu mieten, einem der gehobenen Viertel Richmonds. Sorgfältig angelegte Kleingärten, Holzständerbauten und Bungalows, dazwischen Palmwedel und hölzerne Strommasten, von denen sich immer noch ein Gewirr an Kabeln zu den Dächern älterer Häuser spannte, obwohl inzwischen alle Anschlüsse unterirdisch verlegt worden waren. Niemand fühlte sich verantwortlich für die alten Oberleitungen, und außerdem waren sie zu einer Art Markenzeichen der Gegend geworden. Richmond lag an der Ostküste der San Francisco Bay und war mit knapp 100 000 Einwohnern eine überschaubare Kleinstadt, die jedoch nicht wie eine solche anmutete. Die Nähe zu den drei Großstädten San José, Oakland und dem ikonischen San Francisco, das gerade einmal 20 Autominuten entfernt lag, erfüllte auch das kleine Richmond mit Großstadtflair.

Mat fühlte sich hier wohl. Nach seinem Aufenthalt auf der *Bathos* IV hatte er vor allem die wiedergewonnene Bewegungsfreiheit genossen. Die breiten Straßen der San Francisco Bay Area, die weitläufige Landschaft und das milde Klima luden zu Ausflügen ein. Nur einen Monat nach seinem Umzug hatte er sich eine *Travel-G* gekauft, ein elektrisches Naked Bike des kalifornischen Herstellers *Sondors*. Die Touren ins kalifornische Hinterland, durch Hügellandschaften, die sich mal sandig und zerfurcht, mal von dichten Wäldern bewachsen vor einem ausbreiteten, sowie die Ausflüge an die Küste, vorbei an langen Stränden und rot schimmernden Salinen, waren seine bevorzugte Beschäftigung an freien Tagen. Auch den kurzen Weg zum *Sanctuary* bewältige Mat, wann immer möglich, mit seinem Motorrad.

Er vermied die großen Highways. Stattdessen fuhr er durch die facettenreichen Wohngebiete, vorbei an heruntergekommenen *mobile homes* der ärmeren Viertel und vorbei an mittelständischen Einfamilienhäusern mit Kleingärten. An der Küste schließlich führte die kurvenreiche Straße zwischen den Villen der Oberschicht hindurch: weiße Protzbauten in einem Meer aus Büschen, Hecken und Pinien. Hier konnte man schon auf die Bay hinausblicken; in weiter Ferne, vom morgendlichen Dunst ausgebleicht, erhob sich die Golden Gate Bridge.

Das *Marine Sanctuary* war über einen alten Industriehafen gebaut worden. Ein gigantisches Konglomerat aus Gebäuden, das an die stillgelegten Ölraffinerien bei *Point Richmond* erinnerte. Unzählige Rohre und Schläuche zogen sich an stahlgrauen Außenwänden entlang. Gerüste hielten Treppen, Plattformen und schmale Brücken, die zwischen dem Gewirr aus Pipelines, Kabeln und Traversen hindurchführten. Von außen sah das *Marine Sanctuary* hässlich aus, wie ein archaisches Industriedenkmal, ein schwarzgrauer Furunkel an der sonnenverwöhnten Küste der *Bay Area*.

Für Ästhetik war keine Zeit geblieben. Der Staat Kalifornien hatte das *Marine Sanctuary* hastig erbaut und dabei Funktionalität vor alles andere gesetzt. Auf der ganzen Welt waren ähnliche Gebäude entstanden, nicht so groß wie dieses, aber mit dem gleichen Ziel. Das *Sanctuary* beherbergte zurzeit 1389 Fischarten in fünf unterteilten Hafenbecken, 35 Netzgehegen und 400 Aquarien, die nichts mit den schönen Glasbecken in *Seaworld* zu tun hatten. Diese und andere *Sanctuaries* stellten den letzten, verzweifelten Versuch dar, dem Meeressterben Einhalt zu gebieten. Mats Kollegen nannten die Anlage manchmal scherzhaft »die invertierte Arche Noah«.

Doch das spiegelte nur den vorgeschobenen Grund für die *Sanctuaries* wider. Tatsächlich war ein fieberhaftes Wettrennen im Gange, eine erbitterte Jagd nach DNA-Proben und Zuchtexemplaren. Auf der ganzen Welt wurden Fischarten gesammelt, katalogisiert und kryokonserviert. Regierungen propagierten die Rettung der Weltmeere, doch schon längst war eine Art Kalter Krieg um die letzten Fischarten ausgebrochen. Alte Trawler wurden heimlich wieder instandgesetzt und aufgerüstet, um möglichst viele Arten für die riesigen Aquarien der *Sanctuaries* zu fangen. Daher rührte auch das Interesse an Mats *Runner*. Mit dem U-Boot würde er in Gebiete vordringen können, die bisher nur langsam erforscht werden konnten. Es galt, die letzten Verstecke der Fische aufzuspüren.

Mat verlangsamte seine Fahrt und klappte das Visier des Helms hoch, als er in die *Kontrollgasse* einfuhr. Links und rechts blickten hochauflösende Kameras auf ihn herab; die Sicherheitssoftware identifizierte ihn und sein Motorrad in Sekundenschnelle. Ein großes Tor am Ende der Gasse schob sich ratternd zur Seite und gab den Weg auf den Parkplatz frei. Das *Sanctuary* war eine Festung, umgeben von elektrischen Zäunen und insgesamt zehn Wachtürmen, die durchgängig mit US-Marines besetzt waren. Man wollte auf Nummer sicher gehen und kriminellen Aktivitäten vorbeugen.

Mat nahm seinen Helm ab und begab sich zu dem unscheinbaren Eingang, eine gläserne Doppeltür zwischen senkrecht verlaufenden Rohren. Die unterschiedlich dicken Pipelines der Anlage transportierten Meerwasser, verbanden Tanks miteinander, kühlten das Wasser für bestimmte Fischarten ab und wärmten es für andere auf. Salzgehalt, Planktondichte und Wasserdruck wurden von Sensoren gemessen und über Pumpen, Filter und automatisierte Regler angepasst. Mit großen Impellern konnte Strömung simuliert und Wasser samt den darin schwimmenden Fischen von einem Becken in einen anderes geleitet werden.

»Guten Morgen, Mister Petersen.« Am Empfang saß Darren, ein korpulenter älterer Mann mit Glatze, grauem Schnauzer und freundlichem Lächeln, der stolz seine Uniform trug. *Marine Sanctuary Security Personnel* stand auf einem gestickten Emblem an der Schulter. Darren war zu alt und zu beleibt, um als einer der Wachleute im Inneren der Anlage zu patrouillieren, und so hatte man ihn an den Eingang gesetzt, wo er Ankömmlinge begrüßte und Kamerabilder kontrollierte. Ihm gefiel der Posten.

»Guten Morgen, Darren. Gibt's Neuigkeiten?«, fragte Mat und blieb kurz stehen. Er wusste, dass Darren liebend gerne mit den Mitarbeitern des *Sanctuary* tratschte.

Darren zog die Augenbrauen hoch und lehnte sich vor. »Ich habe gehört, dass heute eine neue Ladung ankommt. Muss irgendwas Wichtiges sein, Missis García war heute recht kurz angebunden und musste sofort weiter.« Unmut huschte über Darrens Gesicht. Er mochte es nicht, wenn Leute in Eile waren und keine Zeit fanden, mit ihm zu plaudern. »Sie meinte nur, ich soll Sie zu ihr schicken, wenn Sie ankommen. Die haben schon gestern das Becken in 46A vorbereitet, ich glaube, da muss was Großes kommen. Vielleicht Haie oder Delphine! Das wär mal was, oder? Nicht immer diese kleinen Zappeldinger, sondern mal 'n echter Fisch!«

Mat lächelte. Mit Fischen kannte sich Darren nicht sonderlich gut aus. »46A? Das ist tatsächlich ein Becken für größere Tiere.«

»Ja, das sag ich doch!« Darren nickte heftig. »Sie geben mir doch Bescheid, wenn die Viecher ankommen? Das interessiert mich schon, da würde ich nach Dienstschluss mal vorbeigehen. Als kleiner Junge war ich mal beim *Whalewatching* in *Baja California*, das war großartig! Als ich mit meiner Tochter 20 Jahre später hingefahren bin, waren schon keine mehr da. Aber vielleicht kann ich Netty ja mal hier herumführen, die ist inzwischen in Denver und arbeitet bei *Formington's*, aber sie besucht mich alle zwei Wochen...«

»Ich werde mal bei García nachfragen, was genau heute

angeliefert wird.« Mat versuchte, Darrens Redefluss auf möglichst freundliche Art und Weise zu unterbrechen. Er zwinkerte dem Wachmann verschwörerisch zu. »Ich sag Ihnen dann Bescheid.«

»Das ist 'n Wort, Mister Petersen! Sie sind einer der Guten!« Darren nickte ihm zu, drückte auf einen Knopf, und die Tür neben dem Empfang öffnete sich mit einem Surren.

Das Innere der Anlage war ebenso schmucklos und funktional wie das Äußere. Grauer Stahlbeton, dunkelgrüne bis schwarze Rohre, die unter der Decke in den oftmals leicht gebogenen Gängen verliefen, kleine, vergitterte Fenster und zuweilen schwere Stahltüren, die Abschnitte voneinander trennten. Im *Sanctuary* arbeiteten 65 Wissenschaftler aus unterschiedlichen Fachbereichen miteinander. Ingenieure waren für Wartungsarbeiten zuständig: Umwälzpumpen, Sensorik, Entlüftungssysteme und Temperaturregelung. Die biologischen Filtersysteme wurden von Biochemikern überprüft, Informatiker waren verantwortlich für die komplexe Steuerungssoftware, während Geochemiker die Wasserzusammensetzung kontrollierten. Die größte Gruppe an Wissenschaftlern bestand aus Biologen, darunter Meeres-, Verhaltens- und Umweltbiologen, sowie den Genetikern, die Proben zusammenstellten und einfroren.

Mat drückte eine der Stahltüren auf und betrat Halle 20A. Feuchte, salzige Luft wogte ihm entgegen. Das *Sanctuary* besaß mehrere Zugänge zum Meer. Man hatte die ehemaligen Hafenbecken in große, überdachte Aquarien verwandelt, in Abschnitte unterteilt und zusätzliche Verbindungen durch die alten Docks gefräst. Halle 20A lag am Ende eines dieser Hafenbecken und beherbergte zurzeit Zahnbrassen, Wolfsbarsche, Seezungen, Sardinen und mehrere kleine Rochenarten. Stahlgerüste führten über das Becken, und im trüben Wasser unter sich konnte Mat die Fische als dunkle Schatten ihre Kreise ziehen sehen. Er durchquerte die Halle rasch und begab sich zu den Büros der Koordinatoren, die den Überblick über die gesamte Anlage behielten. García war eine von ihnen.

Im gesamten *Sanctuary* lagen – zwischen den riesigen Hallen – Labore und Büros verteilt, die aufgrund der dort arbeitenden Leute etwas freundlicher als der Rest der Anlage anmuteten. An den Wänden hingen Poster, manche hatten Teppiche gekauft, um den kühlen Estrich zu bedecken. Kaffeemaschinen, beschriftete Tassen, Blumentöpfe mit Kakteen oder Bonsaibäumchen, persönliche Gegenstände in Regalen oder auf Fensterbänken, eingerahmte Fotos von Partnern, Kindern, Haustieren lockerten das Ambiente auf.

Teresa María García war nicht in ihrem Büro. Mat musste mehrfach bei Kollegen nachfragen, bis er die junge Frau schließlich im *Tech-Lab* fand. Auf ihren Wangen glühten rote Flecken, und einige Strähnen hatten sich aus dem streng zurückgebundenen tiefschwarzen Haar gelöst. Teresa war eine resolute Frau mexikanischer Abstammung, 1,60 Meter groß, stämmig, mit rundem Gesicht und vollen Lippen. Gerade redete sie auf einen der Entwickler ein.

Mat sah sich neugierig um. Es gab immer noch Bereiche der Anlage, die er so gut wie gar nicht kannte. Er war zwar kein einfacher Wartungsingenieur, aber oft genug baten ihn Kollegen um seinen Rat, und er half gerne aus. Das *Tech-Lab* besaß jedoch keine Pumpen, keine Pipelines oder Filter, die überprüft werden mussten, und so war er noch nie hierhergebeten worden. Im *Tech-Lab* arbeiteten die Programmierer an der Software für die Anlage und den *Hive*, ein neuartiges Sondensystem, das zum Aufspüren von Fischen genutzt wurde.

Als Teresa Mat erblickte, brach sie das Gespräch ab und

kam mit raschen Schritten auf ihn zu. »Hallo, Mat! Gut, dass du da bist!«

»Darren war ganz schön beleidigt«, sagte er trocken.

Teresa lachte kurz auf. »Heute ist einfach die Hölle los. Ich werde ihm morgen einen Taco mitbringen, dann kriegt er sich wieder ein.«

Mat grinste. »Mit Sicherheit! Brauchst du mich für irgendwas?«

»Ja! Eine der Pumpen im Filtersystem von 46A macht ein ungewöhnliches Geräusch. Sigursson ist vor Ort und kann dir mehr dazu sagen. Wir bekommen heute einen Cuvier-Schnabelwal, den ich in das Becken bringen will. Kannst du dir das bis 14 Uhr ansehen? Hendersen ist mit den Temperaturschwankungen in 12B beschäftigt, Avens ist krankgeschrieben, und Nelson vertraue ich nicht.« Teresa sah ihn bittend an.

»Klar. Kein Problem!«

Die Mexikanerin atmete erleichtert auf. »Danke dir! Das ist alles so schnell gegangen! Wir haben den Wal gestern vor *Santa Rosa* geortet, und ein Team aus *Los Angeles* konnte das Tier einfangen. Ein Bulle. Das ist ein sensationeller Fund, Mat! Ich hoffe nur, dass der Wal in einem guten Zustand hier ankommt – anscheinend ist er unterernährt, der Hunger muss ihn an die Küste getrieben haben.«

»Ihr habt den *Hive* schon bis nach Los Angeles ausgeweitet?«

»Schon vor zwei Wochen! Inzwischen haben wir Sonden bis San Diego, im Norden bis Portland. Mittlerweile ist ein Areal von über 2000 Quadratkilometern aktiviert, mit einem Netzwerk aus 4000 Sonden.«

»Und? Schlägt es an?«

Teresa verzog das Gesicht. »Nur sehr vereinzelt. Aber wir

tasten uns jetzt auch erst langsam in den Pazifik hinein. Vor allem in größeren Tiefen erhoffen wir uns Ortungen.« Teresa verließ das *Tech-Lab*, und Mat folgte ihr. Mit dem *Hive* hoffte man, das *San Francisco Sanctuary* zu einer der erfolgreichsten Anlagen der Welt avancieren zu lassen. Die neuartige Technologie war hier entwickelt worden: ein Drohnenschwarm, der große Areale in Echtzeit sondieren konnte, gesteuert von einer kollektiven KI. Mats U-Boot war zwar ein Vorzeigeprojekt, aber verglichen mit dem *Hive* verblasste es. Teresa blieb im Gang noch einmal kurz stehen.

»Ich muss weiter. Hör zu, mir ist durchaus bewusst, dass du mit deinem U-Boot beschäftigt bist und dass eine Pumpenwartung eigentlich nicht in deinen Aufgabenbereich fällt. Ich weiß das zu schätzen, Mat. Danke, dass du hier einspringst. Ich schulde dir was!«

»Nicht der Rede wert«, erwiderte Mat lächelnd. Genau deshalb war Teresa María García eine gute Koordinatorin. Sie ließ ihre Kollegen wissen, dass deren Arbeit anerkannt wurde, sie sparte nicht mit Lob und meinte es ehrlich. Mat blickte ihr nach, wie sie den Gang hinuntereilte.

Er begab sich zu seinem Büro, um den Helm abzulegen und ein paar Werkzeuge zu holen. Die Pumpen der Anlage waren modern, aber nicht sonderlich kompliziert. Mit etwas Glück würde ihn die Reparatur nicht länger als eine Stunde aufhalten. Danach konnte er sich wieder seinem *Runner* widmen. Er wollte diese Woche noch eine weitere Testfahrt durchführen.

Sein Smartphone vibrierte in seiner Hosentasche. Er holte es im Gehen hervor und entsperrte den Bildschirm. Eine Nachricht poppte auf. Überrascht hielt er inne.

Ich komme am Wochenende nach San Francisco. Wir müssen reden. Hast du Zeit? Liebe Grüße, Svea.

KAPITEL 10

Svea. Er hatte in den letzten Monaten oft an sie gedacht. An ihre hellblonden, fast weißen Haare, die sie auf der rechten Seite immer hinters Ohr strich, mit einer Bewegung, die schüchtern anmutete, auf ihn jedoch anziehend wirkte. Ihre blauen Augen, die einen prüfend, fast stechend mustern konnten und im nächsten Moment freundlich, empathisch, herzlich anblickten. Mat erinnerte sich auch an den leichten norwegischen Akzent, wenn sie englisch sprach. Die Art und Weise, wie sie die letzte Silbe bestimmter Wörter hinauszögerte, hatte ihm so sehr gefallen, dass er ihre Sprechweise manchmal auf der *Bathos* nachgeahmt und sie damit zum Lachen gebracht hatte.

Svea war ein Bindeglied, eine ausgleichende Kraft, die zwischen ihm und Mayari vermittelt hatte. Er war damals außer sich gewesen und hatte Mayari angeschrien; in seinen Augen hatte sie das gesamte Programm verraten. Selbst jetzt, über ein Jahr später, schwelte in ihm immer noch zornige Fassungslosigkeit über ihre Tat. Mayari hatte eine einzigartige Chance vergeben. Eine Analyse der Daten hätte ihnen Hinweise geben können und vielleicht die ersten Puzzleteile des Mysteriums geliefert. Für ihn ging es nicht nur um das Meeressterben, sondern um das Verständnis der Realität an sich. Die Erforschung eines Portals, das Raum und Zeit überbrückte, würde die Physik, wie er sie kannte, vollkommen auf den Kopf stellen. Ein Tor zu einer anderen

Welt würde alles verändern. Die Konsequenzen waren so umfassend und in ihrem Ausmaß unvorstellbar, dass Mayaris Verrat umso schwerer wog.

Wer weiß, was ohne Svea auf der Bathos IV passiert wäre. Mat erschauderte bei dem Gedanken. Er verabscheute Gewalt, aber sein Verstand hatte damals für kurze Zeit ausgesetzt. In ihm hatte nur noch blinde Wut gekocht, und eine finstere Seite war zum Vorschein gekommen, die er von sich nicht gekannt hatte. Als er sich nach mehreren Stunden eingestehen musste, dass er die gelöschten Daten nicht wiederherstellen konnte, hatte er eine erdrückende Hilflosigkeit verspürt, die in Hass umgeschlagen war. Es waren nur ein paar Sekunden gewesen, aber plötzlich hatte er sich mit einem Schraubenzieher in der Hand im Hauptgang der *Bathos* wiedergefunden, den gesamten Körper angespannt – bereit, etwas Unvorstellbares zu tun.

Sveas Stimme hatte ihn zurückgeholt. Er glaubte – hoffte –, dass Svea seinen Zustand damals nicht bemerkt hatte. Sie war ihm auf dem Gang entgegengekommen, die Augen gerötet, das blonde Haar zerzaust. Allein der Klang ihrer Stimme hatte ihn innehalten lassen. Sie hatte ihn umarmt. Der Sturm in ihm beruhigte sich, der Tunnelblick verschwand, und der Schraubenzieher in seiner Hand wurde wieder zu einem harmlosen Werkzeug.

Die Wochen nach dem Vorfall waren nicht leicht gewesen. Er sprach kaum mit Mayari, vermied das gemeinsame Abendessen in der Küche und versuchte, so gut es auf der engen Unterwasserstation ging, ihr aus dem Weg zu gehen. Auch in dieser Zeit hatte Svea auszugleichen versucht. Sie verbrachte sowohl mit Mat als auch mit Mayari Zeit, aß mit einem der beiden zu Abend und sah sich mit dem anderen einen Film an. Sie waren als Aquanauten vom Rest der Welt abgeschnitten, Funkverbindungen und Videobotschaften konnten echten menschlichen Kontakt nicht ersetzen. Svea wusste das und bemühte sich darum, dass keiner ihrer Kollegen vereinsamte.

Die Norwegerin wurde in dieser Zeit zu einer wichtigen Bezugsperson für ihn. Er bewunderte sie für das, was ihm nicht gelang: Mayari zu vergeben. Svea war das Portal nicht gleichgültig, im Gegenteil. Sie hatte mit ihm zusammen unermüdlich nach neuen Quallenansammlungen gesucht, hatte ein ums andere Mal Drohnen auf weite Suchfahrten geschickt, entgegen den Vorgaben, die sie zu befolgen hatte. Oft saßen sie in der Werkstatt und sprachen über das Phänomen, versuchten, ihre Eindrücke niederzuschreiben, sich an Details zu erinnern: die Anzahl der Quallen, die Zeitspanne vom ersten Kontakt bis zur Schließung des Portals, die Frequenz des Leuchtens, die Fischarten, Tiefe, Druck, Position, Temperatur. Immer wieder waren sie gemeinsam den Ablauf der Ereignisse durchgegangen, unermüdlich, fast schon verbissen. Mat hatte die dabei entstandenen Notizen bis heute aufbewahrt.

Nachts hatte er in seiner Koje gelegen, und wenn er nicht von dem irisierenden Ring aus Medusen träumte, dann träumte er von ihr. Svea schmiegte sich an ihn, drückte ihren Körper an seinen, suchte und liebkoste ihn. In seinen Träumen lagen sie eng umschlungen, küssten sich und fühlten die Wärme des anderen. Einmal hatte sie ein Sweatshirt in seiner Koje vergessen, und obwohl es nur ein paar Schritte gewesen wären, brachte er es ihr an jenem Abend nicht zurück. Stattdessen hatte er es neben sich aufs Kopfkissen gelegt, um ihren Geruch bei sich zu haben.

Tatsächlich passiert war zwischen ihnen nichts. Selbst wenn Svea etwas für ihn empfunden hatte, stand es für sie außer Frage, einer solchen Versuchung nachzugeben. Er hatte das verstanden. Svea war streng genommen seine Vorgesetzte gewesen – die Leitung des Teams lag in ihrer Verantwortung, während sie sich auf der Unterwasserstation befanden. Zudem stand sie nach wie vor zwischen ihm und Mayari; hätte sie sich für eine Seite entschieden, indem sie mit ihm geschlafen hätte, wäre das fragile Zusammenleben auf der *Bathos* gekippt.

Doch nun kam sie nach San Francisco. Zu ihm. Der Vorfall lag über ein Jahr zurück, und er hatte sich in Richmond ein neues Leben aufgebaut. Die Aussicht darauf, Zeit mit Svea zu verbringen, außerhalb der *Bathos IV* und frei von den Zwängen und Tabus, die das Zusammenleben auf der Unterwasserstation mit sich gebracht hatte, ließ freudige Aufregung in ihm aufsteigen. Seit seinem Umzug hatte er keinen Kontakt zu Svea gehabt. Sie war zurück nach Norwegen gegangen, er nach Amerika. Von Oslo nach San Francisco waren es 8334 Kilometer. *Ich hätte trotzdem mal eine E-Mail schreiben können.*

Mat fuhr über die *Oakland Bay Bridge*, die Richmond mit San Francisco verband. In der Ferne ragten die Hochhäuser des *Financial District* in die Höhe, auf der rechten Seite erhob sich die Museumsinsel Alcatraz als unscharfer Fleck im diesigen Graublau der Bucht aus dem Wasser. Er lag gut in der Zeit. Svea würde in einer halben Stunde landen, und er hatte darauf bestanden, sie vom Flughafen abzuholen. Nicht mit dem Motorrad natürlich, sondern mit einem *Lexus 10Sion*, den er über sein Smartphone bestellt hatte. Ein eigenes Fahrzeug lohnte sich für ihn nicht. Richmond wurde von mehreren Unternehmen mit selbstfahrenden Mietautos versorgt, und es dauerte meist nur wenige Minuten, bis ein frisch gewaschener, leerer Wagen vorfuhr. Mat hätte sein

Ziel auch einfach einprogrammieren können, aber ihm gefiel es, selbst das Steuer zu übernehmen.

Svea hatte ihm nicht verraten, warum sie nach San Francisco kam oder was sie mit »wir müssen reden« gemeint hatte. Sie wolle am Telefon nicht darüber sprechen, hatte sie gesagt. Mat schüttelte leicht den Kopf. Er musste sich eingestehen, dass er gehofft hatte, ihr Besuch würde ihm gelten, dass sie ihn einfach wiedersehen wollte. Das war wahrscheinlich romantisches Wunschdenken. Offensichtlich hatte sie ein Anliegen, verfolgte ein Ziel, bei dem er in irgendeiner Weise involviert war. Vielleicht brauchte sie seine Hilfe oder seinen Rat als Ingenieur. *Sei's drum.* Er würde Zeit mit Svea verbringen, und er freute sich darauf. Mat beschleunigte und fuhr unter der letzten Pylone der *Oakland Bay Bridge* hindurch.

Er kam rasch voran. Dank der vielen KI-gesteuerten Fahrzeuge, die mit der zentralen Verkehrsoptimierung *TrafficWatch* verbunden waren und ihre Routen schon im Vorfeld anpassten, kamen Staus nur selten vor. Fünfzehn Minuten später ließ er den Lexus auf einem Parkplatz in der Tiefgarage des Flughafens stehen und suchte auf einer Anzeige nach Sveas Terminal. *Norway, Oslo – 15:15 h – on time – Exit 23A.* Er hatte noch zehn Minuten Zeit.

Die riesigen Hallen des Flughafens waren vom Rauschen und Summen Hunderter geschäftiger Menschen erfüllt. Trolleys wurden hastig über Steinböden gezogen, Kinder jauchzten oder jammerten, während die Eltern voll beladene Kofferwagen vor sich herschoben, und immer wieder brandete Gelächter auf, meist von einer der vielen Gruppen aus beleibten Urlaubern in Hawaiihemden. Trauben aus anthrazitgrauen Businessanzügen zogen an Mat vorbei. Regelmäßig schallten Ansagen durch Lautsprecher, die in dem

Lärm unterzugehen drohten. Mat lächelte. Ihm gefiel das Gewusel, die freudige Erregung der Menschen, die eine Reise vor sich hatten. Seine Hände waren schwitzig, kalt. Er war wahrscheinlich ebenso aufgeregt.

Vor Exit 26A war es verhältnismäßig ruhig. Einige Menschen standen mit Namensschildern vor den Toren, Personal von Shuttlediensten, Verwandte oder Kollegen der Ankommenden. Die ersten Passagiere – meist Businessleute mit Handgepäck – strömten durch die Türen, und Mat wurde zunehmend nervöser. Erst jetzt fiel ihm auf, wie sehr er Svea vermisst hatte, wie sehr er sie mochte. Er konnte sich nicht erklären, warum er in der ganzen Zeit keinen Kontakt gesucht hatte. Er hätte sie einfach anrufen können, fragen, wie es ihr geht, woran sie arbeitet, wo sie wohnt. Mat schüttelte leicht den Kopf. *Egal.* Sie war jetzt hier.

Als Svea endlich durch das Tor kam, sah sie genau so aus, wie er sie in Erinnerung hatte. Das hellblonde Haar war bis auf den Pony schulterlang. Ihre blauen Augen blickten suchend umher, bis sie Mat entdeckt hatten. Ein Lächeln erschien auf ihrem Gesicht, und sie kam mit schnellen Schritten auf ihn zu, leicht zur Seite geneigt, um das Gewicht des gelben Seesacks auszugleichen. Mat erschien es, als sei sie gerade erst aus der *Bathos* aufgetaucht. Sie hatte sich kaum verändert.

»Ooooh, Mat, schön, dich zu sehen!«, sagte sie und umarmte ihn. Mat schloss die Augen und sog ihren Geruch ein. Es war keine flüchtige Begrüßung, sondern eine lange Umarmung, die sich nicht vor Berührung fürchtete. Sie drückte ihn an sich, aufrichtig froh, ihn wiederzusehen. Mat war zugleich überglücklich und überfordert.

»Willkommen in San Francisco, Doktor Mathisen«, sagte er schließlich mit heiserer Stimme und nahm ihr den

Seesack ab. Darauf prangte immer noch der Sticker der *Deepsea Dependent Marine Repopulation*. Mat lächelte, schulterte den Seesack und deutete auf eine Rolltreppe, die zur Tiefgarage führte. Doch Svea schüttelte den Kopf.

»Warte.« Sie legte ihm eine Hand auf den Arm und räusperte sich verlegen. »Ich ... bin nicht alleine gekommen.« Sie trat zur Seite, und Mats Blick fiel auf zwei weitere Personen, die anscheinend mit demselben Flugzeug eingetroffen waren und die er bis jetzt nicht bemerkt hatte. Beide lehnten an Rollkoffern und warteten etwas abseits. Eine von ihnen war Mayari.

• • •

Mat hielt sich am Steuer fest, ohne auf die Straße zu blicken. Er hatte den Autopiloten eingeschaltet, tat jedoch so, als würde er selbst fahren. Neben ihm auf dem Beifahrersitz saß Svea, die Einzige, die hin und wieder etwas sagte, sichtlich bemüht, die angespannte Stimmung etwas aufzulockern. Sie war anscheinend noch nie in San Francisco gewesen und kommentierte alles, was ihr bemerkenswert erschien. Mat hörte kaum zu.

Auf der Rückbank saßen Mayari und der Neue, der sich wortkarg als Miguel vorgestellt hatte. Seinem Akzent nach zu urteilen, kam er aus einem lateinamerikanischen Land – Bolivien, Chile oder Peru vielleicht –, auch wenn er dafür recht hellhäutig war, wie Mat fand. Er trug ein schwarzes T-Shirt und darüber ein kariertes Flanellhemd, die Ärmel hochgekrempelt. Er hatte langes dunkles Haar, das er wie Mayari zu einem Pferdeschwanz zusammengebunden hatte. Sein dichter Vollbart war akribisch gestutzt. Ob er Mayaris Freund war? Mat warf einen Blick in den Rückspiegel und beobachtete den Mann, der anscheinend gedankenverloren aus dem Fenster starrte.

Das Gepäck der drei war im Kofferraum verstaut, doch Miguel trug außerdem eine Laptoptasche bei sich, die er nicht aus der Hand gegeben hatte. Er behielt auch jetzt einen Arm auf der Tasche, als befürchtete er, jemand könnte sie ihm entreißen. Mat fiel auf, dass der Mann einen Ring am Finger trug. Mayari nicht. *Also doch nur ein Bekannter?* Die Filipina hatte ihm nie etwas von einem Miguel erzählt, dennoch gingen die beiden vertraut miteinander um – es war unwahrscheinlich, dass sie sich erst im letzten Jahr kennengelernt hatten.

Mayari selbst saß stumm hinter ihm und blickte ebenfalls aus dem Fenster. In dem kleinen Rückspiegel konnte Mat nur eine Hälfte ihres Gesichts sehen, doch ihm war schon am Flughafen aufgefallen, dass auch Mayari das Treffen unangenehm war. Er hatte sie damals als quirlige, lustige Frau kennengelernt, eine leidenschaftliche Wissenschaftlerin, die manchmal wie ein Kind über Albernheiten kicherte. Jetzt wirkte sie zurückhaltend, einsilbig und fast ein wenig schüchtern und legte eine – wie ihm schien – gezwungene Freundlichkeit an den Tag.

Mats Blick fiel auf seine eigenen Hände, die das Steuer so fest umschlossen, dass die Knöchel weiß hervortraten. Sein ganzer Körper war angespannt. Er bemerkte, dass auch seine Stirn in Falten lag und er die Augen zu Schlitzen verengt hatte. Seine Körpersprache offenbarte seine Wut, die noch immer in ihm brodelte. Er hasste es, ins kalte Wasser geworfen zu werden.

Im selben Augenblick schämte er sich dafür. Svea und Mayari waren zu *ihm* gekommen, und es war offensichtlich, dass der Besuch Mayari kein Vergnügen bereitete. Dies war kein Urlaubstrip, sondern etwas anderes, etwas Wichtiges. So wichtig, dass die Filipina über ihren Schatten gesprungen war und dass Svea, obwohl sie wusste, wie Mat auf Mayaris Anwesenheit reagieren würde, sich dafür entschieden hatte, ihn anzuschreiben. Er war der Einzige, der es anscheinend nicht fertigbrachte, mit dem Streit von damals abzuschließen. Er atmete tief durch.

Der Wagen bog selbstständig in eine breite Straße ab und ordnete sich zügig und präzise in den Verkehr ein. Mat hatte nicht einmal mehr die Lenkbewegung simuliert und hielt es für überflüssig, weiterhin so zu tun, als steuere er den Wagen. Er nahm die Hände vom Lenkrad und zwang sich, seinen Körper zu entspannen. Dann tippte er auf den Steuerbildschirm, wählte den *cabin mode* aus und zog die Beine an. Langsam drehten sich Fahrer- und Beifahrersitz um die eigene Achse, während die Konsole in der Mitte, bestehend aus Handbremse und Getränkehalter, zwischen den Sitzen im Boden verschwand. Ein weiterer Vorteil der Mietwagen war, dass die Flotte immer aus den neuesten Modellen bestand, häufig in der Luxusausführung. Die Ingenieure bei *Lexus* hatten den Innenraum dieses Models maximiert und damit einen automatisierten Umbau ermöglicht: Im *cabin mode* konnten sich die Fahrgäste gegenübersitzen. Der *Lexus 10Sion* stellte eine Verbindung zwischen herkömmlichen, steuerbaren Fahrzeugen und den neuen, autarken *Travelpods* dar.

Mayari und Miguel saßen jetzt aufrecht, fast schon alarmiert auf der Rückbank. Nur wenige Fahrzeuge wurden mit der Funktionalität ausgestattet, während der Fahrt den Fahrer- und Beifahrersitz um 180 Grad drehen zu können. Auch Svea war überrascht zusammengezuckt, als sich der Sessel unter ihr bewegte. Mat konnte nicht umhin, eine gewisse Genugtuung über den kleinen Schreck zu verspüren, den er den dreien bereitet hatte, als er mitten im dichten Stadtverkehr von San Francisco einfach die Hände vom Steuer nahm und den Wagen weiterrollen ließ. Es war eine kleine Revanche dafür, dass sie ihn am Flughafen ebenso vor vollendete Tatsachen gestellt hatten. Er blickte von Mayari zu Svea.

»Es dauert noch ein wenig, bis wir ankommen. Ich dachte, dies wäre ein guter Moment, um uns gegenseitig auf den neuesten Stand zu bringen.« Er lächelte gezwungen. »Und damit meine ich, dass ihr mir erzählt, was das alles zu bedeuten hat.« Mat bemerkte, dass sowohl Mayari als auch Miguel Svea ansahen und nervös abwarteten. *Die Hierarchie hat sich also seit der* Bathos *nicht verändert, Svea ist immer noch die Chefin.*

Mat unterdrückte ein Lächeln, als Svea mit der typischen Geste eine Strähne hinter ihr rechtes Ohr strich. Sie atmete tief ein und presste kurz die Lippen zusammen. *Sie ist nervös.* Schließlich holte sie ein *rPad* hervor und tippte kurz darauf herum. Anschließend reichte sie es ihm. Es war der Artikel des *California Business Observer* mit dem Foto, auf dem Mat vor seinem Prototyp posierte. Auf dem Bild lächelte er selbstsicher und vertrauenserweckend, der nette junge Ingenieur von nebenan, der ein *Highspeed*-U-Boot entwickelte.

»Wir hätten dich schon viel früher anrufen sollen«, sagte Svea. »Als ich den Artikel gelesen habe, ist mir klar geworden, dass Mayari und ich nicht die Einzigen sind, die weiter nach den Quallen suchen.« Verwundert blickte Mat auf. Miguel saß unbewegt auf seinem Sitz. *Weiß er über die Quallen Bescheid?* Mayari schien seine Frage zu erahnen. »Miguel ist ein Freund. Er weiß davon.«

»Er hat auch ein Portal gesehen?«, fragte Mat ungläubig.

»Nein, aber für das, was wir vorhaben, brauchen wir ihn«, antwortete Svea. »Wir haben ihm alles erzählt. Er vertraut Mayari. Die beiden arbeiten schon lange zusammen.« Miguel nickte nur stumm.

»Was meinst du mit ›für das, was wir vorhaben‹?«

Svea nahm das *rPad* wieder an sich und starrte auf den kleinen Bildschirm. »Was wir vor einem Jahr auf der *Bathos* erlebt haben, hat keinen von uns losgelassen. Dich auch nicht. Du entwickelst nicht zufällig ein U-Boot mit Superkavitation für das *Sanctuary*.«

»Du willst damit nach einem weiteren Portal suchen«, warf Mayari ein. Es klang nicht nach einem Vorwurf.

»Könnte sein. Na, und?«

Svea lächelte ihn an. »Mat, ob du es willst oder nicht, wir sind miteinander verbunden, wir gehören immer noch demselben Team an. Wir sind uns ein Jahr lang aus dem Weg gegangen, und die Zeit war wichtig, damit wir uns – jeder für sich – neu sortieren konnten. Aber jetzt müssen wir wieder zueinanderfinden. Wir haben nur uns. Wir drei sind die Einzigen, die das Portal gesehen haben, zumindest soweit wir wissen. Wir müssen einander vertrauen und zusammenarbeiten.«

Mat schüttelte unwillkürlich den Kopf und sah Mayari an. *Vertrauen?* Die Filipina senkte für einen Atemzug die Augen, blickte ihn im nächsten Moment aber leicht trotzig an. Sie schien wieder zu erahnen, was er dachte. War er so durchschaubar?

»Ich glaube immer noch, dass ich richtig gehandelt habe«, sagte sie. *Na, großartig. Wenigstens ist sie ehrlich.*

»Die Daten damals haben nicht uns gehört, sondern dem Konsortium. Wer weiß, was die damit angestellt hätten, die

DDMP wurde nicht nur von meinen Eltern geführt; das Programm hatte Investoren und Teilhaber, einige mit klar wirtschaftlichen oder politischen Interessen. Du musst doch zugeben, Mat, dass die Auswirkungen einer solchen Entdeckung für keinen von uns abzuschätzen sind. Wir wären zwar diejenigen gewesen, die das Phänomen gesichtet und aufgezeichnet hätten, und man hätte uns sicherlich ein paarmal auf die Schulter geklopft, aber danach wäre uns jede Kontrolle abhandengekommen.« Es war das erste Mal seit ihrer Ankunft, dass Mayari mehr als nur ein paar Worte am Stück hervorbrachte. Ihre Wangen röteten sich leicht, und sie schien sich zu bremsen. Sie räusperte sich verlegen. »Mat, es tut mir leid, dass ich dich enttäuscht habe. Und es tut mir auch leid, dass ich Svea enttäuscht habe. Ich habe damals instinktiv gehandelt, und auch wenn ich es ehrlicherweise nicht bereue, so will ich trotzdem, dass wir diese Sache gemeinsam durchstehen, als Kollegen, als Freunde, als Vertraute. Wir brauchen dich, Mat, wir brauchen deine Kenntnisse als Tiefsee-Ingenieur. Wir können das schaffen, wir haben vielleicht eine einmalige Chance, dem Phänomen auf den Grund zu gehen – und zwar unabhängig und ohne Furcht, dass unsere Forschung missbraucht werden könnte.«

Der Wagen fuhr auf die *Oakland Bay Bridge* und ließ die Häuserschluchten San Franciscos hinter sich. Links und rechts öffnete sich der Blick auf die riesige Bucht, tiefblau und ruhig lag das Wasser unter ihnen. Der diesige Schleier, der noch auf der Hinfahrt über dem Wasser gelegen hatte, war verschwunden. Es war merkwürdig passend. Mat fühlte sich mit einem Mal leichter, als sei eine große Last von ihm abgefallen. Mayari saß ihm gegenüber, und er bemerkte, dass sie leicht zitterte. Ihre Worte waren aufrichtig, ehrlich und leidenschaftlich gewesen. Er war immer davon ausgegangen, dass Mayari nie wieder etwas mit ihm zu tun haben wollte, so wie er auch nicht mit ihr. Aber er hatte sich geirrt.

Er hatte auch geglaubt, dass Mayari das Portal vergessen, jede Erinnerung daran verdrängen wollte, damit niemand je etwas darüber herausfinden konnte. Offensichtlich war das Gegenteil der Fall. Auch sie trieb das Verlangen um, eine wissenschaftliche Neugierde, die sie nicht zur Ruhe kommen ließ. *Wir haben nur uns.* Svea hatte recht. Sie alle waren Getriebene. Wenn er mit jemandem zusammen dieses Geheimnis lüften wollte, mussten es diese beiden Frauen sein, die mit ihm auf der Unterwasserstation gewesen waren. Die alles miterlebt hatten und von denselben Zweifeln, Ängsten und Hoffnungen erfüllt waren wie er. Es schien ihm nun fast albern, dass er der Auffassung gewesen war, diese Aufgabe alleine stemmen zu können.

»In Ordnung«, sagte er heiser. »Was genau schlagt ihr also vor? Ich habe große Fortschritte mit dem U-Boot gemacht, aber damit alleine werden wir kein neues Portal finden, befürchte ich.« Mayari entspannte sich sichtlich. Sie lächelte ihm sogar flüchtig zu, und er lächelte unsicher zurück, beschämt darüber, wie oft er sie in Gedanken verflucht hatte.

Svea tippte erneut auf das *rPad*. »In dem Artikel steht auch, dass du das U-Boot im *Marine Sanctuary* in San Francisco entwickelst, das dir neben einem Labor auch finanzielle Mittel zur Verfügung stellt.« Mat nickte. Der Prototyp gehörte zu 25 Prozent dem *Sanctuary*. »Kannst du dich auf dem Gelände des *Sanctuary* frei bewegen?«, fragte Svea.

Wieder nickte Mat. »Hin und wieder helfe ich auch bei Wartungsarbeiten, wenn die angestellten Ingenieure überlastet sind.«

»Das haben wir gehofft.« Svea blickte mit einem Lächeln zu Mayari, die fast unmerklich nickte. »Mat, wir haben eventuell einen Weg gefunden, die Entstehung eines neuen Portals vorauszusagen.«

Mat blickte überrascht von einer zur anderen. Schon während er an den ersten Plänen für das U-Boot saß, hatte sich immer wieder eine Frage in seine Gedanken geschlichen: Was, wenn das U-Boot einmal fertig wäre? Wie sollte er eines dieser Portale finden? Einfach ziellos im Ozean herumfahren und es dem Zufall überlassen, zur richtigen Zeit am richtigen Ort zu sein? Bis heute hatte er keine Antwort darauf gefunden und die Frage immer wieder verdrängt. *Zuerst einmal das U-Boot entwickeln, der Rest ergibt sich schon irgendwie.* Vor einigen Wochen war ihm bei der ersten erfolgreichen Testfahrt schlagartig klar geworden, dass er sich mit dem U-Boot zwar schnell fortbewegen konnte, aber nicht wusste, wohin er überhaupt fahren sollte.

»Wie?«, wollte er wissen. »Wie könnt ihr ein Portal voraussagen?«

Svea hob abwehrend eine Hand. »Bis jetzt ist alles nur Theorie, aber wir sind recht zuversichtlich, dass sie richtig ist. Mit dem *Hive*, den dein *Sanctuary* seit einigen Wochen einsetzt, hätten wir eine Möglichkeit, ein relativ großes Areal zu überwachen, das noch dazu kontinuierlich vergrößert wird.«

Enttäuscht seufzte Mat und schüttelte den Kopf. »Hab ich schon überprüft. Der *Hive* nutzt ein Langstrecken-LIDAR-System mit 430-nm-Lasern, um die Sonden wie einen großen Array miteinander kommunizieren zu lassen. Dabei werden Einzelphoton-Detektoren verwendet. Fällt ein Kanal aus, positionieren sich die Drohnen selbstständig, bis sie wieder ein Signal erhalten. Damit können die Position und der ungefähre Umriss eines Objektes errechnet werden. Die Daten werden zwischen den Sonden synchronisiert, sodass auch der Bewegungsvektor eines Objektes gemessen und vorausgesagt werden kann. Das Problem ist, dass nur Fische geortet werden, die über einen halben Meter lang sind. Alles darunter wird nicht erkannt, was grundsätzlich nicht sonderlich schlimm ist, da auch die kleineren Fische als Schwarm erkennbar bleiben. Bei Quallen sieht das jedoch anders aus. Da sie zu 99 Prozent aus Wasser bestehen, stellen sie für den Laser keine Barriere dar. Quallen sind über das System nicht ortbar.«

Mat hatte Teresa ein paarmal vorsichtig über den *Hive* ausgefragt. Da er einer der Forschungsingenieure des *Sanctuary* war, fiel das nicht auf – im Gegenteil, dem Interesse von Kollegen wurde meist mit Wohlwollen begegnet. Teresa hatte seine Fragen als fachliche Anerkennung verstanden und den eigentlichen Hintergrund für sein Nachhaken in Bezug auf Quallen keiner eigenen Agenda zugeordnet. Ihre Ausführungen über die Technik des *Hives* hatten Mats Hoffnungen vernichtet, damit eine Medusenansammlung aufspüren zu können. Das Portal war dadurch in weite Ferne gerückt.

Svea schien von der Information jedoch unbeeindruckt. »Wir haben mehrere *Papers* zum *Hive* gelesen, und ja, das System ist darauf ausgelegt, Fische zu finden, keine Quallen. Unsere Methode basiert deshalb darauf, die Spektralanalyse der Sonden zu nutzen. Mayari ist auf die Idee gekommen.«

Mat runzelte die Stirn. »Die Spektralanalyse? Die nutzt Infrarot, die Reichweite dafür ist im besten Falle 100 Meter um eine der Sonden herum, nicht mehr.«

»Das ist unwichtig«, erwiderte Mayari. »Wir wollen nicht die Quallen direkt orten, sondern im Meerwasser aufsteigenden Wasserstoff. Durch die versetzte Anordnung der Sonden können wir eine komplette Wassersäule trotzdem recht feinmaschig von unten nach oben analysieren.«

»Verstehe ich nicht«, gab Mat zu.

»Ist auch nicht dein Fachgebiet.« Svea grinste. »Ich habe damals auf der *Bathos* eine Probe der Quallen genommen, falls du dich erinnerst. Nichts Ungewöhnliches, bis auf die hohe Konzentration von Aequorin, einem Photoprotein, das für das Leuchten der Tiere verantwortlich ist.« Mat nickte. Er erinnerte sich daran, dass Svea ihm davon erzählt hatte.

»Dieses Protein wird – vereinfacht ausgedrückt – durch Kalzium-Ionen umgeformt und zerfällt in Kohlendioxid und ein elektronisch angeregtes Anion, das schließlich ein Lichtquant aussendet und wieder seinen Grundzustand erreicht. Danach muss das Aequorin wieder ›aufgeladen‹ werden, sozusagen, um erneut Licht auszusenden.« In Gedanken fluchte Mat. Chemie war noch nie seine Stärke gewesen. Er hielt sich lieber an Physik. Weniger Symbole, mehr handfeste Ergebnisse.

»Diese Regeneration von Aequorin ist der Schlüssel«, fuhr Svea fort. »Sie ist ein komplexer chemischer Prozess, für den Sauerstoff benötigt wird. Die Quallen schaffen das, indem sie Wassermolekülen Sauerstoff entziehen. Übrig bleibt Wasserstoff.«

»Wir wissen nicht genau, wie viel Wasserstoff frei wird«, warf Mayari ein, »aber wir vermuten aufgrund der starken Leuchtkraft der Quallen, dass Gas in einer Menge entsteht, die von den Sensoren registriert werden kann – schon lange bevor ein Portal entsteht. Wir können durch Vergleichswerte der umliegenden Sonden eine ungefähre Position des Quallenschwarms errechnen.«

Mat saß mit offenem Mund auf seinem Platz. Die Fahrt des Lexus verlangsamte sich, und er bemerkte, dass sie an seinem Haus in Richmond angekommen waren. Selbstständig parkte der Wagen in der Einfahrt. Ein sanftes *Ping* ertönte, und eine angenehme Frauenstimme drang durch die Lautsprecher: »*You have reached your destination.*«

Schließlich erwachte Mat wieder aus seiner Starre. »Aber wenn wir den *Hive* dafür nutzen, die Quallen aufzufinden, wird das *Sanctuary* über die Daten verfügen. Wir stünden wieder in Abhängigkeit eines Unternehmens, zwar keines privaten, sondern eines staatlichen, aber trotzdem ...«

Wieder warfen die drei sich Blicke zu. Offensichtlich hatten sie auch daran gedacht. Schließlich sagte Mayari: »Deswegen ist Miguel dabei. Er kennt sich gut mit Programmierung aus. Wir wollen den *Hive* nutzen, ohne dass das *Sanctuary* davon erfährt.«

»Ihr wollt den *Hive* hacken?«, platzte Mat heraus.

Miguel nickte und sagte seinen ersten Satz, seit er sich Mat am Flughafen vorgestellt hatte. »Das Problem ist nur, dass jemand ein *Backdoor* in das System einspeisen muss und du der Einzige von uns bist, der Zugang zum *Sanctuary* hat.«

KAPITEL 11

Svea, Mayari und Miguel hatten angeboten, in ein Hotel zu ziehen, doch Mat hatte darauf bestanden, sie bei sich unterzubringen. Sein Haus war groß genug. Es war mit einem Gästezimmer ausgestattet, und dank der Couch und einer Matratze vom Dachboden hatte jeder sein eigenes Bett. Dass er eigentlich gehofft hatte, ein paar Tage mit Svea alleine verbringen zu können, war fast vergessen. Die Aussicht darauf, wieder zusammen mit anderen an der Aufklärung des Tiefsee-Mysteriums zu arbeiten, versetzte ihn in freudige Aufregung. Erst jetzt bemerkte er, dass er das gemeinschaftliche Arbeiten vermisst hatte und wie sehr er es genoss, sich wieder mit Kollegen austauschen zu können.

Es stellte sich erstaunlich schnell eine Routine ein. Mat fuhr tagsüber zum *Sanctuary*, um an seinem *Runner* zu arbeiten. Er konzentrierte sich nun auf Sicherheitssysteme, Navigation und Steuerung. Er wollte das U-Boot so schnell wie möglich einsatzbereit haben, um die erste Möglichkeit, die sich ihnen bot – die zugleich die einzige sein könnte –, auch nutzen zu können. Glücklicherweise benötigten auch die anderen noch Zeit, um Vorbereitungen zu treffen. Miguel arbeitete an einem kleinen Programm, das Mat auf einen der Rechner im *Tech-Lab* kopieren sollte, wenn es fertig war. Wie er das anstellen würde, wusste Mat noch nicht, und er verdrängte das mulmige Gefühl, das sich bei dem Gedanken einstellte, dass er hinter dem Rücken seiner Kollegen das Netzwerk des *Hive* kompromittieren sollte.

Viel Freizeit blieb ihnen nicht. Abends, wenn Mat nach Richmond zurückkehrte, arbeiteten sie zusammen an einer eigenen Sonde, die sie mit zahlreichen Sensoren ausstatteten. Der Plan war, den kleinen Apparat durch das Portal zu schießen, ihn jedoch mit einer Art Leine, die gleichzeitig dazu diente, die Daten in Echtzeit zum U-Boot zu senden, am *Runner* festzumachen. Mat musste all seine Kontakte in San Francisco spielen lassen, um die Bauteile für eine solche Sonde zu bekommen. In der ersten Woche erstand er für insgesamt 15 000 Dollar technische Komponenten, Mikrochips und Material für seinen 3-D-Drucker. Das Geld dafür kam überraschenderweise von Miguel.

Mat hatte inzwischen herausgefunden, dass der stille Programmierer in Chile geboren war und sich offiziell als Datenspezialist und Vermessungstechniker ausgab. Doch soweit Mat beurteilen konnte, lag Miguel das Hacken im Blut. Sobald er anfing, über Computerprogramme oder Sicherheitssoftware zu sprechen, verloren die anderen drei nach wenigen Sekunden den Anschluss. Mat hatte immer geglaubt, dass er sich ein gutes Grundwissen angeeignet hatte; immerhin programmierte er manchmal auch die Software für die Gadgets, die er entwickelte. Aber im Vergleich zu Miguel schien er wenig mehr als ein blutiger Anfänger zu sein.

»Wie kommst du mit dem Backdoor voran?« Mat öffnete eine Bierflasche und reichte sie dem Chilenen. Sie saßen im Wohnzimmer auf der Couch, die Miguel nachts als Schlafstätte diente. Sie stießen an und nahmen beide einen tiefen Schluck. Es war ein langer Tag gewesen, Svea und Mayari schliefen schon. Mat nutzte abends öfter die Gelegenheit, sich mit Miguel zu unterhalten; er wollte den Chilenen kennenlernen, um ihn besser einschätzen zu können und im besten Falle Vertrauen aufzubauen.

»Fast fertig«, brummte Miguel. Auf seinem Bildschirm waren mehrere Fortschrittsanzeigen zu sehen, die sich langsam füllten. Er kopierte anscheinend Daten. Mat starrte auf die Anzeige und kratzte sich am Kopf.

»Darf ich dich etwas fragen?«

Miguel blickte ihn kurz an und zuckte dann mit den Schultern. Mat nahm einen weiteren Schluck aus seiner Flasche und räusperte sich. »Warum machst du das alles? Ich meine, du hast das Portal ja nicht gesehen, und Beweise gibt es keine – zumindest nicht mehr. Ich kann verstehen, dass du Mayari vertraust, weil du mit ihr befreundet bist, selbst wenn sie dir von einem fantastischen Portal in der Tiefsee erzählt. Aber hier mitzumachen, Wochen oder vielleicht Monate zu investieren, die Ausrüstung zu bezahlen ... Das ist schon ... außergewöhnlich.«

Miguel lehnte sich zurück und lächelte kurz. »Ich mag eben mysteriöses Zeug.«

Mat lachte auf. »Ist das alles?«

Ein Schatten huschte über Miguels Gesicht, und Mat bemerkte, wie der Chilene mit der linken Hand den Ring an seiner rechten berührte. »Mayari und ich haben einiges zusammen durchgemacht. Wir kennen uns schon länger, ich kenne auch ihre Eltern.« Er hielt kurz inne, überlegte, schüttelte dann den Kopf und fuhr fort: »Fast die gesamte Wissenschaft der Welt beschäftigt sich mit dem Meeressterben, ohne wirklich etwas ändern zu können. Ich glaube, ich brauchte einen neuen Blickwinkel, einen ungewöhnlichen Ansatz, der noch nicht zehnmal von unterschiedlichen Expertenteams durchgekaut wurde. Und *wenn* wir ein Portal finden, dann ist der Aufwand mehr als gerechtfertigt.«

»Ist trotzdem eine Stange Geld.«

Miguel winkte ab. »Das Geld kommt aus Aktiengewinnen. Im Grunde verdanke ich das Geld, zumindest zum Teil, Mayaris Eltern, denn ohne sie wäre ich nie auf die Idee gekommen, zu investieren. Ist also nur fair, dass ich das Projekt ihrer Tochter finanziere.«

Auf Mats fragenden Blick hin fuhr er fort: »Früher brauchte man für die Fischzucht Fischmehl. Das System war total verkorkst. Ohne Wildfang aus dem Meer gab es auch keine Fischzucht – ökologisch gesehen unsinnig und seit dem Meeressterben unpraktikabel. Ich habe nach alternativen Futterherstellern gesucht und schließlich einen größeren Betrag in Start-ups wie *NutriStar* und *ProtoFeed* investiert, die Fischfutter auf Algen-, Soja- und Insektenprotein-Basis herstellen. Die Unternehmen haben inzwischen ihren Wert verhundertfacht.«

»Ich glaube, im *Sanctuary* wird auch *NutriStar* verwendet«, murmelte Mat anerkennend. Er hatte Miguel unterschätzt. Die stille und zurückhaltende Art verbarg seinen wachen Geist und die schnelle Auffassungsgabe. Das neuartige Fischfutter hatte eine Lücke geschlossen und in der Folge die Hoffnung aufkeimen lassen, über die *Sanctuaries* und andere staatlich subventionierte Fischzuchtanlagen eine gewisse Anzahl an Tieren nach gegebener Zeit wieder in die Ozeane freilassen zu können. Es würde Jahrzehnte dauern, aber seitdem das Fischfutter, das auch von Thunfischen, Makrelen und sogar Haifischen angenommen wurde, in größeren Mengen hergestellt werden konnte, hatten sich die wissenschaftlichen Prognosen gewandelt: Überall wurden die Aufzucht und Fütterung der Fische in den *Sanctuaries* als hoffnungsvoller Neuanfang bewertet.

Miguel zog einen *Datapatch* aus seinem Laptop und stand auf. Er lächelte Mat an und warf ihm den kleinen Quader aus Plastik zu. »Das Backdoor«, sagte er, während er sich wieder aufs Sofa fallen ließ. »Kann sein, dass ich noch mal nachbessern muss, aber ich denke, es wird funktionieren.«

Mat sah sich den *Datapatch* an. Er war vollkommen schwarz, ohne Aufdruck oder Logo, nur eine glänzende Oberfläche, etwa drei Zentimeter lang und einen halben Zentimeter dick. Es war ein Datenträger mit kontaktlosem Interface, klein, unauffällig und mit hoher Datenrate. Er würde den *Patch* lediglich für ein paar Sekunden gegen einen der Computer halten müssen, trotzdem fühlte er sich überfordert. »Was genau muss ich tun?«, fragte er.

Miguel zuckte mit den Schultern. »Geh zu einer Workstation im *Tech-Lab* und halte den *Patch* drei Sekunden gegen das NFC-Modul. Ein Hinweis wird auf dem Bildschirm erscheinen, den musst du bestätigen. Das ist alles. Die Workstation darf natürlich nicht gesperrt sein. Ein Nutzer muss eingeloggt sein. Ist egal, welcher, das muss kein Admin sein, aber ist der Rechner gesperrt, wird das NFC-Modul deaktiviert und es werden keine Daten übertragen. Ruf mich kurz an, wenn es geklappt hat. Ich überprüfe dann von hier, ob der Rechner die notwendigen Berechtigungen hat.«

Mat presste die Lippen aufeinander. Die Sicherheit im *Sanctuary* galt hauptsächlich den Tieren, nicht der Software. Trotzdem war der *Hive* ein innovatives Projekt und die Information, die durch diese neuartige Technologie zusammengetragen wurde, wertvoll. Die Programmierer des *Tech-Labs* waren zur Verschwiegenheit verpflichtet und ebenso zur Sorgfalt. Einen unbewachten Rechner im eingeloggten Zustand zu finden, schien Mat höchst unwahrscheinlich. Noch dazu hielt er sich so gut wie nie im *Tech-Lab* auf, und es würde auffallen, wenn er plötzlich mehrmals täglich – ohne ersichtlichen Grund – vorbeikam und die Rechner kontrollierte.

Nachdenklich drehte er den Datenträger in seiner Hand. Er würde sich etwas einfallen lassen müssen.

• • •

In den nächsten Tagen trug er den *Datapatch* immer bei sich. Doch eine Gelegenheit, ihn einzusetzen, blieb aus. Von Darren erfuhr Mat, dass man im *Tech-Lab* seit Neuestem im Schichtbetrieb arbeitete, da der *Hive* nun auch über den Küstenbereich hinaus ausgeweitet wurde und damit täglich 100 neue Sonden zum Netzwerk hinzukamen. Die Überwachung und Verbesserung des Systems wurde von vier Teams mit unterschiedlicher Spezialisierung durchgeführt, die nahezu rund um die Uhr arbeiteten.

Der *Hive* war erfolgreich. Es war gelungen, vier junge Manta-Rochen aufzuspüren, dazu einen schwarzen Marlin, der jedoch nicht eingefangen werden konnte. Dafür sorgten 20 Hornhechte für Aufmerksamkeit, da sie schon als ausgestorben gegolten hatten, deren schmale, längliche Körper mit den spitz zulaufenden Mäulern nun aber in Becken 15C silbern aufblitzten. Mat spürte, wie die Menschen im *Sanctuary* durch die Neuzugänge elektrisiert wurden. Der *Hive* schien den Erwartungen gerecht zu werden – das *San Francisco Marine Sanctuary* war auf dem besten Wege, zu einem der wichtigsten seiner Art zu werden.

Für Mat bedeutete der Erfolg jedoch, dass im *Tech-Lab* zu jeder Tageszeit Entwickler anwesend waren. Zudem hatte er keinen glaubhaften Grund gefunden, sich im *Lab* aufzuhalten, und so blieb ihm nichts anderes übrig, als hin und wieder daran vorbeizugehen und einen schnellen Blick durch die Glastüren zu werfen in der Hoffnung, spontan eine Gelegenheit zu finden, den *Datapatch* unbemerkt einzusetzen.

Nach vier Tagen, in denen er mehrmals täglich durch die Hallen und Gänge zwischen seinem Labor und dem *Tech-Lab* gelaufen war, veränderte er seine Arbeitszeiten. Das war unverdächtig, denn Mat musste sich vor niemandem rechtfertigen und konnte selbst bestimmen, wann er zum Arbeiten in sein Labor kam und wann er wieder ging. Nach 18 Uhr wurde es ruhiger im *Sanctuary*, da viele der Wissenschaftler ihre Schicht beendeten. Das *Tech-Lab* blieb jedoch bis spät in die Nacht besetzt. Als Mat schließlich um vier Uhr morgens, nachdem der letzte Entwickler gegangen war, alleine im *Tech-Lab* stand, fluchte er leise. Sämtliche Workstations waren ausgeloggt, die Bildschirme zeigten entweder ein sich langsam drehendes Logo des *Sanctuary* oder hatten sich automatisch abgeschaltet.

Als er am nächsten Tag gegen Mittag mit grimmiger Miene und schwarzen Rändern unter den Augen den Eingangsbereich des *Sanctuary* betrat, lachte Darren auf. »Uhh, Mister Petersen, lange Nacht, was?« Mat nickte nur stumm.

»Da hilft eine Tasse Kaffee und eine halbe Gurke«, fuhr Darren unbekümmert fort. »Ich habe mein ganzes Leben als *Security* gearbeitet, da hat man oft ganz schön lange Schichten. Manchmal gibt's nicht mehr als zwei, drei Stunden Schlaf, dann geht's wieder los. Is' aber nicht legal!« Darren beugte sich vor, sodass sich sein Hemd bedenklich um seinen Körper spannte, und sprach leise weiter, obwohl sich außer ihnen beiden niemand im Foyer befand. »Vom Gesetz her muss ein Wachmann nach zwölf Stunden eine Ruhezeit einlegen, aber manchmal geht das einfach nicht. Also braucht man so seine Tricks, um nicht bei der Arbeit einzuschlafen. Hab schon vieles ausprobiert, aber Kaffee und Gurke ist das Beste, wirklich. Hat mit der Elektrolytik oder so zu tun.«

Mat musste lächeln. Er spürte den kleinen *Datapatch* in seiner Hosentasche und wusste nach wie vor nicht, wie er die Daten auf einen der Computer bringen sollte. Aber Darren schaffte es mit seiner gutmütigen Art, ihn aufzuheitern. »Aah! Na, wenigstens ein Lächeln, das ist schon ein guter Anfang!« Darren goss grinsend dampfenden Kaffee aus seiner Thermosflasche in eine Tasse und reichte sie Mat. »Hier, Gurke habe ich heute nicht dabei, aber dafür kriegen Sie was von meinem Kaffee.«

»Danke, Darren.« Mat nippte an dem Kaffee. Er schmeckte süß und nach Zimt. Mat nickte Darren anerkennend zu. »Der ist gut!«

Darren lachte erneut und strich sich seinen Schnauzer glatt. »Ja, ist noch so ein Trick, den ich mit der Zeit gelernt habe. Manchmal tu ich Zimt rein, manchmal Amaretto. Ist wie eine kleine Belohnung in der Belohnung.« Mat nickte ihm erneut zu und wollte gehen, doch Darren war noch nicht fertig. »Heute Morgen war hier ganz schön was los, da haben Sie was verpasst!«

Mat blieb stehen und seufzte leise. Darren bekam das nicht mit oder ignorierte es geflissentlich. »Die neuen Viecher in Becken 3 sind anscheinend über das Gatter in das Nachbarbecken gesprungen. Lanzenfische oder so was Ähnliches. Nein, Speerfische! Große Dinger, und einige von denen sind rüber und haben die Fische dort gefressen. Da sind aber einige der Damen und Herren Wissenschaftler ganz schön gerannt, das sag ich Ihnen. Hat eine Stunde gedauert, bis man die Ausreißer wieder eingefangen hat. Jetzt arbeiten sie daran, das Trenngitter in der 3 zu erhöhen.«

Darren räusperte sich, er schien verlegen. »Jedenfalls war

Missis García heute ziemlich beschäftigt. Ich wollte sie wegen einer persönlichen Sache sprechen, aber da war nichts zu machen. Auch nicht per Telefon.«

Mat blickte ihn fragend an. »Spucken Sie's aus, Darren!«, sagte er und nippte wieder an dem Kaffee. *Zimt im Kaffee könnte auch Svea gefallen.*

»Na ja, es ist so: Meine Tochter kommt mich heute abholen, Sie wissen schon, Netty, ich hatte Ihnen ja schon von ihr erzählt. Ich wollte sie gerne mal herumführen, ihr einige der Aquarien zeigen und so. Sie kennen die Missis García doch etwas besser, können Sie nicht ein gutes Wort für mich einlegen?«

Mat lächelte. »Mach ich, wenn Sie mich jetzt reinlassen!«

Darren strahlte. »Sie sind einer der Guten, Mister Petersen!«, raunte er glücklich und drückte auf den Knopf.

Trotz Darrens Kaffee plagten Mat Kopfschmerzen. Die Arbeit am *Runner* erforderte Konzentration und Sorgfalt, jeder kleine Fehler konnte ihn während der Fahrt das Leben kosten. Er entschied, den Tag mit anderen, weniger elementaren Aufgaben zu verbringen. Das U-Boot war sowieso nahezu einsatzbereit, was allerdings niemand im *Sanctuary* wusste. Er hatte den Fortschritt seiner Arbeit verheimlicht, um die Aufmerksamkeit nicht unnötig auf sich zu lenken. Der *Runner* war für das *Sanctuary* zwar ein öffentlichkeitswirksames Forschungsobjekt, im größeren Kontext jedoch zweitrangig. Solange Mat in regelmäßigen Abständen seine Berichte ablieferte, kümmerte sich niemand um ihn.

Sein Smartphone klingelte. Er holte es hervor und blickte auf den Bildschirm. Es war seine Mutter. *Auch das noch.* Er tippte einmal auf den Touchscreen, und der Klingelton verstummte. Die Mailbox würde sich um Lynn und ihre Artist-Residency-Pläne kümmern.

Er entschied, direkt zu Teresa zu gehen und Darrens Bitte vorzutragen. Das bot ihm eine gute Gelegenheit, auch am *Tech-Lab* vorbeizulaufen, das zwei Hallen von Teresas Büro entfernt lag. Doch wie zu erwarten hatte er kein Glück. Das *Lab* summte vor eifriger Geschäftigkeit, Entwickler saßen in kleinen Gruppen, analysierten Diagramme und endlose Tabellen. Andere hockten alleine vor ihren Rechnern, tippten auf der Tastatur und blendeten den Lärm mithilfe von modischen Kopfhörern aus. Jeder Einzelne der Computer war besetzt. Mat biss sich auf die Unterlippe. *Wie soll ich hier jemals unbemerkt an einen der Rechner kommen?*

Teresa saß in ihrem Büro und las auf ihrem *rPad*. Ihre Haare waren dieses Mal fein säuberlich nach hinten zusammengebunden, keine Strähne hatte den festen Dutt verlassen. Eine hölzerne Schale mit Salat stand neben ihr auf dem Tisch, in der rechten Hand hielt sie eine Gabel.

»Störe ich beim Essen?«, fragte Mat und klopfte gegen die offen stehende Tür. Teresa blickte auf, und ihr ernster Gesichtsausdruck veränderte sich schlagartig zu einem Lächeln. Darren hatte sich genau den Richtigen ausgesucht, um sein Anliegen bei Teresa vorbringen zu lassen. Sie mochte Mat, vielleicht sogar mehr, als es unter Kollegen üblich war.

»Mat! Nein, du störst überhaupt nicht! Heute Vormittag war hier nur so viel los, dass ich nicht einmal zum Frühstücken gekommen bin. Setz dich!« Mat gehorchte und nahm auf einem der Hartschalenstühle Platz.

»Habe ich gehört. Die Speerfische, richtig?«

»Ja, wer hätte gedacht, dass die Biester über ein 1,50 Meter hohes Gitter springen können? Wir mussten auf drei Meter erhöhen und haben eine Handvoll Wolfsbarsche verloren, was ärgerlich ist, da wir sie vom *Sanctuary* in Tampa bekommen haben.« Teresas Smartphone klingelte. »Warte kurz!«

Mat nickte stumm und lehnte sich zurück. Teresas Büro war ordentlich und sauber. Der gläserne Schreibtisch war bis auf die beiden Monitore, eine Tastatur und eine Maus leer. Keine Stifte, keine Zettel, keine digitalen Fotorahmen. Auch an der Wand hing kein Poster, der Raum war spärlich eingerichtet, die Wände kahl. Nur auf der Fensterbank stand eine Reihe von Blumentöpfen, in denen eine Vielzahl von Kräutern wuchs. Sie hatte ihm einmal jede der Pflanzen benannt, aber er erinnerte sich nur noch an Petersilie, bolivianischen Koriander, Basilikum und eine mexikanische Spinatart, die den Namen *Matador* trug. Das Büro roch dementsprechend angenehm nach frischen Kräutern.

»Tatsächlich?«, fragte Teresa und legte die Gabel weg. Sie gab Mat ein kurzes Zeichen, dass der Anruf wichtig war. Mat deutete fragend auf die Tür, doch Teresa schüttelte den Kopf und signalisierte ihm, er solle sitzen bleiben.

»Auf welchem Terminal kann ich das sehen?« Sie blickte konzentriert auf einen der Monitore und bediente die Maus. »Moment, es lädt noch.« Mat runzelte fast unmerklich die Stirn. Teresa schien mit jemandem aus dem *Lab* zu telefonieren. Als Koordinatorin stand sie mit fast jeder Abteilung des *Sanctuary* im Kontakt. Ihre Hauptaufgabe war die Vorbereitung und Verwaltung der Becken und Aquarien. Sie musste das Habitat der Tiere herstellen: Druck, Salzgehalt, Temperatur des Wassers und die Größe des Areals. Zudem wurden Fischarten, wenn irgendwie möglich, zusammengelegt, um mit der begrenzten Anzahl an Becken auszukommen. Algen und andere Meerespflanzen wurden ebenfalls auf die Tiere abgestimmt. Als Umweltbiologin war sie die ideale Besetzung für den Posten.

»Ja, jetzt hab ich's«, rief sie aus. »Interessant! Wenn der Vektor stimmt, dann halten sie auf *Ventura* zu. Habt ihr schon eine Identifikation erstellen können? Ah ja, ich seh's.« Mat bemerkte, dass er Teresa anstarrte, und zwang sich, auf den Boden zu blicken. Ihm war nie in den Sinn gekommen, dass Teresa ebenfalls direkten Zugriff auf den *Hive* besaß. Er hatte immer nur an die Entwickler im *Tech-Lab* gedacht, aber die Koordinatoren, und wahrscheinlich auch andere im *Sanctuary*, konnten sich mit dem *Hive* verbinden, um Daten abzufragen. *Ich muss herausfinden, wem außerhalb des Labs eine Freigabe erteilt worden ist.*

»In Ordnung. Nein, das kann ich übernehmen, Mitchell sitzt gleich nebenan«, sagte Teresa und legte auf. Sie lächelte Mat zu. »Könnte sein, dass wir etwas Großes gefunden haben; ist zwar noch nicht identifiziert, aber es sieht vielversprechend aus. Ich muss kurz Mitchell Bescheid geben, damit er die Suchtrupps rausschickt. Warte kurz hier, dauert nur eine Minute!« Ohne ein weiteres Wort stand sie auf und lief aus dem Büro.

Verblüfft sah Mat ihr nach, während das Geräusch ihrer Schritte langsam leiser wurde. Er saß alleine in ihrem Büro. Unbeobachtet. Unwillkürlich steckte er die Hand in seine Hosentasche und holte den *Datapatch* hervor. Das war die ideale Chance. Die Tür zum Büro stand offen, doch der Gang war leer. Er musste diese Gelegenheit wahrnehmen, schnell, ohne groß zu überlegen.

Kann ich ihr das antun? Auch wenn er zwar kein romantisches Interesse an Teresa hatte, so war sie doch eine angenehme Kollegin, er würde sie sogar als Freundin bezeichnen, auch wenn sie sich nie außerhalb des *Sanctuary* getroffen hatten. Sie war immer freundlich gewesen, hatte ihm bereitwillig geholfen und Kontakte hergestellt. In seinen ersten Tagen im *Sanctuary*, als er noch niemanden kannte, hatte sie ihn durch die Anlage geführt, ihm die anderen

Wissenschaftler vorgestellt. Er hatte sich dank ihrer unkomplizierten und aufgeschlossenen Art schnell zu Hause gefühlt. Sie vertraute ihm offensichtlich. Und er würde dieses Vertrauen jetzt ausnutzen.

Mat spürte, wie sein Mund trocken wurde. Hitze stieg in ihm hoch, und eine plötzliche Nervosität ließ seine Hände zittrig werden. Er musste sich entscheiden. Jetzt! Mühsam stand er auf und umrundete den Schreibtisch. *Gibt es hier Kameras?* Er blickte sich unsicher in dem Büro um, konnte aber nichts entdecken. Der Bildschirm zeigte eine Reihe von Daten, die Mat nicht verstand. *Hive.DataTerminal.3657-X4.* Teresa hatte sich nicht ausgeloggt. Vielleicht hatte sie es in der Hast vergessen. Vielleicht aber war sie einfach nicht auf die Idee gekommen, dass der nette, junge Ingenieur, dem sie schon so oft einen Gefallen getan hatte, sie hintergehen würde.

Unter dem Tisch stand eine Workstation, ein Computer mit einem großen Einschaltknopf und Lüftungsgittern. Auf der Vorderseite befand sich außerdem ein zwei Zentimeter hervorstehender Block, dessen Oberfläche mit Lamellen überzogen war. Er war das Interface, das zur kontaktlosen Datenübertragung diente. Mat biss die Zähne zusammen und hielt den *Datapatch* dagegen. *Einundzwanzig. Zweiundzwanzig. Dreiundzwanzig.*

Auf dem Bildschirm tat sich nichts. Kein Signal, kein Blinken, keine Nachricht. Nervös blickte Mat zur Tür. Der *Datapatch* schien nicht zu funktionieren. Hatte Miguel einen Fehler gemacht? *Unwahrscheinlich.* Mat spürte das Blut in seinen Ohren rauschen, seine Hände waren schwitzig kalt. Er zuckte zusammen, als der Rechner schließlich doch noch ein *Ping* ertönen ließ und ein Hinweis in der Mitte des Bildschirms erschien. *Do you want to execute datapatch drive X://?* Mat klickte auf OK und der Hinweis verschwand.

Der Bildschirm sah wieder so aus wie vorher. Hastig kehrte er zu seinem Stuhl zurück und versteckte den *Datapatch* in seiner Hosentasche. Er hatte es geschafft. Ihm war schlecht.

Kurz dachte er daran, aufzustehen und das Büro zu verlassen – einfach zu verschwinden, um Teresa nicht mehr in die Augen blicken zu müssen. Aber er blieb sitzen und wartete bewegungslos auf das Geräusch herannahender Schritte. Er legte die Hände fest auf seine Oberschenkel, um das leichte Zittern zu unterdrücken.

Teresa kam kurz darauf wieder ins Büro, warf ihm ein Lächeln zu und setzte sich auf ihren Stuhl. Sie verharrte kurz, als sie auf den Monitor blickte, und Mat befürchtete schon, dass ihm etwas entgangen war, dass eine zweite Nachricht aufgepoppt oder irgendwo ein verräterisches Symbol erschienen war. Vielleicht hatte die Sicherheitssoftware das kleine Programm erkannt und warnte Teresa nun vor einem unberechtigten Zugriff. Doch nichts dergleichen geschah.

»Entschuldige, Mat«, sagte Teresa stattdessen. »Manchmal ist es einfach besser, man erledigt etwas sofort, als es immer wieder aufzuschieben. Ich hoffe, du verstehst das.« Mat nickte nur und versuchte, dabei zu lächeln. »Jetzt bin ich aber voll und ganz für dich da«, fuhr sie fort. »Was kann ich für dich tun?«

Mat brauchte einen Moment, um sich daran zu erinnern. »Oh, ähm, Darren schickt mich. Er bekommt heute Besuch von seiner Tochter und will ihr das *Sanctuary* zeigen. Da er dich nicht erreicht hat, war ich seine letzte Chance, eine Genehmigung zu bekommen.«

Teresa lachte auf. »Na, für Darren mache ich mal eine Ausnahme. Ich gebe ihm gleich Bescheid.«

»Danke. Ich … will dich gar nicht weiter aufhalten, ich weiß ja, dass du viel zu tun hast.«

»Kein Problem. Ach, bevor ich es vergesse: Übernächstes Wochenende habe ich ein paar Freunde eingeladen, es gibt mexikanisches Essen und Cocktails. Vielleicht ... hast du ja Lust vorbeizukommen?« Sie blickte ihn schüchtern an, offen, freundlich, nichts ahnend. Mats Magen verkrampfte sich.

»Klar, das klingt großartig!«, antwortete er.

Teresa lächelte vergnügt. »Ich schick dir die Adresse. Ab 19 Uhr. Ich freu mich!«

Als Mat kurz darauf die schwere Stahltür zu Halle 18 öffnete und der Lärm ihn einhüllte, spürte er, wie seine Knie weich wurden. Er setzte sich auf einen Stapel Holzpaletten und versuchte, gleichmäßig ein- und auszuatmen. Arbeiter hantierten mit Kisten, ein Gabelstapler schaffte Fässer mit Fischfutter zu markierten Stellen neben dem riesigen Hafenbecken. Kleine, fest installierte Greifarme umfassten die Fässer, schwenkten über den Rand des Docks und ließen die fleischfarbenen Brocken ins Wasser fallen. Sofort schnellten glänzende Körper heran, peitschten das Wasser auf und ließen Schaum entstehen. Zitternde Schwanzflossen durchbrachen vereinzelt die Wasseroberfläche, ein wütender Pulk aus unförmigen Leibern kämpfte um die herabregnenden Klumpen.

Mat zog sein Smartphone heraus und wählte Miguels Nummer. Der Chilene hatte ihm eingebläut, keine Nachrichten zu versenden und am Telefon niemals direkt über ihr Vorhaben zu sprechen. Sie hatten einen Geheimcode verabredet, mit dem Mat die Information an Miguel weitergeben würde. Er hatte es damals für übertrieben und albern gehalten. Jetzt war er froh, sich an einem vorgefertigten Satz festhalten zu können. Als Miguel abnahm, sagte er: »Ich habe das Paket verschickt.«

Es dauerte eine Weile, bis er die Antwort bekam: »Ist angekommen.«

KAPITEL 12

Die Straße glänzte feucht. Tropfen prallten gegen das Visier und wurden vom Fahrtwind nach links oder rechts abgedrängt. Lichter von vorbeifahrenden *Travelpods* reflektierten in Pfützen, bunte Leuchtreklamen strahlten grell. Dichte Wolken begleiteten Mats Heimweg, verdunkelten die Welt und ließen die unzähligen Lichter der Stadt stärker hervortreten. Ein Meer aus bunten, blinkenden Punkten.

Mat fuhr durch den prasselnden Regen. Sein Motorrad lag trotz der Nässe sicher auf der Straße, seine Jacke, die Handschuhe und der Helm waren wasserdicht. Seine Jeans hingegen hatte sich vollgesaugt, doch Mat störte das nicht – im Gegenteil. Er mochte es, den Fahrtwind, die Nässe, die Kälte zu spüren. Sie beruhigten ihn auf sonderbare Weise, vielleicht weil sie andere Gedanken aus seinem Kopf verdrängten. Seine Aufmerksamkeit galt jetzt der Straße, dem Gefühl von kaltem Wasser auf den Oberschenkeln, dem Geräusch von unzähligen Tropfen, die gegen seinen Helm prallten.

Unwillkürlich erinnerte er sich an seinen wiederkehrenden Traum. Dunkelheit, Bewegung, Wasser und Lichter in der Finsternis – seine Fahrt durch den Regen hatte eine gewisse Ähnlichkeit damit. Doch im Gegensatz zu seinem Traum war er den Elementen jetzt nicht hilflos ausgeliefert. Keine Quallententakel, die ihn durch die Tiefsee zogen. Er allein steuerte sein Motorrad, er bestimmte Richtung und

Beschleunigung. Sein Atem kondensierte auf der Innenseite des Helmes, und er öffnete das Visier einen Spalt breit. Kalte, nasse Luft schlug ihm ins Gesicht.

Sie waren heute ihrem Ziel einen großen Schritt nähergekommen. Der *Runner* stand bereit, die neue Sonde war fertiggestellt. Sie würden ein Portal finden, vielleicht viel schneller, als er gehofft hatte! Die ersten Häuser des Stadtteils *Belding Woods* zogen links und rechts als unscharfe Schlieren vorbei. Der Verkehr ebbte ab, als er in die Nebenstraßen abbog, und kurze Zeit später war Mat schon an seinem Haus angekommen. Er parkte seine *Travel-G* unter dem Vordach, stieg ab und zog die Handschuhe aus.

Durch die große Fensterfront konnte er ins Wohnzimmer blicken. Svea und Mayari saßen auf dem Boden und lasen auf ihren *rPads*. Beide Frauen hatten in den letzten Tagen versucht, mehr über den *Hive* und seine Funktionsweise herauszufinden. Die Informationen waren spärlich, dennoch reichten sie aus, um Vermutungen über die integrierten Standardprotokolle anzustellen. Svea und Mayari hatten die verwendete Sensorik analysiert und damit Rückschlüsse auf die Zusammenstellung der Daten gezogen. Sobald Miguel die Verbindung zum *Hive* gelang, würden sie eine Unmenge an Daten interpretieren müssen, und die beiden leisteten die Vorarbeit dafür. Svea saß im Schneidersitz zwischen unzähligen Büchern und mit Notizen vollgekritzelten Zetteln. Mat lächelte unwillkürlich. Es fühlte sich gut an, nach Hause zu kommen.

Als er eintrat, roch es nach gebratenem Reis, Curry, Koriander und Erdnusssoße. Miguel sang in der Küche leise auf Spanisch und hantierte mit Tellern und Besteck. Tropfend stand Mat im Flur, nahm den Helm ab und nickte den beiden Frauen zu, die von ihren *rPads* aufblickten. »Mat!«, rief

Svea. »Wir haben Thai-Food bestellt, um den Etappensieg zu feiern.« Sie lächelte ihm zu. »Du hast es geschafft!« Er konnte nicht umhin, stolz zurückzulächeln.

Trotz des Erfolges wurde Mat schon in den nächsten Tagen unruhig. Miguel hatte die Verbindung zum *Hive* herstellen können, doch es dauerte fast eine Woche, bis der Chilene zusammen mit Svea und Mayari die Sensoren identifizieren und schließlich für ihren Zweck umprogrammieren konnte. Währenddessen begab sich Mat weiterhin jeden Tag zum *Sanctuary*, auch wenn es ihm unangenehm war. Er vermied jede Begegnung mit Teresa, täuschte vor, schwer beschäftigt zu sein, und schloss sich in seinem Labor ein. Es war nicht ungewöhnlich, dass ein Wissenschaftler im *Sanctuary* über Wochen konzentriert an etwas arbeitete und man ihn kaum zu Gesicht bekam. Den mexikanischen Grillabend, zu dem Teresa ihn eingeladen hatte, sagte er ab: Kopfschmerzen. Er reduzierte den Kontakt zu allen Kollegen auf ein Minimum.

Die einzige Ausnahme stellte Darren dar – mit ihm redete Mat oft und lange, sehr zur Freude des korpulenten Sicherheitsmannes. Darren saugte jeglichen Tratsch im *Sanctuary* wie ein Schwamm auf und gab ihn begeistert an Mat weiter. Wäre im *Tech-Lab* Alarm ausgelöst worden, hätte Darren es ihm mit großen Augen erzählt. Doch anscheinend war niemandem das *Backdoor* aufgefallen. Miguel hatte ganze Arbeit geleistet.

Das Warten war Mat zuwider. Denn selbst als Miguel schließlich verkündete, dass die Sensoren nun erfolgreich den Wasserstoff im Wasser messen konnten und dass sein Programm bei einer erhöhten Konzentration Alarm auslösen würde, blieb ihnen nichts anderes übrig, als zu warten. Die freudige Erregung, die sie alle in den letzten Wochen gespürt hatten, als sie die Sonde planten und bauten, als die ersten Daten des *Hive* über den Bildschirm von Miguels Laptop flimmerten, als es ihnen gelungen war, die Protokolle zu entschlüsseln – diese freudige Erregung wurde langsam von stumpfem Warten erstickt und verwandelte sich in bleischwere Untätigkeit.

Jeder aus dem Team ging auf seine Weise damit um. Miguel sah sich ununterbrochen mexikanische Telenovelas an, die er eigentlich verabscheute, aber in ihrer konsequenten Einfalt und in Verbindung mit einer Flasche Bier offensichtlich dennoch faszinierend fand. Mayari verschwand für mehrere Stunden und begab sich auf lange Spaziergänge durch *Richmond*. Sie erledigte außerdem freiwillig alle notwendigen Einkäufe. »Die amerikanischen Supermärkte beruhigen mich«, sagte sie. »Sie sind so riesig und eintönig.« Der Teebeutel-Vorrat in Mats Küche hatte sich in der Zwischenzeit verfünffacht.

Svea hatte als Einzige nicht von der Recherche abgelassen und sammelte weiterhin Informationen über Quallen, über chemische Prozesse in der Tiefsee oder das Schwarmverhalten von Meerestieren. Wenn sie nicht wissenschaftliche *Papers* las, dann telefonierte sie viel mit ihrer Familie. Mat liebte es, ihr dabei zuzuhören, auch wenn er kein Wort verstand. Ihre warme Stimme, unterbrochen von hellem Lachen, ließ ihn an die langen Nächte auf der *Bathos* IV zurückdenken, in denen sie gemeinsam in einer Koje gesessen und geredet hatten. Wenn sie norwegisch sprach, erkannte er in der Sprachmelodie den Akzent wieder, der ihr Englisch so markant prägte: Sie zögerte die Silben unterschiedlich lange hinaus; schnelle Stakkato-Folgen wechselten mit einem eleganten Ritardando ab. Norwegisch erinnerte Mat an tanzende Füße, mal auf Zehenspitzen – abwartend –, dann wieder in einer raschen Schrittfolge, als würde ein verborgener Rhythmus unter den Sätzen liegen.

»Gibt es etwas Neues vom *Hive*?«

Mat schrak hoch. Svea saß auf einem Hocker unter dem Vordach, einen Arm auf dem hölzernen Geländer. Die Sonne verschwand gerade hinter den Dächern der Häuser, ein Verlauf von glühendem Orange zu Dunkelblau zog sich über den wolkenlosen Himmel. Sie hielt ihr Smartphone in der Hand und blickte ihn fragend an. Mat lehnte am Türrahmen und hatte sie anscheinend verträumt angestarrt. Dass sie ihr Telefonat beendet hatte, war ihm entgangen.

»Ähm, nein. Nicht, dass ich wüsste«, stammelte er schnell und blickte verlegen auf seine Füße. Sein Gesicht wurde heiß, er fühlte sich ertappt. Doch Svea zog einen zweiten Hocker heran und bedeutete ihm, Platz zu nehmen. Er setzte sich. Sie zeigte auf das Telefon. »Mein Vater.«

Mat nickte und lächelte. »Weiß er, was wir hier machen?«

Svea schüttelte den Kopf. »Ich war ein paarmal kurz davor, von den Quallen zu erzählen, habe mich dann aber doch nicht getraut. Eigentlich blöd, denn wenn es jemanden gibt, der mir glauben würde, dann er.«

»Ich habe meiner Mutter auch nichts gesagt.« Mat seufzte. »Sie würde mir wahrscheinlich auch glauben, nicht meinetwegen, sondern weil sie gerne Dinge glaubt, die mystisch und verrückt klingen. Im Zweifel würde sie es in einem Ölgemälde verarbeiten oder in einem Interview zum Besten geben, und man würde sie für verrückt halten. Oder für genial.«

Svea lachte leise. »Mein Vater glaubt, dass ich an einem universitären Austauschprogramm beteiligt bin. Was Besseres ist mir nicht eingefallen.« Wieder strich sich Svea ihr Haar hinter das rechte Ohr, blickte ihn kurz an und senkte dann den Blick. Ihre rechte Gesichtshälfte wurde vom warmen Licht der untergehenden Sonne angestrahlt. Mat presste die Lippen aufeinander. *Sie ist so nah.*

»Ich wollte mich bedanken«, sagte er mit rauer Stimme. »Dafür, dass du mich angerufen und wieder mit ins Team geholt hast. Das bedeutet mir sehr viel.«

»Sei nicht albern! Wir brauchen dich. Ohne dich wären wir keinen Schritt weitergekommen.«

»Vielleicht. Aber ohne dich … hätten wir vielleicht auf der *Bathos* unseren Verstand verloren. Oder zumindest ich.« Mit einem Schaudern erinnerte sich Mat an jenen Moment auf der Unterwasserstation zurück, als er mit einem Schraubenzieher in der Hand zu allem fähig gewesen war. *Weiß sie, wovon ich spreche?*

Die Sonne verschwand hinter den Dächern und mit ihr der orange Schein auf Sveas Gesicht. Sie blickte ihn aus ihren blauen Augen fast prüfend an. Ihre Iris schien im Zwielicht der Dämmerung zu leuchten, ein schwaches Fluoreszieren wie bei den Quallen.

»Träumst du auch manchmal von den Quallen?«, fragte er leise.

Sie nickte. »Mayari auch«, fügte sie hinzu. »Das ist normal.« Mat lachte auf. Sie schien sich immer noch verantwortlich zu fühlen, als müsste sie für das Seelenheil ihrer Kollegen sorgen.

»Das ist normal?«

»Na ja, glaube ich zumindest.« Svea lachte nun auch und winkte schließlich ab. »Ach, was weiß denn ich?«

Sie blickte ihn wieder an. Lächelnd. Den Mund leicht geöffnet, kleine Grübchen auf den Wangen. Die Strähne fiel ihr abermals ins Gesicht, doch sie schien es nicht zu bemerken, denn sie strich sie nicht mit ihrer typischen Geste zurück hinter das Ohr. Er erwiderte ihren Blick, stumm, sehnend. Beugte sie sich nach vorne, zu ihm hin? Oder war er es, der sich ihr näherte? *Unwichtig.*

Sie schmeckte süß. Ihr Geruch umarmte ihn. Er spürte ihre Lippen auf den seinen, ihre Wärme an der Wange, ihren Atem am Hals. Wie in Trance folgte er ihr durch den Flur zu dem Gästezimmer, in dem sie schlief. Sie schloss die Tür, und er zog sie zu sich, drückte sie an sich, erst sanft, dann fester. Alles um Svea und Mat herum verschwamm in einer unscharfen Wolke, sie waren alleine, für sich, sahen sich, fühlten sich, versanken ineinander. Zwei Körper in der Dunkelheit, eng umschlungen, tastend, greifend, kosend.

Sie umgab ihn ganz.

• • •

In der Nacht lag Mat wach neben Svea und lauschte ihrem gleichmäßigen Atmen. In dem schmalen Bett, das eigentlich nur für eine Person gedacht war, hatten sie sich eng aneinandergeschmiegt, und Svea war eingeschlafen. Wieder erinnerte er sich an seinen wiederkehrenden Traum. An den Moment der Erlösung, in dem er die beengende Dunkelheit verließ und durch warmes, sonnendurchflutetes Wasser jagte. Losgelöst, frei, ohne dass Tentakel ihn zurückhalten konnten. *So fühle ich mich jetzt.* Mat wurde sich der inneren Ruhe bewusst, die ihn durchströmte und die er seit Monaten nicht mehr gespürt hatte. Er fühlte sich geborgen. Svea hatte schon auf der *Bathos* diese Wirkung auf ihn gehabt. In ihrer Nähe schienen alle Zweifel und Ängste von ihm abzufallen.

Lautlos kramte er sein Smartphone aus der Hose, die neben dem Bett auf dem Boden lag, und schaltete den Bildschirm ein. 03:27 Uhr. Ein rotes Symbol zeigte ihm an, dass er eine Nachricht erhalten hatte. Von seiner Mutter, mehrere Fotos eines schön gelegenen Hotels in der Nähe von Willapa Bay. Blick aufs Meer. Gepflegter Garten. Frühstücksbüffet. Aus Handtüchern geformte Schwäne auf gut beleuchteten Hotelbetten, *Kingsize*. Dazu hatte seine Mutter geschrieben: »All inclusive! Und du musst mir auch nicht mit dem Laptop helfen, einer meiner Studenten macht das!«

Das Licht des Smartphone-Bildschirms fiel auf Sveas nackte Schulter neben ihm, ihre Haare hatte sie zu einem Dutt zusammengebunden. Vielleicht hatte seine Mutter mit ihrem Sermon zu Sexualität und Spiritualität doch nicht ganz unrecht. *Ich könnte Svea nach Willapa Bay mitnehmen.* Er würde sie seiner Mutter vorstellen, worüber diese sich wahrscheinlich mehr freuen würde als über alles andere, was er ihr in den letzten Jahren mitgeteilt hatte. Die beiden würden sich gut verstehen, da war er sich sicher.

In Ordnung, tippte er und sandte die Nachricht kurz entschlossen ab. Er schaltete das Handy aus und lächelte in die Dunkelheit. Morgen würde er Svea den Wochenendtrip nach Willapa Bay vorschlagen.

Plötzlich wurde die Tür mit einem lauten Knall aufgestoßen. Mat zuckte zusammen, und auch Svea schreckte jäh aus dem Schlaf hoch. Licht aus dem Flur drang in das Zimmer und schmerzte in den Augen. Mat erkannte die Silhouette von Miguel, der keuchend im Türrahmen stand und nicht zu registrieren schien, dass Mat und Svea nackt in einem Einzelbett lagen.

»Wir haben einen Treffer!«, rief er nur in das Zimmer und war kurz darauf schon wieder verschwunden. Es dauerte einen Moment, bis Mat und Svea begriffen. Dann sprangen sie beide wortlos aus dem Bett und zogen sich hastig an. Mat glaubte, ein leises Kichern von Svea zu hören, als sie ihm sein T-Shirt zuwarf, und lächelte stumm. Als er aus dem Zimmer stürmen wollte, hielt Svea ihn zurück. Sie zog ihn zu sich und küsste ihn. »Viel Glück!«

Sie hatten den Ablauf im Ernstfall unzählige Male besprochen. Jeder wusste, was er zu tun hatte. Mat musste so schnell wie möglich den *Runner* ins Wasser befördern, er musste zum *Sanctuary* fahren. Nicht über die Küstenstraße, sondern über die *Interstate*. Helm, Handschuhe, Jacke, Schlüssel. Mehr brauchte er nicht. Alles, was er für den Tauchgang benötigte, befand sich im Labor. Draußen war es noch dunkel. Ein kurzer Blick auf die Uhr verriet ihm die Zeit: 05:10 Uhr. Zu früh für den Berufsverkehr. Die Straßen würden frei sein, er konnte schnell fahren. Er verabschiedete sich nicht einmal von Miguel oder Mayari.

Nach knapp zehn Minuten verließ Mat die *Interstate* und jagte die breite Hafenstraße entlang zum *Sanctuary*. Nachts wirkte die Konstruktion noch bedrohlicher als tagsüber. Scheinwerfer beleuchteten nur Teile der Hallen, Gerüste und Rohre, sodass man die tatsächlichen Ausmaße des Gebäudes nicht erkennen konnte. Die Silhouette verschmolz mit dem schwarzen Nachthimmel und ließ das *Sanctuary* noch größer, noch massiver und drohender erscheinen. Am Eingang saß ein Sicherheitsmann, den Mat zwar nicht kannte, der sich aber, nachdem Mat sich ausgewiesen hatte, nicht weiter um ihn kümmerte. Alleine lief er durch die riesigen Hallen, überquerte die Stahlbrücken der Becken. Unter ihm schwappte schwarzes Meerwasser.

Der *Runner* hing bewegungslos an Stahlketten. Die silbergraue Außenhaut glänzte matt im Schein der LED-Panels an der Decke. Mat bemerkte, dass seine Hände zitterten, und zwang sich, ruhig zu atmen. *Eins nach dem anderen. Routinechecks!* Ladezustand, Gaskartusche, Notfallsystem, Steuerung. *Alles so weit in Ordnung. Anzug!* Hastig zog er die Motorradkleidung aus und seinen schwarzen Neoprenanzug an, setzte den Unterwasserhelm auf und versiegelte den Übergang zum Kragen. Feine leuchtende Ziffern und Diagramme flackerten über die Innenseite des Visiers. *Alles so weit in Ordnung. Ablassen!*

Mat verfügte über einen eigenen Zugang zum Hafenbecken, eine Art schmalen Kanal, der bis in sein Labor hineinreichte. So konnte er den *Runner* ohne großen Aufwand aus dem Wasser heben oder zu Wasser lassen. Auf Knopfdruck öffnete sich eine Luke und gab den Blick frei auf eine glitzernde dunkle Flüssigkeit. Begleitet vom Surren der Elektromotoren senkte sich der *Runner* herab, tauchte bis zur Hälfte ein. Mat schaltete den integrierten *Communicator* in seinem Helm an.

»Bin im Labor angekommen. Ich brauche noch eine Minute, dann bin ich startklar.«

Nach einem kurzen Knacken ertönte Mayaris Stimme: »In Ordnung! Die Wasserstoffkonzentration wurde 122°4'90" West, 35°37'40" Nord registriert. Etwas mehr als 100 Kilometer von der Küste entfernt, in der Nähe eines Seamounts. Auf der Höhe der *Slates Hot Springs*, falls dir das etwas sagt.«

»Distanz ab dem *Sanctuary*?«, fragte Mat und öffnete das Cockpit des *Runners*. Vorsichtig stieg er hinein. *Verdammt eng.*

»264 Kilometer. Ich habe die Navigationsdaten schon auf den *Runner* gespielt.«

»Tiefe?«

»Wissen wir nicht genau, wir haben die Anomalie zurzeit nur in den oberen zwei *Hive*-Ketten registriert. Es ist also recht wahrscheinlich, dass das Portal nicht tiefer als 1000

Meter liegt. Das Meer um den Seamount ist 3700 Meter tief, der Gipfel liegt laut den digitalen Unterwasserkarten der UN bei minus 1700 Meter.«

Mit einem hydraulischen Zischen schloss sich das durchsichtige Kabinendach des *Runners*. Sofort blinkte die Sauerstoffanzeige im Visier auf. Das Lebenserhaltungssystem hatte sich eingeschaltet und signalisierte, dass der Sauerstoffgehalt nun vom Bordcomputer geregelt wurde. Mat saß mit ausgestreckten Beinen in dem schmalen Cockpit. So oder so ähnlich mussten sich auch Piloten von Düsenjägern fühlen. Oder in der Formel 1.

»Was für ein Zeitfenster habe ich?«

Mat vernahm ein kurzes Rascheln, dann ertönte Sveas Stimme: »Denk daran, dass alles bisher nur Theorie ist und wir keine empirischen Messwerte haben. Momentan zeigen die Sensoren eine Wasserstoffkonzentration von 0,034 Milligramm pro Liter an. Tendenz steigend. Das ist so ziemlich alles, was wir wissen. Was das genau bedeutet und ob es überhaupt ein Portal ist, musst du vor Ort herausfinden.«

Mat verzog das Gesicht und legte einen der Kippschalter um. Der Kran, an dem das U-Boot immer noch hing, ließ den *Runner* vollends ins Wasser, und mit einem Ruck schalteten sich die vier Wasserstrahldüsen ein. »Das ist nicht viel Information ...«

»Die gute Nachricht ist, dass die Anomalie nicht allzu weit entfernt ist. Mit dem *Runner* kannst du sie in unter einer Stunde erreichen«, drang Sveas Stimme aus dem Lautsprecher. Mat nickte. *Wenn nichts schiefgeht.* Er schaltete die Scheinwerfer ein und steuerte sein Gefährt den schmalen Kanal entlang. Das leise Rauschen des Wasserstrahlantriebs drang an sein Ohr. Links und rechts schwappten Wellen schräg gegen die Betonwände.

»Hat Miguel die Route gesichert?« Wieder raschelte es, als Svea das Mikrofon an Miguel weitergab.

»Auf den Satellitenbildern ist ab der Golden Gate nichts zu sehen. Der *Hive* meldet auch keine weiteren Hindernisse. Denk daran, dass die oberste Drohnenkette des *Hive* 50 Meter unter der Meeresoberfläche positioniert ist. Geh nicht tiefer als 15 Meter, sobald sich die Superkavitation einstellt.«

Das Problem der Superkavitation war die geringe Sichtweite. Objekte wie die kleinen *Hive*-Drohnen konnten zu lebensgefährlichen Hindernissen werden, wenn er mit 300 Kilometer pro Stunde damit zusammenprallte. Mat musste sich auf das eingebaute Sonar verlassen, das den *Runner* automatisch abbremste, sollte die Gefahr bestehen, mit einem Objekt unter Wasser zu kollidieren.

Die Route durch die *San Francisco Bay* bis zur *Golden Gate Bridge* hatte er schon mehrfach befahren. Mat beschleunigte auf 16 Knoten, blieb aber einen halben Meter unter Wasser – auch wenn es noch dunkel war, wollte er so wenig Aufmerksamkeit wie möglich erregen. Auf einem Bildschirm vor ihm wurde schematisch der Meeresboden dargestellt. *Alcatraz* war auf der linken Seite als Anhöhe zu erkennen, rechts der *Angel Island State Park*. Einzelne Schiffe lagen in der Nähe der Küste vor Anker. Er beschleunigte weiter auf 22 Knoten. *Alles so weit in Ordnung.*

»Ich bereite die Hochgeschwindigkeit vor. Die berechnete Dauer liegt bei 45 Minuten.« Während der Superkavitation war eine Funkverbindung nicht möglich, Mat würde erst am Zielort wieder Kontakt aufnehmen können.

»In Ordnung. Wir halten die Stellung. Viel Glück!«

Durch das klare Meereswasser konnte Mat die Lichter der *Golden Gate Bridge* über sich hinwegziehen sehen. In wenigen Minuten würde er den offenen Pazifik erreichen. Auch wenn das Meer vor der Küste nicht sonderlich tief war, würde er die Superkavitation problemlos einleiten können. Langsam tauchte er auf zehn Meter ab und steuerte die Route an, die Mayari auf das Navigationsgerät übertragen hatte. 230 Kilometer. Bisher hatte er die Testfahrten auf maximal fünf Kilometer am Stück limitiert. In gewisser Weise war dieser Ausflug der erste echte Belastungstest für den *Runner*.

20 Knoten.

Er beschleunigte. Das Rauschen der Düsen verwandelte sich in ein Zischen und Pfeifen, und Mat wurde leicht in den Sitz gedrückt. In dieser Phase der Beschleunigung schien alles träge, fast langsam. Aufgrund der Dunkelheit gab es kaum visuelle Anhaltspunkte dafür, wie schnell er sich gerade fortbewegte.

40 Knoten.

Mat betätigte einen kleinen Schalter, und kurz darauf sprudelten Bläschen an dem Plexiglas des Kabinendachs entlang, angestrahlt von den Lichtern der Bordanzeige. Die Außenhaut des *Runner* ließ Gas entweichen, das in einem Tank im vorderen Teil des U-Bootes gespeichert wurde. Zunächst waren es nur einzelne Blasen, doch bald schon bildete sich ein dichter Teppich, der sich über das gesamte Plexiglas verteilte. Mat war nun auf die digitalen Instrumente vor sich angewiesen, die Sichtbarkeit war gleich null.

65 Knoten.

Durch das entweichende Gas beschleunigte der *Runner* jetzt stärker, und der Antrieb erreichte sein maximales Geräuschlevel. Die vier Wasserstrahldüsen trieben das Boot unermüdlich durch das Wasser, dröhnten und fauchten hinter Mat. Das ganze Schiff vibrierte unter der Belastung.

95 Knoten.

Plötzlich verschwanden die Bläschen. Eine schimmernde

Decke aus Gas legte sich fast augenblicklich um das Boot, wie ein silbriges Tuch, das mit einer schnellen Bewegung übergestülpt worden war. Im selben Moment beschleunigte der *Runner* spürbar, und ein tiefes Brummen ertönte, ein Knurren aus der Tiefe, als wäre Neptun höchstpersönlich erzürnt über die unnatürliche Geschwindigkeit des Gefährts. Der *Runner* hatte die Schwelle von 180 Kilometer pro Stunde überschritten. Die Superkavitation war stabil, und das Schiff erreichte in wenigen Sekunden seine Maximalgeschwindigkeit.

Mat jagte mit 300 km/h durch den Pazifik. *So weit alles in Ordnung.*

KAPITEL 13

Als Mat den *Runner* schließlich abbremste, war es 07:30 Uhr. Es dämmerte bereits. Zehn Meter über ihm kräuselte sich die schwach schimmernde Wasseroberfläche wie ein endloses schwarzblaues Laken. Ein diffuser Schein drang bis zu ihm herab, keine Strahlen, sondern das indirekte Licht des bevorstehenden Sonnenaufgangs. Die Oberseite des *Runners* zeichnete sich zart gegen die bodenlose Schwärze unter ihm ab, eine abyssische Tiefe, endlos und schwindelerregend.

Mat atmete tief durch. Der Wasserstrahlantrieb surrte nun nahezu unhörbar hinter ihm; ein starker Kontrast zu dem Zischen und Dröhnen der letzten 45 Minuten. Die Stille des Ozeans brach über ihn herein und machte ihm die plötzliche Einsamkeit bewusst. Der nicht sichtbare Grund des Meeres lag laut der Anzeige in 3643 Meter Tiefe. Mat fuhr sich mit der Zunge über die trockenen Lippen. *Durst.* Er war während der gesamten Vorbereitungsphase nicht auf die Idee gekommen, etwas so Simples wie eine Trinkflasche an Bord zu verstauen. Nun war er von Wasser umgeben und hatte Durst. Er schüttelte leicht den Kopf und schaltete den *Communicator* wieder ein.

»Hey, seid ihr da?« Seine Stimme glich einem Krächzen, und er räusperte sich.

Es dauerte einen Moment, bis er eine Antwort bekam. »Mat! Bin ich froh, deine Stimme zu hören!« Es war Svea. Sie klang erleichtert. »Wie war die Fahrt?«

»Ich wurde etwas durchgeschüttelt. Aber insgesamt problemlos, der *Runner* funktioniert gut. Ich befinde mich etwa 500 Meter vor dem Zielpunkt. Habt ihr neue Informationen?«

»Die Wasserstoffkonzentration hat zugenommen. 0,86 Milligramm pro Liter. Position unverändert. Wir sind uns inzwischen ziemlich sicher, dass es ein Quallenschwarm ist; es gibt keine alternative Erklärung für die Messwerte. Wir sind alle ziemlich aufgeregt. Kannst du schon etwas sehen?«

»Nein, bisher noch nichts. In ein paar Minuten weiß ich mehr.«

»In Ordnung. Halt uns auf dem Laufenden!«

Die Aufregung war zurück, dieselbe Erregung, die er damals auf der *Bathos* gespürt hatte. Das Erlebnis in der Tiefsee hatte sein Leben verändert. Die Quallen waren zu einem Teil von ihm geworden, begleiteten ihn tagsüber und suchten ihn nachts in seinen Träumen heim. Sie hatten sich in seinen Gedanken festgesetzt, ihre Nesselfäden schossen ihr Gift erbarmungslos in sein Bewusstsein. Kleine Stiche, die unablässig seinen Verstand herausforderten. *Alles, was du zu wissen glaubst, ist falsch.* Über Quallen, über die Tiefsee. Über den Menschen, über die Welt und das Universum. Über Raum und Zeit. *Es gibt eine Welt jenseits deiner Welt, es gibt Leben außerhalb der Erde.* Mat hatte sein gesamtes Streben darauf ausgerichtet, das Geheimnis der Quallen zu lüften. Und heute würde ihm das vielleicht gelingen. *Vielleicht.* Er schaltete auf manuelle Steuerung um und beschleunigte.

Das schwache Licht der Morgendämmerung verschwand, als Mat den *Runner* in die Tiefe lenkte. Schon ab 100 Meter unter der Wasseroberfläche umgab ihn vollkommene Schwärze; es schien, als tauche er nicht durch Wasser, sondern durch eine zähe, lichtundurchlässige Flüssigkeit. Er schaltete die Außenscheinwerfer ein, und eine Wolke von gelösten Partikeln blitzte um ihn herum auf. Nun schien es, als bewege er sich durch dichten Nebel, helle Punkte zogen träge am Plexiglas der Kabinenhaube vorbei, verwirbelten schließlich in kleinen Strudeln und verschwanden wieder in der Dunkelheit.

Es wurde kühler in der kleinen Kabine, doch dank des Neoprenanzugs spürte Mat von dem Temperaturabfall kaum etwas. *Tiefe: −370 Meter, Druck: 37,586 bar, Temperatur: 14 Grad.* Es war möglich, das Gefährt vollständig über die zwei kleinen Monitore zu navigieren; Sensoren gaben ihm genaue Auskünfte über Bodentiefe, Position von Hindernissen, Kurs, Geschwindigkeit und Neigungswinkel des U-Bootes. Trotzdem kostete es Überwindung, den *Runner* nur anhand von Diagrammen und Zahlen auf den digitalen Anzeigen zu manövrieren. Es war beängstigend, blind durch vollkommene Dunkelheit zu gleiten.

Dennoch schaltete Mat die Außenscheinwerfer wieder aus. Das von den Partikeln zurückgeworfene Licht machte es nahezu unmöglich, den schwachen bläulichen Schein der Quallen auszumachen. Angestrengt blickte er in die Schwärze, in der Hoffnung, irgendwo das zaghafte Glimmen von blauem Licht ausmachen zu können. Er zuckte zusammen, als Sveas Stimme wieder aus den Lautsprechern in seinem Helm drang.

»Mat, die Wasserstoffkonzentration steigt plötzlich rapide an. Wir liegen jetzt bei 1,2 Milligramm pro Liter. Das könnte darauf hindeuten, dass der Prozess begonnen hat.«

Mat verzog das Gesicht. Seine Stimme klang gepresst. »Ich sehe absolut gar nichts. Kein Leuchten. Null.«

Es dauerte einige Zeit, bis Sveas Antwort kam. »Hab Geduld! Die Sichtweite ist dort unten gering, das weißt du.

Wenn unsere Theorie richtig ist, dann müsste das Leuchten stärker werden.«

»Was ist mit dem *Hive*? Haben die Drohnen irgendetwas registriert?«

»Nein, bisher nicht. Miguel überwacht den Alarm des *Sanctuary*. Sollten irgendwelche großen Fische oder Schwärme auftauchen, gebe ich dir Bescheid. Warte kurz, Mayari will dich sprechen.« Wieder hörte Mat kurzes Rascheln, als Svea das Mikrofon übergab.

»Mat, ich habe beim Start noch einen zweiten Kurs auf das Navi übertragen, eine Art Raster, mit dem du den Bereich abfahren kannst. Ist vielleicht einfacher, als den *Runner* manuell zu steuern. Du musst nur deine aktuelle Position als Startpunkt einstellen.«

Mat überprüfte kurz die Anzeige, aktivierte den Kurs und schaltete den Autopiloten ein. »Danke, Mayari.«

Der *Runner* glitt stoisch durch die Dunkelheit. Die Filipina hatte parallel verlaufende Bahnen in mehreren Ebenen vorprogrammiert, sodass er sich jedem Punkt in einem Quader von 500 Meter Seitenlänge mindestens bis auf 50 Meter nähern würde. Mat war ihr dankbar dafür. Sein Plan hatte darin bestanden, den Bereich mehrmals ziellos zu durchkreuzen und so per Zufall nah genug an dem Quallenschwarm vorbeizufahren. Ein automatisiertes Suchmuster war die bessere Methode.

Der Blick in die Dunkelheit war wie ein Blick ins Nichts. Mehr als einmal stellten seine Augen auf die Spiegelung der Anzeige im gewölbten Plexiglas der Fahrerkabine scharf. Schließlich beschloss er, die Helmanzeige und die beiden kleinen Monitore abzuschalten. In der Armatur glommen immer noch kleine LED-Lämpchen in verschiedenen Farben, aber die Spiegelungen im Glas wurden ohne Bildschirme auf ein Minimum beschränkt. Die Dunkelheit wurde zur Finsternis; erdrückend umgab sie ihn, als wolle sie den *Runner* zerquetschen. Das kontinuierliche Summen des Antriebs war der einzige Hinweis darauf, dass sich das Boot noch bewegte. Die Schwärze drohte, ihn zu ersticken; Schweißtropfen bildeten sich auf Mats Stirn. Seine Muskeln am ganzen Körper spannten sich, und sosehr er sich auch bemühte, es gelang ihm nicht, sich von dem übermächtigen Gefühl der Enge zu befreien.

Und plötzlich sah er es. Kaum wahrnehmbar, blau, pulsierend, auf der linken Seite, schräg unter ihm. Ohne den Blick von der Erscheinung zu lassen, griff Mat nach dem Steuerknüppel und korrigierte den Kurs, der *Runner* hielt nun direkt auf die Erscheinung zu. Wie in seinem wiederkehrenden Traum schälten sich Lichter aus dem Schwarz. Wie Seerosen auf einem dunklen Teich erblühten unzählige Punkte, die zu wabernden, unförmigen Körpern anwuchsen, je näher er kam. Zarte Schlieren zogen dazwischen durch das Wasser.

»Ich habe sie gefunden«, flüsterte Mat. Im selben Moment – als hätten sie nur auf ihn gewartet – ging ein Zittern durch die Quallen. Tausende von Kränzen zogen sich zusammen und breiteten sich anmutig wieder aus, ein rhythmisches Atmen, einheitlich, gemeinschaftlich. Vor Mats Augen schwamm jedes der Tiere zu einer bestimmten Position; die Quallen ordneten sich in mehreren konzentrischen Kreisen an, bildeten ein riesiges, strahlendes Mandala aus gallertartigen Leibern, das – sich immerzu verändernd – in der Dunkelheit hing. Er hatte den Schwarm gerade noch rechtzeitig entdeckt. Das Portal würde sich in wenigen Augenblicken öffnen.

»Mat? Hörst du mich?« Er riss sich von dem Anblick los; den letzten Funkspruch hatte er kaum wahrgenommen.

»Ja, ich hör dich, Mayari. Wiederhol noch mal, bitte.«

»Ob du das Recording eingeschaltet hast!«

Mat fluchte leise. Hastig schaltete er die Monitore wieder ein. *753 Meter.* Er begann mit der Aufzeichnung und schalt sich dafür, die Kameras nicht schon vorsorglich aktiviert zu haben. »Kameras laufen! Hydrofon ist an! Sonde ist bereit!«

»Mat, beschreib uns, was du siehst!«

Der *Runner* konnte weder Bild noch Daten der Sensoren übertragen, alles wurde auf einem im U-Boot verbauten Datenträger gespeichert. Mat war der Einzige, der das Schauspiel direkt erleben konnte; Mayari, Svea und Miguel würden die Aufzeichnung erst mehrere Stunden später zu Gesicht bekommen.

»Die Quallen haben sich in Kreisen angeordnet ... wie beim letzten Mal. Das Leuchten wird jetzt gleichmäßiger, sie passen sich aneinander an. *Einundzwanzig, zweiundzwanzig* ... Die Frequenz liegt bei etwa 2,5 Sekunden. Bei jedem Aufleuchten scheint das Licht etwas stärker zu werden.« Ein durchdringendes Geräusch unterbrach Mat, ein scharfes Reißen, das aus der Mitte des Mandalas zu kommen schien und von einem dumpfen Donner gefolgt wurde. »Die Quallen senden Blitze aus, die in der Mitte aufeinandertreffen und eine Art ... weiße Kugel bilden. Es ... ist furchtbar laut!« Mat brüllte, um das Grollen zu übertönen. Gleichzeitig kniff er die Augen zusammen, da die Helligkeit ihn blendete.

»Die Kugel wächst! Ich kann ... In der Mitte ... Da ist das Portal ... Ich ... Da sind noch andere Geräusche ...« Mat stammelte hilflos, während im Zentrum des Mandalas weiterhin Blitze einschlugen. Das tiefe Grollen wurde schwächer, stattdessen drangen neue Geräusche aus dem Portal: Chaotisches, unrhythmisches Klicken und Surren; lang gezogene Töne, die sich wie Walgesänge anhörten; schnell pulsierende Klänge in unterschiedlichen Färbungen – mal unangenehm schrill, mal sanft schmeichelnd – wechselten einander ab, überlagerten sich, verstummten ganz und kamen mit neuer Intensität zurück.

Das grelle Weiß in der Mitte wurde zu einem Türkisblau; einer wachsenden Scheibe, umgeben von einem hellen Rand, zu dem die Blitze der Quallen weiterhin zuckten. Das Portal öffnete sich kreischend vor Mat, ein kreisrundes Fenster zu einer anderen Welt, kein buntes, schillerndes Korallenriff wie beim ersten Mal, sondern eine Fläche aus Kobaltblau, die nach oben hin in einem kräftigen Türkis erstrahlte; die Wasseroberfläche war vielleicht 30 Meter entfernt.

»Der *Hive* registriert nach wie vor keine Fische«, ertönte Sveas Stimme in Mats Helm. Er hatte Schwierigkeiten, sie über den Lärm zu verstehen. »Weder in der Nähe noch in größerer Entfernung. Kannst du irgendwelche Tiere sehen? Gibt es Fische, die auf das Portal zuschwimmen?«

»Nein«, rief Mat. »Aber ich sehe Fische auf der anderen Seite!«

Der Ozean jenseits des Portals war lebendig. Glitzernde Schwärme jagten in eleganten, abgestimmten Bewegungen durch das Wasser. Mat konnte die Tiere nicht benennen, vielleicht waren es Sardinen oder Heringe oder ganz etwas anderes; er hatte keine Ahnung. Es waren Tausende, die gemeinsam zu einer Wolke verschwammen. Einzelne Leiber blitzten silbern auf, wenn die Sonnenstrahlen sie trafen. Plötzlich teilte sich der Schwarm; zwei gekrümmte Säulen umgaben einen Schatten, der ungerührt seinen Weg fortsetzte. Es war ein Rochen, der erste von mehreren Dutzend, die majestätisch durch das Meer glitten, ruhig, unbeeindruckt von den hektischen Bewegungen der kleineren Fische.

Mat riss sich von dem Anblick los. »Ich aktiviere die Sonde!«

Über die Monitore konnte er eine Klappe bedienen, die auf der Unterseite des *Runner* angebracht war. Die Sonde hing an einer Leine, einem dünnen Drahtseil mit Glasfaserkern für die Datenübertragung. Mat hatte die Länge dieser Leine auf 150 Meter beschränken müssen, für mehr war in dem engen U-Boot kein Platz gewesen. Auf Knopfdruck schnellte die kugelförmige Sonde unter dem *Runner* hervor, korrigierte ihren Kurs und schwamm selbstständig auf das Portal zu. Mat kontrollierte die Sensoren des kleinen Apparates, alle Systeme funktionierten einwandfrei.

»Mat! Der *Hive* meldet Bewegung. Ich glaube, da kommen Fische an. Wie beim letzten Mal! Kannst du etwas sehen?«

Mat blickte sich suchend um. Der *Runner* hing einsam vor den Quallen, Mat schien der einzige Beobachter des unheimlichen Schauspiels zu sein. *Vielleicht sind einfach keine Fische mehr da.* Tatsächlich kam ihm das Portal dadurch noch beängstigender, noch unnatürlicher als vor einem Jahr vor. Die Fische hatten dem Portal damals eine Funktion gegeben, einen Grund für dessen Anwesenheit. Jetzt, ohne die Tiere, wirkte es unheimlicher, fremdartiger, außerirdisch. Geisterhaft schwebte der leuchtende Ring in der Nacht.

Er zuckte zusammen, als keinen halben Meter neben dem *Runner* ein länglicher Körper vorbeijagte. Das Licht des Portals reflektierte auf glänzender dunkler Haut. Keine silbrigen Schuppen, sondern ölige Lederhaut, wie Mat sie von Walfischen kannte. Weitere dunkle Schemen jagten an dem U-Boot vorbei, und einer von ihnen streifte es sogar, drängte es ab, sodass Mat instinktiv zum Steuerknüppel griff und seine Position korrigierte. Diese Tiere waren viel kleiner als alle Wale, die er bisher gesehen hatte; er schätzte sie auf gerade einmal zwei Meter.

Sie sahen aus wie Delphine, doch der Kopf schien wulstiger, die Schnauze ragte weniger hervor. *Schweinswale.* Mat erinnerte sich an einen alten, vergilbten Informationsschaukasten am *Rodeo-Beach*, in dem die ehemals heimischen Meeressäuger aufgeführt waren. Und gerade waren fünf davon an ihm vorbeigeschwommen, ihre Silhouetten zeichneten sich nun vor ihm gegen das Blau des fremden Ozeans ab. Die Tiere schwammen rasch zu dem Portal, doch einer der Wale schnellte plötzlich zur Seite und steuerte auf einen kleinen schwarzen Fleck zu.

»Die Sonde!«, schoss es Mat durch den Kopf. In der Schwimmbewegung schnappte das Tier spielerisch nach dem Apparat, biss ein paarmal darauf herum und spuckte ihn wieder aus. Mat fluchte laut.

»Mat! Alles in Ordnung?«

»Die Sonde! Ein Wal hat versucht, die Sonde zu fressen!« Mat kontrollierte die Anzeige auf dem Monitor. *Steering mechanism malfunction.* Die Sonde hing regungslos im Wasser.

Frustriert schrie er auf. In dieser Tiefe war es unmöglich, die Sonde zu reparieren. Er würde auftauchen müssen, und selbst dann wäre eine Reparatur ohne die Werkzeuge aus dem Labor nahezu unmöglich. Außerdem würde er für die 700 Meter bis zur Wasseroberfläche und wieder zurück mindestens zehn Minuten benötigen, wahrscheinlich eher das Doppelte. Das Portal würde sich schließen, bevor er wieder abtauchen konnte – er würde diese einmalige Gelegenheit, Daten aufzuzeichnen, verpassen.

Stimmen drangen an sein Ohr, Funksprüche von Mayari

oder Svea, doch er hörte nicht zu. *Was soll ich tun?* Alles in ihm wehrte sich dagegen aufzugeben, einfach zu akzeptieren, dass alles umsonst gewesen war. Er hatte nicht vorhergesehen, dass die ausgehungerten Tiere die kleine Sonde für Futter halten könnten. *Es ist meine Schuld!* Ein automatisierter Elektroschock hätte den Apparat schützen können. Einfach umzusetzen, kostengünstige Teile, ein Einbau hätte ihn vielleicht zwei Stunden gekostet. *Es wäre so einfach gewesen.*

Die Schweinswale schienen die einzigen Tiere zu sein, die dem Ruf des Portals gefolgt waren. Mit kräftigen Schlägen ihrer Fluken schwammen sie durch das Portal. Nach wie vor war das Klicken zu hören, das Schnarren, Heulen und Singen. Die Quallen verharrten weiterhin in ihrer Formation um das kreisrunde Tor, das sie in der Tiefe erschaffen hatten und das eigentlich unmöglich sein sollte. Mat biss die Zähne zusammen. Der klaffende Zugang zu einer anderen Welt forderte ihn heraus wie eine höhnische Einladung, die er nicht ablehnen konnte.

Entschlossen griff er nach dem Steuerknüppel. Wenn die Sonde nicht von selbst durch das Portal schwimmen konnte, dann musste er sie eben hinüberziehen. Es würde nur einen Moment dauern. Eine Minute maximal. Mehr brauchte der kleine Apparat nicht, um zumindest die wichtigsten Daten zu sammeln. Er konnte es schaffen.

»Mat! Sprich mit mir! Was ist los?«

Er ignorierte den Funkspruch und beschleunigte das U-Boot. Die Leine der Sonde holte er bis auf vier Meter ein. Sie war bei der Attacke glücklicherweise nicht gerissen. *Steering mechanism malfunction.* Alle anderen Sensoren sowie die Kameras und das Hydrofon funktionierten noch einwandfrei. Das Mandala weitete sich vor ihm; durch das körperlose Schwarz rundherum schien sich das Portal aufzublähen, tatsächlich jedoch bewegte er sich darauf zu. Mit jedem Meter, den der *Runner* zurücklegte, wurde das Blau in Mats Sichtfeld dominanter. Er hielt den Atem an.

Als er durch das Portal hindurchtauchte, spürte er ... nichts. Tatsächlich wusste er nicht so recht, was er erwartet hatte. Einen Ruck, der durch den *Runner* ging, ein Zerren, ein unangenehmes Gefühl vielleicht, weil er Raum und Zeit überbrückt hatte. Im schlimmsten Falle sogar Schmerzen. Doch nichts dergleichen geschah. Es glich eher dem Wechsel von einem dunklen Zimmer in ein anderes lichtdurchflutetes. Ein einfacher Schritt durch eine Tür, simpel, unspektakulär. Vor ihm öffnete sich eine neue Welt.

Er sah Schwärme kleiner Fische über sich, die immer wieder für kurze Zeit von größeren Schatten auseinandergerissen wurden. Die Schatten waren große Tiere, vielleicht Thunfische, die pfeilschnell und tödlich ihre leicht gebogenen Bahnen durch die mäandernden Wolken zogen. Als der Schwarm nach oben abdriftete, explodierten an der Wasseroberfläche weiße Gischtwolken, als Seevögel wie Lanzen ins Wasser schossen, um mit scharfen Schnäbeln ebenfalls nach der Beute zu schnappen. Unter Mat breitete sich ein dunkelgrüner Teppich aus, wallende Algenwälder, dazwischen graubraune, von Tang bewachsene Felsen. Alles war in Bewegung, alles lebte. Ein massiger Koloss glitt langsam über den Boden hinweg, ein Walhai mit weißen Punkten auf der Haut, die wie das Sternbild der Tiefe wirkten.

Die Anzeigen flackerten. Fast alle Zahlen auf den beiden kleinen Monitoren änderten sich. *Tiefe: 48 Meter; Druck: 5.72 bar; Temperatur: 18 Grad; Salinität: 3.4 Prozent; pH-Wert: 7.1; Bodentiefe: 83 Meter.* Die Sonde sammelte zügig Daten der unmittelbaren Umgebung, doch Mat schaltete die Monitore um, denn er wollte herausfinden, wo er sich befand. War er noch auf der Erde? Wenn ja, dann würde die Navigationssoftware die Position triangulieren können. Mehrere Fehlermeldungen leuchteten rot auf.

Satellite connection lost ... Geolocation unavailable ... Trying alternative systems ... NAVSTAR offline ... Galileo offline ... GLONASS offline ... BeiDou offline ... InterSat offline ... WTS-DATA offline ... Global Positioning System unavailable.

All radio navigation offline.

Mat leckte sich die trockenen Lippen. Unwillkürlich blickte er zurück zu dem schwarzen Loch, aus dem er gekommen war, dem Übergang zu einer Welt, in der sein Bordcomputer über *Hydro-Repetitoren* und *AquaSAT* mit allen bekannten Navigationssatelliten verbunden war. *Weil diese dort existierten.* Hier nicht. Mat hatte nun Gewissheit. Er befand sich nicht mehr auf der Erde, das Portal führte tatsächlich zu einem anderen Planeten, in eine andere Welt. Und zugleich hatte auch Mayari recht behalten. Die Fische verließen die Erde, um hier Zuflucht zu suchen. Er musste kein Meeresbewohner sein, um zu erkennen, dass die Tiere hier ein Paradies gefunden hatten. *Wo bin ich?*

Die Quallen waren auch auf dieser Seite des Portals sichtbar. Auch hier leuchteten sie weiß, und Blitze zuckten von ihren wabernden Körpern zum äußersten Rand des Portals. Mat runzelte die Stirn. Wie konnten die Medusen hier sichtbar sein, wenn *sie* es doch waren, die das Portal auf der Erde aufrechterhielten? Das ergab keinen Sinn! Die Quallen waren zu keinem Zeitpunkt durch das Portal geschwommen. Und doch pulsierte hier dasselbe Mandala wie in der Tiefsee der Erde.

Mit einem Mal verebbten die Geräusche. Das Klicken, Schnarren, Heulen – der Lärm, der seit der Portalöffnung alles überlagert hatte, verstummte auf einen Schlag, als hätte jemand einen Schalter umgelegt. Zugleich bemerkte Mat, dass die Leuchtkraft einiger Quallen nachließ. Langsam begann der Kreis, sich zu verändern, kleiner zu werden, unmerklich zuerst. *Das Portal schließt sich!* Mat fluchte. Er beschleunigte und steuerte den *Runner* in einer möglichst engen Kurve zurück zu dem schrumpfenden schwarzen Tor. *Zu langsam. Ich bin zu langsam!*

Er betätigte den Schalter für das Gas. Einige wenige Bläschen lösten sich von der Außenhaut des *Runners* und schnellten über ihm vorbei. Es waren noch zu wenige, um einen merklichen Effekt auf die Geschwindigkeit seines U-Boots zu haben. Ein Blick auf das Display zeigte ihm, dass der Gastank noch zu 45 Prozent gefüllt war, genug, um eine Superkavitation einzuleiten. Er wusste jedoch, dass ein solcher Prozess bis zu zwei Minuten dauern konnte. *Ich bin zu langsam!*

Das Mandala zerfranste, als hätte jemand alle Leinen gekappt, die das konzentrische Muster zusammengehalten hatten. Im Zentrum verblieb ein unscharfer schwarzer Kreis; der weiße Rand, der das Portal umgeben hatte, war erloschen. Kein einziger Blitz ging mehr von den Quallen aus. Mat presste den Steuerknüppel mit aller Kraft nach vorne, doch der *Runner* hatte seine maximale Beschleunigung schon erreicht. Die dunkle Tiefsee, aus der er gekommen war, lag noch etwa 30 Meter entfernt, vielleicht auch weniger, doch das Portal verkleinerte sich zunehmend schneller, es implodierte regelrecht. Es schien, als wolle das Universum den unnatürlichen Riss im Raum-Zeit-Kontinuum mit allen Kräften verschließen. Mat sah verzweifelt, wie das Portal unmittelbar vor ihm auf Faustgröße zusammenschrumpfte und schließlich verschwand.

Mat schrie, bis er keine Luft mehr hatte. Er zitterte am ganzen Körper, der Helm beschlug von seinem Atem. Teilnahmslos zog eine kleine Gruppe von Haifischen an dem langsamer werdenden U-Boot vorbei. Schwer atmend blickte Mat ihnen nach. Im Wasser schwebten unzählige weiche Flocken. Die Quallen ließen sich von der Strömung treiben, verteilten sich unregelmäßig, die feinen Tentakel schwangen wie Spinnweben im Wind. Mat sah, wie die Haifische einige der Medusen attackierten und auffraßen. Das blaue Paradies wirkte plötzlich bedrohlich auf ihn, weitaus bedrohlicher als die Tiefsee vor ein paar Minuten. Er war alleine. Gestrandet auf einem fremden Planeten.

»Seid ihr ... seid ihr da?«, schluchzte er. Mat wusste, dass keine Antwort kommen würde.

Ein silbriger Punkt setzte sich gegen das ewige Blau des Ozeans ab. Direkt vor ihm, noch etwa 80 Meter entfernt, bewegte sich etwas im Dunst des Meeres. Es war schnell und schwamm geradlinig auf ihn zu. Kein Fisch. Eine Warnlampe leuchtete in der Armatur des *Runner* auf, dann schaltete sich die Anzeige in seinem Helm automatisch wieder ein. *Warning! Collision imminent!* Das Sonar hatte einen länglichen Körper ausgemacht, der sich mit knapp über 50 Knoten auf ihn zubewegte. Das Ding war schnell. Etwa 1,5 Meter lang, mit einem Durchmesser von 30 Zentimetern. *Das ist unmöglich!*

Mat begriff, dass er sterben würde. Und dass er nie erfahren würde, was es mit den Quallen auf sich hatte. Seltsamerweise störte ihn das nicht. Er würde ebenfalls nie herausfinden, auf welchem Planeten er sich befand, der offensichtlich noch weitere Geheimnisse barg als nur das seltsame Verhalten der Meeresbewohner. Er hatte nicht einmal an der Oberfläche des Rätsels gekratzt. Aber auch das war plötzlich unwichtig. Ein leises Rauschen drang an sein Ohr. Mat schloss die Augen.

Er dachte an Miguel, Mayari und Svea, die wahrscheinlich immer noch versuchten, den Funkkontakt wiederherzustellen. Er hatte ihnen nicht einmal mitgeteilt, dass er den *Runner* durch das Portal gelenkt hatte. Sie würden vor einer neuen Ungewissheit stehen, wenn sie sich Tage später eingestehen mussten, dass ihr Kollege Mat Petersen unauffindbar und spurlos in der Tiefsee verschollen war. Seine Mutter würde ohne ihn nach Willapa Bay fahren müssen, und sie würde Svea nie kennenlernen.

Svea. Ihr Gesicht erschien vor seinem inneren Auge, sie lächelte ihn liebevoll an. In ihren Augen das Meer, die Iris wie ein geschliffener Kristall, ein glänzendes Mandala mit einem dunklen Portal in der Mitte. Svea hob die Hand, berührte seine Wange, und ein wohliges Gefühl der Wärme durchflutete ihn. Sie umfasste ihn, umarmte ihn mit sanftem Druck, schenkte ihm Geborgenheit und innere Ruhe. Licht drang durch seine geschlossenen Lider, er tauchte ein in leuchtendes Abendrot, und Svea war immer noch bei ihm. Sie erfüllte ihn ganz, zog ihn fort, aus der Tiefe, aus dem Wasser. Nichts war mehr wichtig, die Quallen vergessen, das Meer verstummt.

Stille verschluckte alles.

EPILOG

Jemand klingelte an der Tür. Émile fuhr noch einmal verträumt über die Lehne seines alten Ohrensessels und stand schließlich auf. Das Möbelstück war eines der letzten Überbleibsel seiner alten Wohnung in *Port Vendres* gewesen. So vieles hatte sich verändert. Mit dem Umzug in die Hauptstadt hatte er ein ganzes Leben zurückgelassen. Nicht nur Möbel, auch Freunde, Verwandte, lieb gewonnene Restaurants und sein kleines Segelboot, mit dem er so oft über das Mittelmeer gefahren war und mit dem alles begonnen hatte. 14 Jahre waren wie im Fluge vergangen.

Émile griff nach den feinen schwarzen Lederhandschuhen, die er auf dem kleinen Tisch am Eingang bereitgelegt hatte. Er überprüfte sein Sakko, zupfte das Einstecktuch zurecht, das zusammen mit der Fliege dank des kräftigen Rubinrots einen selbstbewussten Akzent setzte und sich vom schwarz-weißen Anzug abhob. Allein dieses kleine Stück französischer Seide aus einer traditionellen Manufaktur im Ardèche hatte ihn knapp 100 Francs gekostet. Früher wäre ein solcher Luxus für ihn unerschwinglich gewesen.

Vor der Tür stand die schwarze FW4-Limousine, ein Klassiker, der vor einem halben Jahrhundert im Dienste des französischen Präsidenten gestanden hatte. Émile liebte den Wagen, und im Stab des Ministerpräsidenten wusste man das. Es war eine kleine Aufmerksamkeit, dass man ihm ausgerechnet diese Limousine geschickt hatte, und Émile honorierte sie mit zufriedenem Lächeln. Es war ein echtes Automobil, ein Fahrzeug, das keinen Bordcomputer besaß, sondern noch von einem Menschen gefahren werden musste. Émile nickte dem ernsten Chauffeur zu, der ihm wortlos die Tür aufhielt.

Es war *sein* Tag. In wenigen Stunden würde er den *Ordre National du Mérite* erhalten, ein glorreicher Abschluss seiner inzwischen dreißig Jahre andauernden Arbeit. Seine Beharrlichkeit hatte sich bezahlt gemacht. Ihm war das schier Unmögliche gelungen: Er hatte das Irreversible reversibel gemacht. Er hatte die Welt vor einem Abgrund bewahrt, und das ganze Land war ihm dankbar. Ein Franzose hatte die Weltmeere gerettet! Die Ozeane waren wieder besiedelt! Émile lächelte stumm, während die Limousine fast geräuschlos an den Häusern der Nachbarschaft vorbeifuhr.

Er mochte Nantes nicht besonders. Die Hauptstadt Frankreichs war zu einem Moloch herangewachsen. Inzwischen lebten hier über vier Millionen Menschen, blanke Wolkenkratzer hatten mit der Zeit alle alten Stuckhäuser verdrängt. Trotz des Wohlstands, den ihm sein Erfolg beschert hatte, sehnte Émile sich nach dem beschaulichen Leben eines Küstenstädtchens wie *Port Vendres*. Und jetzt, da seine Arbeit beendet war, fühlte er sich nicht mehr an Nantes gebunden. Er war seiner Verpflichtungen enthoben, seine Arbeit würden – wenn überhaupt – andere fortsetzen. Er hatte seinen Teil geleistet. Vielleicht war es an der Zeit, wieder an seine geliebte Mittelmeerküste zurückzukehren. Warum sollte nicht auch er die Früchte seiner Arbeit genießen dürfen?

Alles hatte dort begonnen. In einer kleinen Bucht, an einem einsamen Strand zwischen *Cap d'Ullastrell* und *Cap Castell de Velló*. Er hatte damals gerade erst sein Studium beendet und einen Job als Aushilfslehrer an der *École Primaire* angenommen – nur vorübergehend. Er sah sich als Wissenschaftler, er wollte die Welt verändern, dabei helfen, die großen Probleme seiner Generation zu lösen: Umweltverschmutzung, Artensterben, Klimawandel. Er war kein Aktivist, sondern jemand, der konkrete Lösungen finden wollte. Ein Wissenschaftler. Damals war er fest davon überzeugt, dass sich sein Traum von Weltruhm und wissenschaftlicher Arbeit nicht in *Port Vendres* erfüllen würde. Wie falsch er doch gelegen hatte ...

Er erinnerte sich noch gut an jenen Tag während eines Wochenendausflugs mit seinem Boot. Das Wasser um ihn herum hatte plötzlich eine milchige Farbe angenommen, Tausende zarte weißliche Flocken hatten das Schiff umschlossen. Ein Schwarm handtellergroßer Ohrenquallen war wie aus dem Nichts erschienen. Er hatte die Tiere über mehrere Stunden fasziniert beobachtet.

Ihm war damals etwas aufgefallen: Einige der Medusen schienen für kurze Zeit zu »verblassen«. Zunächst hatte er geglaubt, die im Wasser gebrochenen Sonnenstrahlen seien dafür verantwortlich. Doch als er schließlich mit seinem Schnorchel zwischen den Tieren schwamm, wiederholte sich das seltsame Phänomen direkt vor seinen Augen. Immer wieder erzitterten die Umrisse einer Qualle, sie schien für einige Sekunden transparenter zu werden, der gallertartige Körper war nur noch schwer im Wasser erkennbar, sodass man fast glaubte, man habe sich die Qualle nur eingebildet.

Am nächsten Tag hatte er die kleine Bibliothek in *Perpignan* aufgesucht, um sich alle wissenschaftlichen Abhandlungen über Quallen durchzulesen. Seine Neugierde war erwacht. Leider fand er in *Perpignan* nur ein einziges Buch, in dem Quallen behandelt wurden, zudem lediglich als Nebenthema. Auch in *Montpellier* und sogar in der Universitätsbibliothek von *Marseille* gab es kaum erwähnenswerte Artikel. Émile musste feststellen, dass die Wissenschaft den Quallen bisher wenig Beachtung geschenkt hatte. Er beschloss, das zu ändern. Eine der wichtigsten Entscheidungen seines Lebens.

Die darauffolgenden Jahre waren hart. Seine Forschung wurde zunächst von finanziellen Engpässen begleitet. Im Angesicht des Artensterbens in den Ozeanen, den damit einhergehenden Hungersnöten und politischen Unruhen schien die Forschung an Medusen unwichtig – fast schon unangebracht. Für Biologen waren sie eine invasive Art, die mit den sowieso schon kargen heimischen Beständen kurzen Prozess machte, für alle anderen ein lästiger Störfaktor, weil sie Kühlungssysteme verstopften.

Doch Émile ließ sich nicht beirren, eine Tatsache, die der Premier heute Abend sicherlich auch wieder in seiner Laudatio erwähnen würde. Je mehr er über die Tiere herausfand, desto mehr faszinierten sie ihn. Quallen waren mysteriös, vollkommen verschieden von allen anderen Meeresbewohnern. Sie besaßen kein Gehirn, kein Herz, kein Blut. Sie hatten sich seit Äonen nicht wesentlich verändert und waren trotzdem anpassungsfähig wie kaum eine andere Spezies. Sie bargen ein Geheimnis, und es dauerte fast zehn Jahre, bis Émile es lüften konnte.

Die Limousine bog in die *Rue des Anglais* ab, auf der linken Seite zog der große Stadtpark vorbei, in dessen Mitte der *Tour de Procé* aufragte, ein riesiger Eisenfachwerkturm auf vier breiten Füßen, der an die Weltausstellung 1887 erinnerte. Der Turm passte zur französischen Hauptstadt, er stellte eine weltweit anerkannte Ikone dar, die mit Nantes in

Verbindung gebracht wurde, ähnlich dem schiefen Turm von *Lucca* in Italien oder Big Ben in *Lynden*.

Als er 2051 seinen Artikel über *die Dimensionalverschiebung von Schirmquallen* veröffentlichte, war die Welt mit anderen Dingen beschäftigt. Die Ozeane hatten sich in Wasserwüsten verwandelt. Überfischung und Verschmutzung hatten das Ökosystem Meer nachhaltig beschädigt. Konflikte um die letzten Fischgründe flammten auf der ganzen Welt auf. Langsam verstand man, dass es schlicht zu spät war, um das Artensterben mit Gesetzen und gut gemeinten Maßnahmen aufzuhalten. Langsam verstand man, dass die Weltmeere sich nicht wieder erholen würden, dass der Schaden nicht repariert werden konnte. Langsam verstand man, dass der Planet auf eine Apokalypse zusteuerte.

Erstaunlicherweise trotzten die Quallen allen Widrigkeiten, ihre Bestände blieben nahezu unverändert. Umso überzeugter war Émile von seiner Arbeit, auch wenn sein Artikel kaum Beachtung fand. Das Flimmern, das er bei seinem Wochenendausflug beobachtet hatte, war keine optische Täuschung gewesen: Die Körper der Medusen *zitterten*. Dies war keine sichtbare Vibration der organischen Masse, sondern ein binäres Existenzflattern jedes einzelnen Atoms. Er hatte ein neues, genaueres Messverfahren entwickeln müssen, um diese ungeheuerliche Theorie belegen zu können. 0–1–0–1–0–1. Die Quallen existierten in einem Moment und im nächsten nicht.

Ein halbes Jahr später, nach einem Gespräch mit einem befreundeten Quantentheoretiker, hatte Émile eine gewagte Theorie aufgestellt: Die Quallen *verließen* diese Welt für Sekundenbruchteile – ein Prozess, den Émile zwar einige Monate später nachweisen konnte, aber bis heute nicht verstand. Sie zitterten konstant zwischen dieser und einer oder mehreren Parallelwelten. Émile hatte das Multiversum gefunden.

Die Limousine näherte sich dem *Palais du Découverte*. Polizeimotorräder säumten die Straßen, die Tricolore in Rot-Weiß-Grün flatterte an unzähligen Masten, und breite Luxuspods in Schwarz fuhren durch das große Tor des *Palais*. Links und rechts neben dem Eingang hatten sich Menschen mit Plakaten, Trillerpfeifen und neonfarbenen Jacken versammelt. Émile verzog das Gesicht. *Demonstranten.* Er wusste, dass sie seinetwegen hier waren. Sie verstanden das Geschenk nicht, das er ihnen gemacht hatte.

Es hatte fünf weitere Jahre gedauert, bis Émile endlich die verdiente Aufmerksamkeit erhielt. Dann war alles sehr schnell gegangen. Plötzlich bekam er Labore, Gelder und Personal zur Verfügung gestellt. Er entdeckte den Einfluss von subharmonischen Frequenzen auf das Verhalten der Quallen und stellte die *Théorie énergétique de l'interdimension* auf. Schon kurz darauf gelang es ihm mit der *Radial-Formation*, diese Energie zu kanalisieren und für glorreiche drei Sekunden ein erstes Dimensionsportal zu öffnen. Zu diesem Zeitpunkt war er schon weltberühmt.

Polizeibeamte in taktischer Montur verhinderten, dass die Demonstranten das Tor versperrten. Trotzdem drangen die Schreie und kurz aufbrandenden Gesänge bis zu Émile. *Don't praise the criminal* stand auf einem der Plakate, das eine junge Frau mit blau gefärbten Haaren in die Höhe hielt. Émile blickte verlegen weg. Die Rettung der Welt hatte – auch wenn das widersinnig klang – nicht nur Befürworter. Ohne seine Arbeit wäre der Planet im Chaos versunken. In gewisser Weise verdankte die junge Frau es ihm, dass sie überhaupt hier stehen und ihr anklagendes Plakat in die

Höhe halten konnte. Aber er musste sich eingestehen, dass sie nicht ganz unrecht hatte.

Er hatte die Fische geraubt. Die Wiederbesiedelung der Weltmeere war in Wirklichkeit eine Umsiedelung – eine dreiste Entführung, die von Kritikern in Anlehnung an eine römische Legende gerne als »Raub der Sardinerinnen« bezeichnet wurde. Die Frage nach der moralischen Tragweite seiner Handlung hatte sich ihm damals nicht gestellt. Das Militär allerdings hatte die Implikationen sofort verstanden und forderte eine totale Überwachung aller Vorgänge, die im Zusammenhang mit »invasiven interdimensionalen Einsätzen« standen. Ein halbes Jahr schien es, als könnte Émile seine Forschung entgleiten, denn das Militär bemühte sich mit allen Mitteln, das gesamte Projekt an sich zu reißen.

Nach unzähligen Anhörungen, Verhandlungen und Beschlüssen durfte er die Führung behalten, musste jedoch akzeptieren, dass die gesamte Sicherheitsverantwortung an die französische Marine übertragen wurde. Émile war gezwungen, sein Labor nach Nantes zu verlegen und alle Aktivitäten mit einem *Comité* abzusprechen. Es galt, jede Aktion so unbemerkt wie möglich ablaufen zu lassen. Das Militär hatte nichts dagegen, die eigenen Fischbestände mit denen einer anderen Dimension aufzufüllen – solange es unbemerkt geschah. Jegliche Kontaktaufnahme mit humanoiden Lebensformen in der Welt jenseits des Portals wurde untersagt.

Es hatte weitere Monate gedauert, das Verfahren zu perfektionieren. Seine Forschung bezüglich der subharmonischen Frequenzen ergab, dass er die Position der Portale bis zu einem gewissen Grad steuern konnte. Es war ihm möglich, die Tore in den Welten leicht versetzt zu öffnen – er konnte so die Tiefsee der Parallelwelt, die höchstwahrscheinlich unbewacht war, mit einem Küstenabschnitt auf seiner eigenen Welt verbinden. Ein weiterer Glücksfall war die Entdeckung, dass *alle* Meeresbewohner in der einen oder anderen Weise auf akustische Signale reagierten. Er wollte dieses Wissen nutzen, um eine Art Lockruf zu entwickeln, dem Fische aus der anderen Welt durch das Portal folgen würden.

Der erste Schwarm, der am 5. März 2061 aus dem Portal in einer Bucht bei *Saint-Nazaire* sprudelte, bestand aus exakt 6354 Makrelen. Die Bilder gingen wie ein Lauffeuer um die Welt. Kaum ein Nachrichtensender, der das Ereignis nicht als hoffnungsvollen Neuanfang bezeichnete. Über Nacht wurde Émile auf der ganzen Welt zum Retter der Ozeane. Manche nannten ihn *Émile Poseidon*. Für ihn hatte die Arbeit erst begonnen.

In den nächsten Jahren hatte er unzählige Portale geöffnet und Trillionen von Fischen in die Ozeane seiner Welt entlassen. Woher die Fische kamen, was er mit der *Umsiedelung* anrichtete und ob die Fische nur aus einer Parallelwelt stammten oder aus mehreren, wusste er nicht und wollte es auch nicht wissen. Zu positiv waren die Entwicklungen in seiner eigenen Welt: Regierungen auf der ganzen Welt boten ihre Hilfe an und hofften im Gegenzug auf ein Portal vor ihren Küsten. Biologen bestätigten die rasche Adaption der Fische an die neue Umgebung; schon bald waren die ersten Reproduktionszyklen abgeschlossen und neue, indigene Generationen von Meerestieren wuchsen heran. Waffenstillstände wurden ausgehandelt, und die kränkelnde Wirtschaft erholte sich.

Er war stolz auf seine Arbeit. Knapp zehn Jahre lang hatte Émile unbemerkt interdimensionale Portale geöffnet und geschlossen. Zumindest hatte man das angenommen. Als vor wenigen Monaten knapp 200 Kilometer vor der kalifornischen Küste *etwas* durch das Portal kam, das kein Fisch war, musste diese Annahme korrigiert werden. In Zusammenarbeit mit dem amerikanischen Militär identifizierte die französische Marine ein bemanntes Fahrzeug, eine Art U-Boot unbekannter Bauart. Es war der Anfang vom Ende. Einvernehmlich wurde die Entscheidung gefällt, das U-Boot abzuschießen und die Öffnung neuer Portale bis auf Weiteres zu verbieten – als Vorsichtsmaßnahme.

Émile war darüber fast erleichtert gewesen. Auf diese Weise bekam er einen plausiblen Grund, seine Arbeit für abgeschlossen zu erklären. Fischbestände auf der ganzen Welt hatten sich erholt, Ausbreitung und Vermehrung übertrafen sogar die Prognosen der Meeresbiologen. Weitere Portale waren nicht mehr notwendig.

Langsam kam die Limousine zum Stillstand. Der Chauffeur stieg aus, kam um den Wagen herum und öffnete Émile die Tür. Blitzlichter, roter Teppich, Händeschütteln, Schulterklopfen. Man führte ihn in den Empfangssaal, einen üppig dekorierten Raum mit einer Bühne auf der einen Seite, darauf ein Podium, auf dem er später noch eine Rede halten würde. Eine Eisskulptur in Form des Meeresgottes Poseidon, dessen Gesicht dem Émiles ähnelte. Freundliches Lächeln, spontaner Applaus, Champagnerglas, Ehrenplatz. Émile schüttelte die schweren Gedanken ab.

Seine Welt war aus der Asche auferstanden. Sollten die Demonstranten doch jammern, in ein paar Wochen würde er in *Port Vendres* auf seinem Segelschiff seinen wohlverdienten Ruhestand genießen. *Ich werde all das hinter mir lassen*, dachte er, während er der Frau des Premierministers zunickte und seine Serviette auseinanderfaltete. Junge Kellnerinnen brachten den ersten Gang des Abends.

Es gab *Bouillabaisse*.

NACHWORT

Ich habe das Meer recht früh kennengelernt. Obwohl ich im Landesinneren, gut 500 Kilometer von der Mittelmeerküste im Süden und in entgegengesetzter Richtung etwa 850 Kilometer von der Nordsee entfernt aufgewachsen bin, waren mallorquinische Sandstrände ein regelmäßiges Urlaubsziel meiner Kindheit. Damals noch in den Anfängen des mittel- und nordeuropäischen Tourismusbooms, habe ich die Küste der Balearen in einer weitestgehend unberührten Form erleben dürfen. Als ich gut 30 Jahre später an diese Orte zurückkehrte, hatte sich die einstige Idylle stark gewandelt: Die Sandstrände meiner Kindheit waren gesäumt von privaten Luxusvillen mit Meereszugang, von Hochburgen des Massentourismus oder von langsam zerfallenden Ruinen von niemals fertiggestellten Spekulationsprojekten.

Lange vor dieser ernüchternden Rückkehr hatte ich schon als neunjähriger Grundschüler das Gefühl, etwas tun zu müssen. Einige Greenpeace-Prospekte, die ich in der Schule gelesen hatte, und mein ungebremster jugendlicher Optimismus resultierten in einem ersten literarischen Aktionismus – einem handgeschriebenen (!) Plädoyer, doch bitte keinen Müll ins Meer zu werfen und die Wale zu retten. Den Brief habe ich an mindestens sieben Verwandte geschickt, und ich war mir sicher, damit die Rettung der Meere auf einen guten Weg gebracht zu haben.

Die Faszination für die Ozeane kam aber nicht nur von

schönen Urlaubserinnerungen. In meiner Studienzeit konnte ich den monumentalen Dokumentarfilm »Planet Earth« von David Attenborough im Kino bestaunen. Ich habe »Der Schwarm« von Frank Schätzing verschlungen, »The Abyss« zu einem meiner Lieblingsfilme auserkoren und im Tiefsee-Horror-Spiel »Soma« vor allem die Atmosphäre genossen, wenn man in den dunklen Tiefen eines digitalen Meeresgrundes von Tiefseestation zu Tiefseestation spaziert.

Ich weiß bis heute nicht genau, was für mich den Reiz der Tiefsee ausmacht, die ich tatsächlich um einiges bedrohlicher und bedrückender empfinde als das Nichts des Weltalls. Ich selbst würde mich nicht trauen, wie Mat im dritten Teil von »Die invasive Art« ein U-Boot zu besteigen und mich in die Dunkelheit hinabzubegeben, geschweige denn mehrere Wochen auf einer Tiefseestation zu verbringen. Trotzdem oder gerade deswegen finde ich die Tiefsee so faszinierend. Sie ist ein Teil unseres Planeten, der immer noch zu großen Teilen unerforscht ist, eine der letzten Enklaven, in die der Mensch nur sporadisch vordringen kann. Offensichtlich werde ich niemals selbst in solche Tiefen abtauchen, da mein stark ausgeprägter Überlebenstrieb mich schon von allem abhält, was über simples Schnorcheln hinausgeht.

Umso mehr bewundere ich Leute wie James Cameron – nicht so sehr wegen seiner filmischen Meisterwerke wie »Terminator«, »Avatar« oder eben »The Abyss« (die ich großartig finde), sondern wegen einem Wagnis, das er außerhalb seiner Tätigkeit als Hollywood-Regisseur und Produzent durchgezogen hat: die Deepsea Challenge. Eine Expedition, in der er in einem Einmann-U-Boot 11 000 Meter bis zum Grund des Mariana Trench hinabtaucht. Ich habe die Dokumentation mit Gänsehaut angesehen und war fasziniert und beklommen zugleich.

Die physikalischen Gegebenheiten in einer solchen Tiefe sind nur schwer vorstellbar. Es ist eine Umgebung, die uns Menschen so lebensfeindlich scheint, dass Bilder und Videos von Bewohnern dieser Orte der ewigen Dunkelheit seltsam außerirdisch wirken. Einige dieser Tiere habe ich in dem Roman erwähnt – es sind bizarre Kreaturen, die aus einem Fantasyroman stammen könnten und doch wirklich existieren. Vielleicht einer der Gründe, warum die Tiefsee die Fantasie von Autoren und Drehbuchschreibern beflügelt.

Die Realität kommt einem hier so fremd und unwirklich vor, dass plötzlich alles möglich scheint. Eine Schnecke, der ein Eisenpanzer wächst? Transparente Fische, die durch ihren eigenen Körper hindurch nach unten und nach oben sehen können? Würmer, die Netze aus Schleim auswerfen und wie menschliche Fischer wieder einholen? Tiefseequallen, die Klone von sich erzeugen können? Warum nicht gleich ein Portal in eine andere Welt?

Ich habe »Die invasive Art« während der Pandemie geschrieben, ohne einen Verlag für das Projekt zu haben und ohne zu wissen, ob der Text jemals in Buchform veröffentlicht wird. Und es ist kein einfaches Projekt, denn obwohl der Roman fantastische Elemente aufweist, basiert die Glaubwürdigkeit dieser Elemente idealerweise auf nachvollziehbaren, realen, wissenschaftlichen Fakten. Die Recherche zu diesem Roman war umfangreich und hat mir zugleich enorm viel Spaß bereitet, denn all die interessanten Details zu neuen Technologien, zu Tiefseestationen, Meerestieren, Algen, zu Auswirkungen der industriellen Fischerei, die verrückten Anekdoten zu Wal-Kadavern oder die Geschichte des Inselstaates Palau waren höchst unterhaltsam. Im Zuge dessen habe ich zum Beispiel auch mit Dr. Olaf Boebel sprechen dürfen, der mir einen Crashkurs in druckbasierter Tsunami-Erkennung gegeben hat. Vielen Dank dafür an dieser Stelle!

Die Recherche und das Schreiben an dem Roman waren ein komplexer Prozess, mehr noch als bei anderen meiner literarischen Projekte. Ich wollte das fantastische Element in einen realen Kontext einbetten, einen Science-Fiction-Roman mit Bezug zur Gegenwart, der dem neunjährigen Umweltaktivisten in mir ebenso gerecht wird wie dem begeisterten Fantasy- und Sci-Fi-Leser.

Das Meeressterben im Roman ist zwar nicht das, was die Wissenschaftler im Roman annehmen, aber das Prinzip einer »Verwüstung« unserer Ozeane (in dem Sinne, dass große Bereiche unserer Meere kein Leben mehr beinhalten) ist durchaus real und nicht wirklich neu. 1950 brachte die Überfischung der Sardinenbestände vor der kalifornischen Küste die dortige Industrie zum Stillstand. 1992 war vor Neufundland gerade noch 1 Prozent der einstigen Kabeljau-Schwärme vorzufinden. Die modernen Fischereischiffe sind äußerst effektive maritime Schlachthäuser und Verarbeitungsmaschinen. Noch während ich an diesem Roman schrieb, sind chinesische Fischereiflotten zum wiederholten Male in Hoheitsgebiete anderer Staaten eingedrungen, um dort ihre Netze auszuwerfen. 2017 und 2018 wurden insgesamt 12 500 solcher chinesischen Hochseeschiffe gezählt, auf denen von Organisationen wie The Outlaw Ocean Project Zustände dokumentiert wurden, die man sich als nicht Involvierter nur schwerlich vorstellen kann.

Ich kenne die düsteren Prophezeiungen in Bezug auf die Folgen der Überfischung und Verschmutzung der Weltmeere, seitdem ich mit neun Jahren jenen Brandbrief an meine Verwandten geschickt habe. Mein ganzes Leben lang habe ich über den drohenden Kollaps gelesen, habe Dokumentationen und Berichte gesehen und das Schwinden der Meeresbewohner sogar selbst an den leer gefischten Stränden im Mittelmeer erleben können. Der Klimawandel und seine Auswirkungen auf die Fischbestände sind in den letzten Jahren noch verstärkend hinzugekommen. Wie sieht eine Zukunft aus, in der wir es als Weltgemeinschaft nicht fertiggebracht haben, diesem destruktiven Prozess Einhalt zu gebieten? Wie wird sich unser Leben ändern, wenn wir einen derart großen Lebensraum irreversibel zerstören? Und wozu ist der Mensch bereit, um einen solchen Verlust auszugleichen?

Der Teil des Romans, der sich mit diesen Fragen beschäftigt, ist eindeutig eine Reminiszenz an mein neunjähriges Alter Ego mit Greenpeace-Mitgliedschaft. Aber im Roman geht es mir weniger um den moralisch erhobenen Zeigefinger, sondern um das Aufzeigen einer Komplexität, der wir als Menschheit bisher ziemlich hilflos gegenüberstehen. Mit den Momentaufnahmen habe ich versucht, unterschiedliche Schicksale aufzuzeigen; alles ist miteinander verbunden, jede Aktion hat mehrere, oftmals unvorhergesehene Konsequenzen, und betrifft unterschiedliche Menschen in unterschiedlichen Lebenssituationen unterschiedlich stark. Es gibt nicht einen Verantwortlichen, nicht einen auslösenden Faktor, und auch Konsequenzen sind selten regional begrenzt, sondern im schlimmsten Falle global. Dabei spielt Gleichzeitigkeit auch eine wichtige Rolle, denn wir sind fast acht Milliarden Menschen auf dieser Erde, und jeder einzelne davon wacht täglich auf und tut etwas, das die Schicksale anderer Lebewesen dieses Planeten auf die ein oder andere Weise beeinflusst.

Das ist auch der Grund für die Dreiteilung des Romans. Die Perspektiven der drei Hauptcharaktere sind ein Triptychon, drei unterschiedliche Sichtweisen eines Phänomens, das aus nur einem Blickwinkel betrachtet unvollständig wäre. Es gab mir als Autor die Chance einer Mehrfachdeutung. Das Quallenportal wird von den drei Protagonisten unterschiedlich bewertet, und jeder hat seine eigene Vermutung, was dieses Ding in der Tiefsee darstellt. Mayari sieht darin die Flucht der Meeresbewohner, eine Art kollektive Evakuierung, basierend auf einem marinen Selbsterhaltungstrieb. Svea kämpft mit der menschlichen Unbegreiflichkeit eines solchen Portals und will empirisch und kühl wissenschaftlich darangehen; sie versucht, keine vorschnellen Schlüsse zu ziehen und eine wie auch immer geartete Motivation an das Ende einer Analyse zu stellen. Mat hingegen lässt sich von der Begeisterung mitreißen; für ihn ist der wissenschaftliche Fortschritt wichtiger als die damit zusammenhängenden Konsequenzen; er blendet Gefahren aus, denn nichts ist für ihn wichtiger, als der Physik auf die Schliche zu kommen, um sie letztendlich selbst anwenden zu können.

Und dann ist da noch Émile. Der zuversichtliche Retter, der dem Leser – wenn es mir mit der kurzen, andeutenden Einleitung gelungen ist – immer mal wieder in den Sinn kommt und dessen eigentliche Rolle im Idealfall erst am Schluss klar wird. Denn auch er hat eine eigene Sichtweise auf das Phänomen des Quallenportals: Für ihn ist es ein Mittel zum Zweck, ein Werkzeug, dessen Anwendung zumindest in der unmittelbaren Gegenwart für ihn und die Seinen mehr Nutzen als Schaden bringt.

Ob mir diese Verbindung von Tiefsee-Faszination mit einer Leidenschaft für fantastische Elemente und der Komplexität einer sich windenden Weltgemeinschaft, die sich an den Ozeanen wie an einem All-you-can-eat-Buffet vergeht, gelungen ist, muss jeder Leser für sich entscheiden. Mir hat die Arbeit an »Die invasive Art« sehr viel Spaß gemacht, und sie hat mich als Autor einen großen Schritt weitergebracht. Doch die Entstehung dieses Buches, dessen letzte Seiten Du gerade liest, ist nicht nur mir zu verdanken, sondern auch einigen anderen Menschen.

In chronologischer Reihenfolge will ich damit zuerst meinem Vater danken, der mich als Erstlektor bei diesem Projekt sicher durch die Untiefen von Stilblüten und schiefen Bildern lenkte. Ebenfalls ein Fels in der Brandung meiner ungestümen Formulierungen war die Lektorin Kerstin Fricke, die eine Vielzahl von Wellen glatt strich. Maria Weber vom Droemer-Knaur-Verlag kann ich mit gutem Gewissen als Leuchtturm in der stürmischen Zeit bis zur Veröffentlichung des Romans bezeichnen. Mein Dank gilt auch Florian Friesl, der dieses Textstück in den sicheren Verlagshafen navigieren konnte. Keine Sorge, damit soll die schamlose Anhäufung nautischer Bilder zum Ende kommen!

Dir, mein lieber Leser, bin ich natürlich ebenso zu Dank verpflichtet, denn in Zeiten von Streaming und Computerspielen ist der Kauf eines Stapels bedruckten Papiers zu etwas Besonderem geworden. Vielen Dank also für die Zeit, die Du meinem Roman gewidmet hast! Ich hoffe, er hat Dich für einige Stunden in eine andere Welt gezogen, wie es vielleicht auch ein mysteriöses Portal täte, das – umgeben von leuchtenden Quallen – in der Tiefsee schwebt.

LESEPROBE AUS

MANUEL SCHMITT
GODMODE

Der Videospiel-Prophet

Ein phantastischer Gaming-Roman

KAPITEL 1

Orkus, der Gott der Unterwelt, erwachte. Vor ihm lag der Seelenwald, in dem alte, knorrige Bäume dicht an dicht standen und von Wurzeln überwucherte Pfade sich zu einem tödlichen Labyrinth verflochten. Doch Orkus kannte jeden Zentimeter dieser Pfade, kannte jeden Felsen, jeden Durchgang, kannte den umgestürzten Baumstamm im Westen, wo Gorgath mit seinen Lakaien wartete, kannte die Höhle des Janus, die Manensteine und die Schutzgeister im Sumpf. Der Seelenwald war sein Jagdgrund, und er war hungrig.

Ein mächtiger Donnerschlag ließ die Erde erzittern, und Orkus spürte, wie die Fesseln, die ihn zurückgehalten hatten, zersprangen. Ein wuchtiger Kriegshammer materialisierte sich in seiner rechten Hand. Er rannte los, jagte an den ersten Bäumen vorbei, deren Äste wie knochige Hände nach ihm griffen, ihm jedoch nichts anhaben konnten. Qualm stieg von seinem Körper und seiner Waffe auf, bildete dunkle Rauchschwaden, die hinter ihm verwirbelten und sich schließlich auflösten. Der Odem der Unterwelt.

Orkus musste sich beeilen. Er war einer von fünf Göttern, die im Seelenwald um die Vorherrschaft kämpften, und es war wichtig, sich so früh wie möglich einen Vorteil zu verschaffen. Er sprang über einen kleinen Bachlauf und bereitete seinen ersten Zauber vor. Vorbei an flechtenbewachsenen Felsen, bis er eine kleine schwarze Blume im Gestein erblickte. Die Totenblume war sein Wegweiser, eine unscheinbare Markierung, die ihm die richtige Stelle wies.

Er wirkte den vorbereiteten Zauber. Sein Körper entmaterialisierte sich, überbrückte Zeit und Raum und kam im nächsten Augenblick auf der anderen Seite der Felswand wieder zum Vorschein. Orkus hatte die Felswand durchdrungen und damit ein paar wertvolle Sekunden gespart. Ein grelles Kreischen ertönte, und der Gott der Unterwelt hob seinen Kriegshammer, die Spitze des Schlagdorns blitzte im Zwielicht des Waldes auf. Er stand mitten in einem Greifennest.

Orkus hatte diesen Kampf schon tausendmal gefochten. Angreifen, ausweichen, abwarten. Es war ein sorgfältig ausgeführter Tanz, die Bewegungen bis zur Perfektion einstudiert. Mit tödlicher Sicherheit traf der Kriegshammer zunächst die Flanke des einen, dann die Brust des anderen Greifen. Sie waren keine Gegner für den Gott der Unterwelt, ihre scharfen Schnäbel konnten ihm kaum etwas anhaben. Und doch blieb Orkus wachsam, denn mit jeder Sekunde wuchs die eigentliche Gefahr: Einer der anderen Götter würde hier früher oder später auftauchen, um die Greifen für sich zu beanspruchen. Eines der Tiere starb mit einem kraftlosen Röcheln und blieb bewegungslos auf dem Boden liegen. In einem zukünftigen Kampf würde es auferstehen, doch dieses Mal sog Orkus die Essenz des toten Greifen ein und wurde ein kleines bisschen mächtiger.

Ein Geräusch wie von knirschendem Holz und aneinanderschrammenden Felsen übertönte für einen kurzen Moment das Kampfgeschehen. Die Erde bebte, und um Orkus herum brachen dornenbesetzte Schlingpflanzen aus dem Boden, die sich schmerzhaft um seine Beine wickelten. Er fluchte. Ausgerechnet Gaia! Schon löste sich die Gestalt der Göttin aus dem Schatten der Bäume, ihre sinnlichen Rundungen bedeckt von einem Kleid aus Blättern und Blütenkelchen. Dazwischen krabbelten zahllose Insekten, sogar kleine Vögel stoben gelegentlich auf, und dort, wo ihre nackten Füße auftraten, sprossen frische grüne Keime aus dem dunkelbraunen Erdreich. Gaia war die Göttin der Erde, des Wachstums und des Lebens, schön, mächtig und gefährlich.

Orkus ließ von dem zweiten Greifen ab und verdichtete den Odem der Unterwelt. Wie eine zusätzliche Rüstung legte sich der schwarze Nebel um seinen Körper. Gaia besaß keine Waffen, sondern setzte Magie ein, um einem Kontrahenten aus der Distanz Schaden zuzufügen, doch der Odem konnte Orkus vor ihren Angriffen schützen. Geduldig ließ er die magischen Geschosse Gaias auf sich einprasseln und stemmte sich gegen die Schlingpflanzen, die ihre Dornen tief in sein Fleisch gebohrt hatten.

Als sich der Griff der magischen Ranken endlich lockerte, sprang er, immer noch in den Odem gehüllt, auf Gaia zu und ließ den schweren Kriegshammer in einem großen Bogen gegen ihre Schulter prallen. Die Göttin wurde mehrere Meter zur Seite geschleudert, fort von dem Greifen. Orkus musste verhindern, dass Gaia das Tier erlegte und dessen Essenz in sich aufnahm. Er vollführte zwei schnelle Attacken gegen den Greifen, doch zu seiner Enttäuschung überlebte das Biest die Angriffe. Gaia hielt Abstand und umrundete ihn, denn auch sie wusste, dass der Greif inzwischen geschwächt war. Sie suchte eine freie Schusslinie. Mit einem Angriff im richtigen Moment konnte sie ihm zuvorkommen, das Tier töten und die Essenz für sich beanspruchen.

Der Odem der Unterwelt löste sich auf, und Orkus verlor seinen zusätzlichen Schutz. Er seufzte resigniert. Die

Schmerzen würde er hinnehmen müssen. Die Essenz war einfach zu wichtig, gerade in dieser Phase des Wettkampfs. Gaia beschwor eine strahlende Kugel zwischen ihren Händen und schleuderte sie auf den Greifen. Orkus sprang in die Schusslinie, brachte seinen Körper als Barriere zwischen die Göttin und ihre Beute.

Als ihn die Kugel traf, glaubte er von innen heraus zu verbrennen. Schmerzen ließen ihn für einen Moment erstarren, er spürte, wie ihm die Lebenskraft entzogen wurde. Doch Gaias Angriff war nicht stark genug, er hatte ihn nicht getötet. Mit grimmiger Entschlossenheit wirbelte Orkus seinen Hammer herum und ließ ihn abermals gegen den Greifen krachen. Erleichtert sah er, wie das Tier sich ein letztes Mal aufbäumte und starb.

Er durfte keine Zeit verlieren, denn Gaia bereitete schon die nächste Attacke vor. Orkus hechtete zu der Felswand, durch die er zu dem Nest gekommen war, und aktivierte erneut seinen Teleportationszauber. Im nächsten Augenblick stand er auf der anderen Seite, die kleine schwarze Blume unberührt an derselben Stelle im Fels. Er war in Sicherheit; Gaia würde ihm nicht folgen können. Und die Essenz gehörte ihm.

»GG EZ«, sagte der Gott der Unterwelt.

• • •

Neil grinste breit, während sein Zeigefinger unablässig die Maustaste betätigte. Er hatte zwar die Hälfte seines Lebens eingebüßt, aber das kleine Manöver würde ihm dank der gewonnenen Essenz bei der nächsten Begegnung einen merklichen Vorteil verschaffen. In der Zwischenzeit würde er sich heilen und vielleicht noch ein paar *Creeps* farmen. In *Penta-Gods* machte ihm keiner etwas vor.

Er hörte, wie Trevor resigniert ausatmete, und grinste erneut. »Gaia also! Nette Wahl, aber man muss sie auch spielen können. Noob!«, stichelte er. Trevor antwortete mit einem verächtlichen Grunzen, ein Geräusch, das sein Freund mit vollendeter Perfektion erzeugen konnte, da er viel Übung darin besaß. Trevor verlor in PentaGods oft gegen ihn. Eigentlich immer.

Ein leichter Schlag auf den Hinterkopf, nicht wirklich schmerzhaft, aber mit Nachdruck. Das war Gregory, der hinter ihm stand. »Keiner mag Aufschneider, Neil. Konzentrier dich lieber aufs Spiel!«, sagte er tadelnd. »Morgen wird es nicht so einfach sein.«

Ohne die Augen von dem Bildschirm abzuwenden und ohne das Grinsen abzulegen, nickte Neil leicht. Gregory hatte natürlich recht, ein Freundschaftsspiel war kein Vergleich mit der World Championship, die morgen beginnen würde. Trevor war zwar ein ganz passabler Spieler, aber kein professioneller eSportler wie Neil. Trotzdem bestand sein Freund darauf, bei diesem letzten Match vor dem Turnier mitzuspielen, und Gregory hatte gutwillig zugestimmt. Nachdem Neil in den letzten Monaten fast ausschließlich mit anderen Profis trainiert hatte, war dieses Spiel eine Art Verschnaufpause. Die Ruhe vor dem Sturm.

Trotzdem diente ein solches Match der Vorbereitung; es steigerte sein Selbstbewusstsein. Er sollte sich sicher fühlen, um morgen mit einem guten Gefühl in das Turnier zu starten. Es war ein simpler psychologischer Trick, der erstaunlicherweise auch funktionierte, obwohl Gregory ganz offen darüber sprach. Es war zu einer Art Regel geworden, dass Neil das letzte Spiel vor einem wichtigen Event wie der *5G World Championship* gewinnen musste. Er hatte ein solches Freundschaftsspiel noch nie verloren, eine Tatsache, die jedoch ihrerseits einen gewissen Druck aufbaute: Es wäre ein wirklich böses Omen, im letzten Match vor der Championship zu verlieren, also strengte er sich unwillkürlich an. So richtig *just for fun* war es also nicht. Neil fragte sich, ob Gregory sich dessen bewusst war. Vielleicht war es ein psychologischer Trick mit doppeltem Boden.

PentaGods war das Spiel, mit dem es Neil gelungen war, in die Elite der eSportler aufzusteigen. Es hatte ähnlichen Spielen wie DOTA oder *League of Legends* den Rang abgelaufen, hatte auf ihrem Spielprinzip aufgebaut und es weiterentwickelt. Heute, im Jahr 2029, war PentaGods – oder 5G, wie viele es abgekürzt nannten – der Platzhirsch und stand bei eSport-Events unverrückbar an erster Stelle. Neil hatte sich sofort mit dem Spielprinzip angefreundet und sich rasch in den *Ranked Matches* einen Namen gemacht. Sein Nick war *Orkus666*, in Anlehnung an seinen Lieblingshelden im Spiel, den Gott der Unterwelt. Nicht sehr einfallsreich vielleicht, aber leicht zu merken. Orkus-six-six-six. Für viele Fans war er die Personifizierung des Helden aus dem Spiel, und sogar das Entwicklerstudio hatte ihn mit einem eigenen Skin für seinen Lieblingsgott geehrt.

Mit PentaGods hatte er den Absprung geschafft. Von dem unscheinbaren Apartment in Camrose, in dem die Fenster undicht waren, die Eingangstür klemmte und der Flur nach Feuchtigkeit roch, zu seinem Penthouse in Downtown LA: 230 Quadratmeter, Terrasse mit Blick auf den Financial District. Zwei Stockwerke, 1000 Mbit, low-ping, nachgerüstet mit eigenem 50.000$-Gaming-Zimmer mit fünf vollausgestatteten Modding-Rechnern, eigenem Kühlschrank, indirekten LEDs, Streaming-Equipment und OLED-Folienfernseher. Neil war von einem unscheinbaren Teenager mit einer Leidenschaft für Computerspiele zu einem 23-jährigen

Superstar der eSport-Szene herangewachsen. Er konnte sich voll auf das Spielen konzentrieren; Trevor, Martha und sein Manager Gregory Hillman kümmerten sich um alles andere.

Es war der feuchte Traum eines jeden Gamers. Das Freundschaftsspiel erfüllte seinen Zweck. Nach 20 Minuten hatte Neil im Alleingang den Göttertempel im Zentrum der Karte erobert. »YOU WIN!« erschien in großen Lettern auf dem Bildschirm. Animierte Strahlen ließen den Schriftzug aufleuchten, und Funken stoben von den Buchstaben, als seien sie soeben von Hephaistos höchstpersönlich aus der Esse geholt worden. Neil setzte das Headset ab. Er fühlte sich großartig.

»Gut gemacht! Martha kommt gleich mit dem Essen.« Gregory Hillman klopfte ihm auf die Schulter, holte sein Smartphone hervor und verließ das Gaming-Zimmer. »Denk noch daran, deinen Post abzusetzen, der ist verdealt!«

Trevor stieß einen frustrierten Seufzer aus, nahm das Headset ab, stand auf und kam zu Neil herüber. »Irgendwann kriege ich dich schon noch!«

Neil fotografierte mit seinem Handy den Siegesbildschirm und winkte ab. »Eher releasen die *Half-Life 3*!«

»Arroganter Schnösel!« Trevor boxte ihn gegen die Schulter – freundschaftlich, aber doch mit so viel Kraft, dass Neil sich die schmerzende Stelle rieb.

»Aua!«, beschwerte er sich. »Wenn ich morgen verliere, weil ich die Maus nicht bedienen kann, ist das deine Schuld!« Grinsend verließ auch Trevor das Zimmer und zeigte Neil beim Hinausgehen den Mittelfinger. Die Geste harmonierte gut mit dem Overkill-T-Shirt, das in roter Farbe unter dem Logo »Fuck You« stehen hatte. Trevor war schon immer ein

Metalhead gewesen und liebte es, schwarze Band-T-Shirts zu tragen.

»Alter, ich kauf dir gleich ein Ticket nach Camrose!«, rief Neil ihm nach. Es war natürlich keine ernstgemeinte Drohung. Trevor war sein bester Freund, eine der wenigen Personen, die er in der tristen Kleinstadt, in der sie beide aufgewachsen waren, nicht gehasst hatte. In der *Camrose Junior High* hatte der Zufall sie nebeneinandergesetzt, und seitdem bildeten sie eine untrennbare Allianz: der Double Dragon. Sie waren Neil und Trevor, aber auch Sonic und Tails, Ratchet und Clank, Jak and Daxter, Atlas und P-Body und manchmal, wenn Trevor seine blonden, langen Haare offen trug, auch Link und Zelda. Sie hatten mehr Zeit gemeinsam vor dem Bildschirm verbracht als im Klassenraum – es war ihre einzige Waffe gegen die Tristesse des Alltags gewesen.

Seufzend postete Neil das Bild mit dem Untertitel »Zukunftsvision!? #orkus666ftw #PentaGods« und wartete kurz, bis die ersten Likes und Kommentare aufpoppten. Seine Community war aufgeregt, alle fieberten dem morgigen Tag entgegen und wünschten ihm viel Glück oder *happy farming*. Bei seinen sechs Millionen Followern dauerte es keine Minute und sein schnell geknipstes Foto hatte die 1000 Likes überschritten. Neil lächelte. Es war einfach verdientes Geld. Denn PentaGods zahlte ihm für einen solchen Post, der innerhalb von einer Stunde über zwei Millionen Menschen erreichen würde, eine stattliche Summe. Gregory hatte gut verhandelt.

Neil begab sich ebenfalls in das große Wohnzimmer des Penthouse. Die Sonne war untergegangen, und die bodentiefen Fenster gaben den Blick auf das blinkende Stadtpanorama von Los Angeles frei. Die Wolkenkratzer des Financial District mit ihren hell erleuchteten Stockwerken wirkten wie gelb-orange Barcodes, die um 90 Grad gedreht worden waren und aus einem Meer von Straßenlaternen, Ampeln und Scheinwerfern aufstiegen. Ein diffuses Leuchten lag über der Stadt und ließ sie irreal erscheinen – tatsächlich war es einfach nur der Smog, der das Licht reflektierte, aber Neil fand, es sah trotzdem hübsch aus.

»Ach, Neil, ich hab da noch was für dich«, sagte Gregory in seinem kräftigen Bariton. Sein Manager wirkte wie ein Real-Estate-Agent aus Beverly Hills. Er trug ausschließlich weiße Hemden, hin und wieder mit dezenten Mustern in blassen Farben. Die Ärmel hochgekrempelt, sodass die stark behaarten Arme zum Vorschein kamen. Bluejeans und Sneaker an den Füßen. Seine Accessoires waren zwei Smartphones, eine *Leisure Society*-Sonnenbrille und eine große schwarze Digital-Armbanduhr am Handgelenk, deren Markennamen Neil schon wieder vergessen hatte, weil Uhren etwas für alte Menschen waren, wie er fand. Grau melierte Haare, modischer Schnitt und ein säuberlich gestutzter Bart, kräftige Statur mit leichtem Bauchansatz. Gregory Hillman spielte selbst kaum Computerspiele, war aber mit 54 Jahren ein Veteran der eSport-Szene und seit drei Jahren sein Manager. Er kannte alles und jeden. Und er hielt Neil eine große braune Tüte aus Papier hin.

»Ich bin stolz auf dich, Neil – egal, was morgen passiert. Hier, ist für deine Sammlung. Eine Art Glücksbringer.« Er zwinkerte Neil zu und blickte ihn erwartungsvoll an. Auch Trevor hatte sich vom Sofa gewälzt und kam neugierig näher. Neil griff in die Tüte und holte einen länglichen Karton heraus, auf dem Farbstreifen zu sehen waren, angeordnet wie ein Regenbogen, zusammen mit sechs bunten Fotos von Personen unterschiedlichen Alters, die Grimassen schnitten. FAIRCHILD *video entertainment system* stand in großen gelben Buchstaben daneben.

»Woa! Eine Channel-F!«, rief Neil. Vorsichtig öffnete er den Karton, und zum Vorschein kam ein abgeschrägter Quader aus Holzimitat und schwarzem Plastik, zusammen mit zwei länglichen Controllern, alles eingebettet in Styropor. Die Konsole war in hervorragendem Zustand und musste besonders pfleglich behandelt worden sein. »Danke, G!«

»Die ist fast so alt wie ich!«, sagte Gregory grinsend. »Nur ein Jahr jünger!«

»Hammer!« Neil fuhr vorsichtig mit den Fingern über die Kunststoffoberfläche. Die Fairchild war retro pur! Fünf Druckknöpfe, für heutige Standards groß und klobig, mit simplen Aufklebern markiert, keine LEDs oder ähnlicher Schnickschnack. Die gerippten Joysticks mit dreieckigem Kopf, das riesige Netzteil. Und zwei einprogrammierte Spiele mit den einfallsreichen Namen *Tennis* und *Hockey*. Das F in Channel-F stand übrigens für *Fun*.

»Hast du nicht schon so eine?«, fragte Trevor.

»Nur den Nachfolger, die System II«, antwortete Neil. »Aber das hier ist das Original! Die erste Konsole mit Cartridges! Ohne die hätte es die ganzen Konsolen danach nicht gegeben, zumindest nicht in der Form. Ich versuche schon seit Monaten, eine zu bekommen!«

»Ich habe sie von einem alten Freund.« Gregory zuckte mit den Schultern. »Reiche Eltern. Der hat sie damals zum Geburtstag bekommen. Der Vater war Besitzer einiger Autohäuser, die hatten genug Geld – auch um ihrem Sohnemann ein paar Wochen später schon einen Atari 2600 zu kaufen. Deshalb sieht die noch so gut aus, die wurde kaum benutzt.«

»Vielen Dank, G!«, sagte Neil noch mal. Die Channel-F musste einen Ehrenplatz bekommen, so viel stand fest.

Nicht nur wegen Gregory, der sich mit dem Geschenk selbst übertroffen hatte, sondern auch, weil sie einen Meilenstein in der Computerspielgeschichte darstellte. Neil war 2005 geboren. Er war noch ein Baby gewesen, als die Playstation 3 und die Wii auf den Markt kamen. Steam war zu dem Zeitpunkt schon drei Jahre alt; *World of Warcraft*, *Far Cry*, *God of War* – alles Spiele, die vor seiner Geburt veröffentlicht worden waren. Während er noch laufen lernte, kamen Klassiker wie *Mass Effect*, *Left 4 Dead*, *Assassin's Creed* und *League of Legends* heraus. Er war aufgewachsen in einer Zeit, in der beschleunigte 3D-Grafik, grenzenloses Onlinegaming, High-Poly-Modelle und riesige Spielewelten der Standard waren.

Und doch hatte er sich immer für die Vergangenheit interessiert. Schuld war sicherlich auch der alte Super Nintendo seines Vaters, den er mit sechs Jahren in einem alten Umzugskarton im Keller entdeckt hatte und der immer noch Teil seiner Konsolen-Sammlung war. Er spielte *Minecraft*, *Rocket League* und *Fortnite* mit seinen Freunden, doch zu Hause tauchte er regelmäßig in die Pixelwelten von *Super Mario* ab, lernte *Mega Man*, *Earthworm Jim*, Samus, Link und Sir Arthur kennen. Die alten Spiele waren für ihn, was das *Silmarillion* für Herr-der-Ringe-Fans war: Sie vermittelten ihm ein Verständnis für die Evolution der Videospiele, zeigten ihm Hintergründe und Zusammenhänge auf. Blockbuster wie *World of Warcraft* waren nicht von heute auf morgen entstanden; jedes Computerspiel baute auf den Titeln der Vergangenheit auf, neue Ideen wurden schamlos geklaut und weiterentwickelt, bis sie sich in etwas Neues, Eigenes verwandelten. Oft war das dreiste Kopieren einer guten Idee nur die Geburtsstunde eines neuen Genres. Die Retro-Sammlung seines Vaters war für ihn eine erlebbare

Evolution der Computerspiele gewesen und eines der wenigen Dinge, die ihn mit seinem Dad verband.

Mit zwölf Jahren hatte er auf einem Flohmarkt einen alten Gameboy mit ein paar Spielen erstanden – seine zweite Retrokonsole. Von seinem ersten 500$-Preisgeld, das er bei einem regionalen DOTA-Turnier in Edmonton gewonnen hatte, ersteigerte er online eine Playstation 3, einen ZX Spectrum und einen GameCube, und kaum einer seiner Freunde verstand, warum er diese alten Geräte kaufte. Doch er liebte die gelegentlichen Entdeckungsreisen in die Vergangenheit fernab von toxischen Communitys und kompetitivem Gaming. Und auch wenn er in den letzten Jahren kaum mehr dazu gekommen war, in die alten Spielewelten einzutauchen, hatte er seine Sammlung auf insgesamt 25 Konsolen und Computer mit 1556 Spielen auf Disketten, Cartridges, CD-ROMs und Laserdiscs erweitert. Und die Fairchild-Channel-F, die Gregory ihm mitgebracht hatte, war ein echter Star in der Sammlung.

»In Tennis mache ich dich bestimmt fertig«, sagte Trevor.

»Oh nein!«, ging Gregory dazwischen. »Ich kenn euch beide! Das bleibt nicht bei einem oder zwei Matches. Wir essen noch was, und dann ist Ruhe. Nach der World Championship könnt ihr von mir aus die ganze Nacht durchmachen. Bis dahin muss die Fairchild auf ihre Renaissance warten.« Trevor verzog den Mund und warf sich wieder aufs Sofa. Es klingelte an der Tür.

»Das wird Martha sein, sie war bei China Palace. *Wontons* für Neil, *Chow Mein* für Trevor, *Kung-Pao* für mich und Martha, *Fried Rice* für alle, die danach noch Hunger haben. Leicht verdaulich und halbwegs gesund.« Gregory bedeutete Neil, den Tisch freizumachen, während er zur Eingangstür ging und Martha hereinließ. Sekunden später durchzog das Penthouse ein angenehmer Duft nach chinesischem Essen.

Neil winkte Martha kurz zu und nahm den Karton mit der Fairchild vom Tisch. Für seine Sammlung hatte er im oberen Stockwerk neben seinem Schlafzimmer einen eigenen Raum eingerichtet, mit Vitrinen und Schaukästen, um die wertvollen Geräte vor Staub zu schützen. LEDs hinter den Möbeln warfen indirektes Licht auf die Konsolen. Prüfend ließ Neil seinen Blick durch den Raum schweifen. Er würde irgendwo Platz schaffen müssen, doch das würde einiges an Zeit in Anspruch nehmen.

»Neil!« Gregorys Stimme hallte durch das Penthouse. Jetzt war definitiv nicht der Moment, um sein kleines Museum umzugestalten, außerdem würden sie die Fairchild noch gebührend testen, bevor er ihr einen festen Platz zuwies.

Neil stellte den Karton auf einem der Schaukästen ab und strich noch einmal über die Verpackung. Was für ein buntes, chaotisches Design! Viel zu kleinteilig. Unharmonische Farbwahl. Hässlich, wenn man ehrlich war. Aber irgendwie authentisch. Geschichte zum Anfassen. Er schaltete das Licht aus und stieg die Treppe hinab zu den anderen, die schon mit ihren Stäbchen in den kleinen, mit »China Palace« bedruckten Kartons herumwühlten.

Als er sich zu ihnen setzte, knurrte sein Magen. Der Gott der Unterwelt hatte Hunger.